GAEA

Gaea

太歲

卷一

TAI SUEI

星子teensy——著
葉明軒——插畫

太歲

目錄

作者序

忘記是從什麼時候開始了，我對妖魔鬼怪很感興趣，對冒險也很感興趣。

小學的時候，我坐著公車上下學，有時會望著天空，想像天上那巨大雲朵的後頭，若是有個巨大怪物破雲而出，會是什麼樣的景色？我也喜歡想像倘若寧靜無趣的校園闖入了鬼怪，騷動起來，那會是什麼樣的情景？

當時我常在睡前幻想著上述情景，想像著群魔亂舞的世界，想像著自己和自己的死黨好友們共同冒險。

那時的我也常用著青澀而拙劣的畫技，畫出一篇篇關於除妖、降魔之類的冒險漫畫，故事裡總有歡笑和淚水、喜樂和傷悲，那都是兒時的我對人生許多未知事物的憧憬和想像。

這樣的零星片段幻想從兒時開始堆積，盼望著有一天能夠將之拼湊成爲一幅巨大的故事，畫出一部經典冒險漫畫。

大約在二〇〇二年十月左右的一次重大挫折之後，我決定放棄漫畫，放棄這拚鬥多年的堅持。

那時候有一陣子的我像是行屍走肉，一臉癡呆地去上班，再癡呆地下班，總覺得身體裡缺少了一塊重要的東西，覺得很多事情都失去了意義，覺得自己或許會這樣一輩子癡呆空虛下去。

但或許是堆積在我腦海深處、那些零星片段的幻想們發出了抗議，抗議我竟然狠心拋棄它們，它們激烈地在我搭公車、捷運通勤時躍出我的腦海；它們在我吃飯、走路時不停地對我扮著鬼臉。

在空虛、百無聊賴之際，我開始重新咀嚼這些零星的兒時幻想片段，將它們拼湊、組織成一些較爲完整的故事，爲的只是自娛，而我也確實地從其中獲得極大的樂趣和感動。

我突然發現我所執著的東西，並非是「呈現的媒介」，而是「要呈現的東西」，是一些人、事、物，是一些有趣的念頭，是一段段的故事。

畫不成，我可以用寫的。

我用一種近乎發洩的心情去將那些自小到大的憧憬一股腦地爆發出來，漫長的冒險便這麼正式展開了——

從二〇〇三年初，到二〇〇五年末，《太歲》一寫，就寫了將近三年。

《太歲》也從網路小說變成了實體書，我也從一個時常換工作的宅宅變成了專職寫作的宅宅，直到二〇〇八年，是我踏入專職寫作的第四個年頭，也是這篇出道作品，獲得新生的一年。

很高興《太歲》能夠獲得重新出版的機會，我也利用這次機會對舊版《太歲》進行了某種程度上的修訂。修訂的過程說大不大，但說小也不小，主要集中在文句的潤飾、錯漏字與標點符號的訂正、ＢＵＧ的修正，以及角色小傳的補強等等，至於整體故事架構基本上是不會有太大變動的。

由於《太歲》是一部百萬字級的大長篇故事，在四年職業寫作過程裡也累積了許多新讀者，這些讀者們對《太歲》是陌生的。因此我也希望這篇序同時肩負起「導讀」的任務，但又不希望太過囉唆嚴肅地對讀者上一些設定課程，所以簡單提一下這篇故事到底在講什麼。

《太歲》這篇故事敘述了天上那只能夠吸納四方惡念的太歲鼎在崩壞之後，裡頭收納的無盡惡念緩緩墜入人間，許多神仙墮落成了邪神，凡間精怪邪化成了惡煞，人也將因惡念影響而變成殘暴嗜血的獸。煉獄即將降臨。

天界殘存的正神保護著尚未完工的新太歲鼎，撤退到了凡間，聯合凡人和精怪，伺機對那些奪取了天庭的邪神們展開反攻，阻止這場浩劫的到來。

除了故事大綱之外，有一點是我覺得應該要事前提及的，那就是《太歲》當中的世界設定是架空的、是抽象的，全篇故事中不曾出現地名，那是因爲我特意將生活周遭的環境放大成了故事中的全部場景，這樣設定的目的主要是爲了兼顧故事風味和眞實世界邏輯之間的平衡，也因此讀者朋友們在閱讀這篇故事時，可別太認眞地去探究「爲什麼某某教的某某神仙沒有登場」，或是思索著「爲什麼所有神仙都集中在這小小的地方呢」這樣的問題，這樣便不有趣了。

我希望《太歲》這篇故事，能讓各位讀者朋友們在閱讀時，暫時拋開生活上種種煩惱，投入到《太歲》的世界裡，去體驗、感受這場惡念降臨前的壯大冒險。

星子
2008.09

楔子

抬頭看看夜空，天上繁星點點，人們都漸漸遺忘，其中許多是流傳已久的神明。有牛郎織女、有太陽太陰、有四靈二十八宿、有七曜五星。

太白星、歲星、辰星、熒惑星、鎮星，並列五星，加上太陽、太陰，合稱七曜。

其中歲星定位模糊，有稱其爲地神之主，或十二辰之神，或四時寒暑之神等各種說法。

「太歲當頭坐，無喜恐有禍；太歲出現來，無病恐破財」是流傳已久的一段句子，將太歲在老百姓心中的形象，形容得活靈活現。

01 順德大帝

一如往常的夜，街上人潮漸漸散去，店面商家紛紛拉下鐵捲門。冷清的道路偶爾有車經過，其中有因爲工作而晚歸的人，也有飆車的敗類們。

巷弄裡的攤販也一一收攤，唯獨角落那臭豆腐攤位招牌仍淡淡亮著，老闆娘月娥年紀約莫四十上下。在美容保養品氾濫的現在，月娥看來卻要比同齡婦人蒼老許多，她戴著手套、持著鐵夾，偶爾翻動擺放在鐵架上早就冷了、已炸過的臭豆腐。

這陣子不知怎地，生意比半年前更少了一些。少了，卻也讓母子兩人每晚多做兩個小時的生意，只爲了盡可能增加些收入。

月娥的兒子阿關在一旁倚著牆、玩著手指，仰頭看著不遠處那盞半殘燈，看著舞繞在殘黃燈光四周的飛蛾們。

阿關高職剛畢業，白天在便利商店打工，晚上則跟著媽媽上街賣臭豆腐。關記臭豆腐以前在自家小鎮上小有名氣，許多年前，阿關爺爺騎著三輪機車，車後架著炸臭豆腐的油鍋，一罐調配得天衣無縫的蒜味醬油，一小桶美味泡菜，每晚固定十點沿街叫賣，日復一日地打響了名號。

阿關六歲時，爺爺死了。孩提時的阿關，哭了一個月。

阿關爸爸繼承了小小的臭豆腐攤，三輪小機車換成有棚的小發財車，營業時間從每天晚上十點，變成了從早到晚，叫賣的行程也擴張得更遠，生意卻減少了，收入說多不多，維持一個兩大一小的家庭，勉強過得去。

兩年前某夜，阿關爸爸在叫賣臭豆腐途中，遇上一幫混混找碴。混混們先是要吃免錢的臭豆腐，接著要收保護費，阿關爸爸抵死不從，混混們轉要爲搶……

阿關只記得兩年前那晚，風大雨急，迷迷糊糊接到了警察局的電話。回神後，人已和媽媽站在醫院某處，看著蓋上白布的爸爸。

爸爸手中緊握著一只破爛的空錢袋，阿關想起過兩天是媽媽的生日，他明白爸爸爲什麼爲了錢袋裡區區千幾百塊錢，被混混們活活打死。

接下來的日子裡，媽媽開始叫賣起臭豆腐，她不會開車，只好買了台二手三輪腳踏車。每天在這熱鬧而冷漠的城市裡叫賣十一個小時以上，爲的是賺取母子二人勉強餬口的生活費。

爸爸死後，生意一落千丈，大家嫌臭豆腐味道變差、泡菜不入味了。只剩下老顧客會捧場。

阿關看看手錶，十二點多了，今天生意差得讓人嘆息。收入扣掉成本，幾乎等於沒賺，他見到媽媽發呆望著街角，正想要提議不如回家好了。

巷口走來三、四個年輕人，模樣一看就曉得是雜碎，其中一個長髮鬈毛雜碎拍手叫著：

「嘿，那有賣臭豆腐耶！」

眾雜碎七手八腳你推我擠地嬉鬧到關記小攤前。

那長髮鬈毛雜碎看了阿關一眼，摳摳牙，說：「老闆娘，我們要吃臭豆腐！」

另一個黑皮膚平頭雜碎跟著起鬨：「臭豆腐怎麼賣？」

阿關還沒開口，月娥堆起笑臉搶著回答：「臭豆腐一份三十五元，你們要幾份？」

長髮鬈毛雜碎捏了捏鼻子，呸出一口痰；黑皮膚平頭雜碎走到月娥面前，順勢肩一抬，撞了阿關一下。

「啥？一份三十五元喔！」黑皮膚平頭雜碎皺起眉頭。

「是。」月娥笑著點頭。

「這麼貴喔？」

「太貴啦、太貴啦！」

「經濟不景氣啦！」眾雜碎們忽然一齊起鬨。

月娥陪著笑說：「沒啦，我們做的是小本生意，一天賺不了幾個錢，日子不好過……」

「老闆娘妳騙肖咧！常常看到你們在這附近做生意，怎麼會賺不了幾個錢？」長髮鬈毛雜碎摳了摳牙，呀呀叫著。

一旁的阿關悶不作聲，翻著鍋中的臭豆腐，看都不看眼前的雜碎們，他想起昨晚的噩夢——

夢境重複著爸爸身亡那夜情景，從爸爸在暗巷裡停下小發財車，將臭豆腐下鍋，然後小混混圍了上來，爭執、拉扯、死亡。過程清晰而真實。

這樣的噩夢在爸爸死後的數個月裡，每夜不停重複上演，如同電視新聞的二十四小時重播畫面，一遍又一遍地播放。

隨著時間流逝，噩夢的次數慢慢減少，從兩、三天上演一次，到一個禮拜一次，接著兩個禮拜、一個月、三個月……

距離阿關上一次在某個清晨，因爲這個噩夢而心驚膽跳地醒來，已經大約過了半年。

但不知怎地，最近這一週起，同樣的噩夢又突然密集起來，夢境內容依舊，且依然那樣清晰眞實。

「幹！老闆娘，妳是故意的嗎？」長髮鬈毛雜碎大喝一聲，把阿關從思緒中拉回現實。

長髮鬈毛雜碎一手拎著月娥包給他們的臭豆腐，一手誇張地在嘴邊搧風，連連喊辣。「誰教妳用這麼辣啊？」

月娥委屈地說：「啊？是……你……你說辣加多一點的……」

長髮鬈毛雜碎大喊：「那也不用加這麼多啊！把我的喉嚨辣傷了怎麼辦？老闆娘妳說怎麼辦……哎呀，我的嗓子啞了，咳咳！咳咳！」他一面摀著喉嚨，微微彎腰嚷嚷。「要看醫生，要掛急診。」

「醫藥費！」一旁的黑皮膚平頭雜碎搶著起鬨：「老闆娘，我們大哥歌喉一流，現在怎麼辦，至少要賠我們一點醫藥費吧！」

月娥見那長髮鬈毛雜碎邊咳還邊笑，其他嘍囉們也一面起鬨，一面吃著她遞給他們的臭豆腐，知道他們有心搗亂，苦著臉說：「啊……你們怎麼這樣？我已經免費請你們吃了……

現在時機不好，可憐我們母子做點小本生意……你們不要這樣鬧好不好？再不然，以後我也請你們吃臭豆腐，好不好？」

「不好！」長髮鬈毛雜碎大吼一聲，還掄了掛在小攤上的招牌一拳，接著惡狠狠地指著月娥的額頭。「我告訴妳……」

「啪！」一個東西飛了過來，砸在長髮鬈毛雜碎臉上，痛得他彎下腰來。

大家看那東西掉在地上，發出清脆聲響，原來是用來挾臭豆腐的鐵夾子。

「幹……」長髮鬈毛雜碎讓那鐵夾子上的熱油濺得疼痛，正要爆發，卻見到本來那呆愣愣佇在一旁的蒼白少年已撲到了他面前。

阿關咬牙切齒地將長髮鬈毛雜碎撲倒在地，他呀呀叫著，腦中一片空白，不停揮著亂拳，一拳一拳砸在長髮鬈毛雜碎的臉頰、鼻子和嘴巴上。

那些雜碎嘍囉們瞬間通通愣住了，直到長髮鬈毛雜碎發出陣陣哀號才有了動作，他們全衝了上去，將阿關拉起，還以更凶狠的一陣痛毆。

「幹！你好大膽子！」

「你敢動手？」

「打我們老大？」

「呃……喔……」長髮鬈毛雜碎摀著臉大吼地跳起，抹著臉上的鼻血。他的門牙鬆動搖晃、眼角瘀腫，鼻子更歪向一邊且不停流血，他憤怒地大吼：「打死他！給他死！」

阿關抱著頭倒在地上，全身蜷縮成一團，腦袋裡仍然一片空白，他感到各式各樣的重擊自四面八方落在他身上，有些是腳尖、腳跟、拳頭，甚至是棍棒、附近街上的垃圾和磚頭……

雜碎們像是群發瘋的潑猴，有些開始四處撿拾任何可當作武器的東西，砸著臭豆腐小攤車。

「不要打了！」月娥撲在阿關身上，揮動手臂試圖替阿關擋下那些重擊。她跪著緊抱住長髮鬈毛雜碎的腳，哭叫求饒：「求求你們！求求你們放過我兒子！不要再打他了！你們打死他了！我賠你們錢……賠你們錢！」她哀號、大哭著，一面從圍裙內袋取出一些鈔票和零錢，要往長髮鬈毛雜碎手裡塞。

一名把風的小雜碎趕了上來：「別打了！警察來了！」

長髮鬈毛雜碎一把搶下月娥掏出來的錢，一邊對著其他小混混招手：「走、走！警察來了，快走！」小混混們騎上機車一哄而散。

「兒啊……兒子啊……」月娥跪在阿關身前，大力搖著一動也不動的阿關。她望著滿頭滿臉都是鮮血的兒子，驚恐地大哭。

「救命啊！救命啊……」寂靜的巷子裡，她的哭聲聽來格外尖銳刺耳。「這是什麼世界，爲什麼要這樣欺負我們母子？」

「老天爺啊——」

「老天爺啊——」

□

一個模樣孤冷俊傲的青年坐在窗邊，望著窗外，一語不發。月光透過青年手腳間隙，零碎地灑在病床上那蒼白少年的身軀上。

這少年是阿關，他臉色慘白，一動也不動地躺著。

病床旁圍著四人，是一名老者和三名少女。

「怎麼搞成這樣？」高大的灰髮老者神情肅穆地望著一名黃衣少女。

「據老土豆兒事後調查，備位大人是被幾個壞孩子打傷的。本來他腦袋受傷頗重，我緊急召了醫官，施術治療，這兩天已經恢復許多。」黃衣少女答。

「現在的凡人孩子都這麼凶殘暴戾嗎？」個子最矮的少女嘟著嘴，她穿著鮮紅上衣和黑色迷你短裙。

「他長大了不少。」另一個長髮少女望著阿關，低聲自語。

「哼！找出那些惡少，狠狠教訓他們，替備位報仇。」在病房門邊，還站著一個膚色黝黑的少年，他拋著一柄青綠色的彎刀，哼哼地說。

那少年腳邊坐著一個胖壯青年，手中拿著一顆飯糰，大口啃著，聽黝黑少年這麼說，便大力點頭，「對、對，得給他們些教訓才是。」

「哼。」坐在窗邊那高傲青年冷笑兩聲，說：「這沒用的傢伙，何必替他出頭。」

「你怎麼這樣說，人家備位身上的封印又還沒解開，力量當然不夠啦。」紅衣少女氣呼呼地瞪著那高傲青年。高傲青年也不回話，只是冷笑地撇頭望著天空。

「好了，我要施御夢術，準備喚醒他了。」黃衣少女吸了口氣，伸手按在阿關的額頭上。

一股鵝黃色的光芒，自少女的手掌發出，瀰漫籠罩住了阿關全身。

「啊？」

「嗯？」

阿關歪著頭，呆呆站在街上，他感到自己全身上下輕輕飄飄，沒有一絲重量，就像漂在水中、浮在雲上。

他狐疑地環顧四周，因爲他不知道自己是怎麼來到這裡。夜空黑漆漆的，無星無月，巷子裡極度寧靜，一點聲音都沒有，四周的景色十分眼熟。

街上一個人也沒有。阿關走到了巷口，轉入另一條巷子，那兒的景象他再熟悉不過……他想起這是什麼地方了──

是爸爸遇害的地方！

一輛小發財緩緩停在不遠處的街邊，車門打開，下來一個男人。

「爸！」阿關不禁叫出聲來，揉了揉眼睛，確定自己不是在作夢。

阿關慢慢往前走，在距離爸爸約十公尺處停了下來，停在電線桿旁，愣愣地看著爸爸從箱子中翻出生臭豆腐，下鍋油炸。

身後一陣腳步聲傳來，他轉頭去看，四個年輕人正好和他擦肩而過。

幾個年輕人熟悉的面孔，令阿關嚴重反胃，憤恨怨怒。又是這個噩夢。

阿關不解，以往這個噩夢就像是重播新聞，一遍一遍地播放，從開始到結束，畫面都是固定的。在夢中他感覺不到自我意識，只能讓這些畫面在眼前不停地重複上演。

但此時的夢境卻和以往大不相同，有如身歷其境。阿關走到爸爸身旁，小混混們也正好圍了上來開口勒索。爸爸正激動解釋自己一天賺不了多少，不可能將錢給他們。

「爸！」阿關拍了拍爸爸的肩膀，爸爸沒有回應。阿關覺得自己像是隱形人，身在爸爸和混混們中間，卻沒人發現他。

阿關抓著爸爸的手臂，甚至感到爸爸的體溫和因為激動而產生的顫抖。

「你他媽不要給臉不要臉！」一名混混打了阿關爸爸一巴掌。爸爸不甘示弱，用手裡挾臭豆腐的鐵夾子還擊，打在那混混臉上，混混們一陣叫囂，通通衝了上來。

「！」阿關剎那間明白了，在以往的夢裡，這個衝突瞬間正是使他痛苦不堪的觸發點。從這一刻開始，他便要再次複習爸爸遇害的經過。

也因此，當長髮鬈毛雜碎大罵母親時，觸發了阿關埋藏在心底的憤怒和悲痛，使他失去理智。

「……」阿關看著就在身旁的爸爸，在幾個年輕人的圍毆下漸漸倒下。他想要幫忙，但眼前的年輕人打也打不到、推也推不開；阿關甚至攻擊要害、張口去咬，也絲毫沒有作用。

他試圖拉開爸爸，也一樣拉不動。大家像是完全感覺不到阿關，但阿關卻能實在地摸到他們。

他絕望地坐倒在地，看著倒地的爸爸，還奮力緊抓著腰間的錢袋，一名小混混伸手去搶，被爸爸一口咬住手，痛得大叫。

「鬆口！」另一名小混混朝著阿關爸爸的臉頰重重踏下，「磅」地好大一聲。這聲巨響像一柄撞鎚，撞在阿關胸口上。

以往這個噩夢，通常會在這時結束。踩踏爸爸腦袋所發出的碰撞聲，和爸爸喉嚨中滾動的悲鳴聲，總會讓阿關從夢中驚醒。

但此時阿關只見到爸爸仍緊緊抓著錢袋，那些年輕人不停踩著爸爸的臉和身體，一腳又一腳、再一腳——

「唔！」阿關從地上掙扎爬起，摀著耳朵，轉身狂奔，吼叫哭喊。「啊啊啊啊——」

爸爸是被人用腳踏死的。

阿關當時雖不在現場，但這夢境卻如此眞切。他記得當時法醫的報告，爸爸的頭是遭受重擊而死，全身滿是鞋印。或許是聽了法醫的報告，日有所思夜有所夢，才讓阿關不斷重複作著這個讓人心碎的夢。

阿關摀著耳朵，嘶吼狂奔，一直跑、一直跑，臉上流滿了淚，而那些恐怖的碰撞聲依然在耳邊迴盪……

他不知跑了多久，直到那聲音漸漸消去，他才發現自己竟跑到了自家公寓樓下，呆愣愣地看著三樓自己家的鐵窗。抬頭看看天空，一片漆黑。

照時間推算，當時自己和母親還在睡夢中，不久後便會接到警察局的電話，告訴他們父親遇害的消息。

「又作夢了……」阿關淚流不止，退到了牆角，抱著腿，將頭埋在膝蓋裡。「爲什麼沒辦法……醒來……」

就這樣，阿關背抵著牆，抱腿縮在角落，像是過了很久，又像只有一瞬間，他突然覺得四周亮了起來，他抬起頭，發現身邊不停有人走過。

「哇！」他嚇了一大跳，連忙站起。四周來往的行人還不少。他訝然地左顧右盼，還撞到一個路人，他連忙轉身賠不是，對方卻像是一點感覺都沒有，也沒理會阿關。

阿關呆了呆，不由自主地伸手捏了捏臉，感覺身子依然輕飄飄的，曉得自己還在夢境裡。此時應該是夢境裡的白天。

他茫然走著，走到了大街上。街旁有一家小吃店，那是上個月才開幕的新店面。阿關這才明白，夢境中的時間，從兩年前的夜晚，一下子拉近到距離現在不遠的時間點。

阿關繼續向前走入一家便利商店。那是他平時打工的地方。

收銀台前的店員正是自己，正在替客人結帳，這景象令阿關不禁感到有些好笑。

接著他的目光轉移到另一個與他年紀相仿的女店員身上，她叫林珊，是阿關暗戀的對象。

「家佑，我接個電話。」林珊這麼說。

「好。」阿關和夢境中的自己，竟同時應話。

他不禁笑了出來，抓抓頭，看看正在替客人結帳的自己，再看看到了角落講手機的林珊，苦笑了笑，他知道她正在和男朋友通電話。

阿關呆呆望著笑吟吟講電話的林珊，不由得越靠越近，幾乎要把臉貼在林珊的頭髮旁邊了。他聞著林珊的髮香，不禁紅了臉，他又伸手在林珊頭上拍拍，在她臉上摸摸。

他正盤算著接下來要做些什麼好，反正是夢，在自己的夢裡要做什麼，誰也管不著。

林珊通完電話收起手機，朝收銀台走去，阿關也跟在後頭。

他望著林珊和夢中的自己交談，講著一些瑣碎的閒事。他湊了上去想繼續剛才的行爲，但在他的眼神和林珊交會的瞬間，他莫名地感到一陣羞愧。

這個夢境太過眞實了，眞實到令他有些不自在。

他走出便利商店，呆坐在店門口，愣愣看著天空。

他想起自己那晚被打、不醒人事，然後就來到了這個夢境裡。

然而這個夢太長也太詭異了，他什麼時候才會醒來呢？媽媽怎麼了？眞實世界中的自己怎麼了？被打死了嗎？這裡究竟是夢境，還是地府？

他想著想著，眼前不知何時站了個人。阿關本以爲是要進便利商店的客人，便也不抬頭看，剛才身邊也有好幾個客人經過。

但那人卻不走進店裡，只是站在他面前。他這才覺得奇怪，抬頭看了那人一眼，是個老人。老人一身黑衣黑褲，肩上還披了件黑色風衣。

阿關和那老人目光交會，吃了一驚。老人的眼神和剛剛與林珊眼神交會時的感覺相同，都不像是恰好對上視線位置，而是「眞的看見自己」的眼神。

這令阿關有種說不出的古怪感，他忍不住站起，向一旁走開，他走了幾步，回頭看了看老人——老人仍看著他。

「啊！」阿關大吃一驚，他不知所措地呆立了一會兒，又來到那老人面前，邊試著挪移腳步，一面伸手在老人面前晃動。

老人轉頭，仍望著他。

「你……你看得見我！」阿關驚訝地問：「你是誰？」

老人不回答，靜靜不語，仍盯著阿關看。阿關又回了回頭，確定沒人在後面，也確定老人真的是看著自己。

阿關抓了抓臉，支支吾吾地說：「老先生，你……」只覺得在自己的夢裡，問夢中人發生了什麼事，似乎很奇怪。

老人抬起手，微微指著天上某個方向。阿關順著老人指的方向望去，他見到在那叢叢樓宇之後很遠的天際一端，有一片巨大黑霧，不停旋轉，越來越大，也似乎越來越結實。

很快地，黑霧變成了一個球體。阿關不明白那是什麼，只感到四周一下子暗下來，如同進入了黑夜，而那大球體繼續旋轉、繼續變大，越來越大，直到覆蓋住半片天空，像是電影裡撞向地球的巨大星體一般。

遮住了半邊天空的巨大球體，色澤斑駁不均，黑黑紅紅，偶爾還發出些紫色或慘綠色的光芒。

「啊……」阿關被眼前的景象嚇住了，同時感到四周天旋地轉，全身虛脫無力。他搖搖欲倒，不禁伸手拉住了老人衣袖。

「你害怕這東西嗎？」老人緩緩開口。

「那……那是什麼？」

「世間最醜惡的、最黑暗的、最腐敗的，都在那東西裡面……」老人淡淡地說。「但你不應該害怕它。」

「爲什麼？那到底是什麼？」阿關問。

「那是……」老人望向阿關。

□

「醫生！醫生！他醒來了！醫生！」

阿關見到眼前一個年輕護士正張大了眼，驚訝地望著自己。

「啊，我醒了！」他看看四周，發現自己在醫院裡坐在病床上。剛剛的夢境雖然眞實，但一直有種輕飄飄的感覺，而現在那種感覺沒了。他捏了捏臉，確定自己眞的醒了。

阿關回想著夢裡的情境，卻怎樣也想不起來夢裡那老人最後說的幾個字。

「噯，你不要動，不要緊張，你昏迷了快一個月，現在醒來了。」年輕護士見到阿關掙扎著想要下床，連忙上前安撫。

「我昏迷了快一個月？」阿關有些驚訝。

「你被流氓打得很慘，頭部受到很嚴重的撞擊，原本幾乎已經變成植物人，沒想到竟然能醒來，眞厲害耶。」護士點點頭。

「那……那我媽媽呢？她有受傷嗎？」阿關摸了摸頭。

「你不但醒來了，而且神智還很清醒耶。」護士搖搖頭回答：「你媽媽？她好得很，今天才把我們都罵了一頓……唉，不說了。反正她知道你醒來，一定會很高興的。」

阿關有些驚訝，平時母親對人和善，很少聽她罵人，又怎麼會罵照顧自己的護士呢？不到一分鐘，接到了通知的醫生匆匆忙忙趕到，驚訝地看著阿關。

「這是幾？」

「三。」

「這是幾？」

「……六。」

「你叫什麼名字？」

「關家佑。」

阿關回答著眼前幾個醫生和護士提出的近乎幼兒程度般的問題，他感到十分不自在。「對不起，能不能讓我上個廁所……」

「你直接尿就行了，我們有幫你裝導尿管。」醫生答。

「啊？」阿關動了動身子，果然感到胯下黏了些東西，看看四周許多雙眼睛盯著自己，爲難地說著：「這樣我尿不出來，我不能去廁所嗎？」

「當然可以，但是……」醫生推了推眼鏡。

阿關不等醫生說完，掙扎著想要下床。兩個護士攙扶著他，走入廁所，幫他解下尿袋。解尿袋這個過程讓他十分難為情，好幾次想要躲開護士的手。

「嘻，你不用害羞，我們幫你換過好幾次尿袋了。」年輕護士笑著說。

阿關尷尬笑了笑，沒有回應什麼。

醫生們等阿關從廁所出來，問了阿關一些生活上的瑣事，阿關也照實回答。

主治醫生推了推眼鏡，說：「眞是不可思議。植物人甦醒的例子不是沒有，但是剛醒來就可以這樣神智清醒、動作靈活，像是沒事發生一樣，這種例子我從來都沒見過。」

「家佑！」一聲尖叫打斷了醫生們的討論。

「媽——」阿關看著站在病房前的媽媽，高興地喊著。

「我的兒啊，你醒來了！」月娥快步走到病床前，激動得哭了出來，她握著阿關的手，說不出話，只是掉淚。

阿關不知道該說什麼，只能不住地拍著母親的肩膀。「我沒事，我沒事了。」

主治醫生走近月娥，微笑地對她說：「林女士，恭喜妳，妳兒子的狀況，眞是……醫學上的奇蹟，他完全醒過來了，眞的……」

「什麼醫學上的奇蹟！」月娥突然大喝一聲，大家被這突如其來的怒喝嚇了一跳。阿關留意到幾個護士臉上的表情，那是「她又來了」的表情。

「我早就說過順德公的法力無邊，你們就是不信！說我迷信？不讓我餵我兒子吃藥？現在你們還有話說嗎？你們丟不丟人！」月娥指著眼前一名年輕醫生大吼。

阿關感到簡直不可思議，媽媽從來不曾這樣和人說話過！

那年輕醫生一臉不服氣。「這位太太，植物人醒來的原因很多，我相信妳兒子並不是因為喝了符水的緣故，妳昨天那樣做，十分不妥……」

「放屁！放屁！」月娥不等年輕醫生說完，便暴跳如雷地打斷了他的話。「事實擺在眼前！我兒子讓你們搞了這麼多天都治不好，我昨天餵他喝順德公派的符水，今天馬上醒來了，你還大言不慚！你這蒙古大夫！庸醫！混蛋！烏龜王八蛋！」

「太太，妳……」年輕醫生面色鐵青，正打算說些什麼，但主治醫生拍了拍他的肩制止。「算了，走吧。」那群醫生、護士們有些默默不語，有些交頭接耳，紛紛走出了病房。

月娥瞪著那些醫生們的背影，得意地喃喃自語：「哼哼，這些庸醫，這些龜孫子，這次沒話好說了吧。哼哼！」

「媽……」阿關張大了口，仰頭看著母親。

月娥轉過身來，摸著阿關的頭髮，表情和剛剛判若兩人，哽咽說著：「阿佑啊，你要記住，你能醒來都是順德大帝大慈大悲，你要記在心裡，要好好謝謝順德大帝，大慈大悲、大慈大悲……」

「順德……大帝？」阿關不解。

「是啊，順德大帝，我們都叫他順德公。順德公法力無邊，普渡眾生……你能醒來都是因為順德公大顯神蹟，他們說你和順德公有緣，要你拜順德公做契子……媽明天就帶你去廟裡還願，見順德公，做他的契子！」月娥興奮地說。

阿關接不上話，以前從來沒有聽過父親或母親有什麼宗教信仰，更別說是當神明的乾兒子、還願這類事情。

「那我什麼時候可以出院？我想回家。」阿關問。

「對、對！媽等下就去幫你辦出院手續，明天就走，不，今天晚上就出院，誰要待在這什麼狗屁醫院！去他媽的蒙古大夫，去他媽的……」月娥不住地在病房內踱步，喃喃自語，自顧自地走了出去。

「嘿，小弟，恭喜你醒過來。」

阿關轉過頭去，隔壁病床旁坐著一個大嬸，大概六十多歲，她身前病床上躺了個老先生。

「我眞羨慕你，我老伴睡了六年還醒不過來，你運氣眞好，眞好……不過……」大嬸微微笑著說。

阿關見到大嬸像是有什麼話難以啓齒，便問：「不過……？」

「你要多關心你媽媽，她……這些天，精神很不好，有點不對勁……」

「啊？我媽媽這幾天怎麼了？」阿關不解地問。

大嬸打開熱水瓶，倒了杯水給阿關。「你叫我福媽吧。」阿關接過水杯，說了聲謝謝。福媽坐在老伴旁邊，摸著老伴的頭髮，緩緩地說著：「你剛進來的時候，你媽媽整天陪在你身邊，只是哭，什麼也不說……」

阿關靜靜聽福媽說著這一個月來發生的事，大概勾勒出整個經過。

月娥從阿關被送進醫院開始，每天都守在阿關身旁，陪著他動了好幾次腦部手術，剛開始幾乎崩潰，多虧福媽在旁邊苦勸，月娥才吃了些東西回家休息。

福媽個性開朗，月娥有她作伴，也想開了不少，不再成天以淚洗面。

直到半個月前，某天早上福媽再次來探望老伴，月娥一看到福媽，便興高采烈拉著福媽的手，要給她看樣東西，接著從皮包裡拿出一個小符包，說是從廟裡求來的保命符，說順德大帝多麼多麼神奇，直說阿關有救了。

福媽不信這些，但想想天下父母心，也就跟著月娥一搭一唱，說阿關吉人天相，一定會好起來。

起初福媽只認爲她是愛子心切，在無計可施的情況下，將希望託付給宗教，是人之常情。但日子一天天過去，大家卻發現月娥的行徑越來越離譜、越來越不講理，脾氣也越來越暴躁，時常拿著從廟裡求來的符水要灌阿關喝下，也時常因此和護士起爭執。

「你看看你後面……」福媽說到這裡，指了指阿關背後。

阿關轉過頭去，看到在他的床頭牆上，貼著一張好大的畫像，上面是一尊神像，想來就是媽媽口中的順德大帝。阿關吃驚地看著那幅畫像，很難想像醫院裡會貼著這種東西。

福媽繼續說著，這幅畫是一個禮拜前，月娥硬要灌阿關喝符水時，和醫生發生激烈爭執，醫生最後讓步，允許貼神像，但不可以灌阿關喝符水。

福媽說到這裡，喝了口水，看著地上，顯然餘悸猶存。

「昨天晚上，你媽媽來看你，起先好好的，後來不知道怎麼搞的，突然從皮包拿出一罐不明液體。我一看到那罐東西，就想到一定又是符水什麼的。你媽媽發了狂似地抓著你，扯下你的鼻管，硬要灌你喝那東西。護士阻止她，還被她打了兩巴掌。後來大家合力才將你媽媽制伏。大家這才看清楚，那藥水裡不但有還沒燒完的符，還有半截死老鼠，和許許多多的小蟲……」

「啊？」阿關不由自主地抖了一下。

「原本醫院打算報警的，但是你媽媽事後坐在地上哭，一直說她只是想辦法要救你，加上我替她求情，醫院也才大事化小……」福媽嘆了口氣說。

「我媽媽……不是這樣的，她一直對人很好……」阿關難以置信。

「我知道，大概是她太擔心你了，所以情緒才會這樣不穩定，所以我才說，你要多關心你媽媽……」福媽說。

阿關點點頭，喝完手中那杯水。然後靜靜地躺下，望著天花板。

福媽也沒有再和阿關搭話，只是不時撫摸著老伴稀疏的髮，有時望著窗外，偶爾用極細的聲音對老伴講些話，接著滿足地笑笑，像是在緬懷過去。

老伴雖然無法回答，但阿關明顯感受到那種兩人世界的氣息，感受到福媽對老伴的愛與不捨。

阿關幻想著福媽和她老伴年輕時的模樣和他們的故事，或許極爲平凡，但生死不渝。在這個時代，難得。

想著想著，阿關漸漸睏了。

□

「阿佑啊，阿佑！」阿關睜開眼睛，是媽媽在一旁開心地推著他說：「快醒來，走啦，我們要出院了。」

阿關坐了起來，揉揉眼睛說：「出院？可以出院了嗎？」他邊說邊看了看牆上的時鐘，大約晚上九點多。

「對啊，媽已經幫你辦好了出院手續，我們趕快離開這家鬼醫院！再也不要見到這些混蛋醫生！」月娥接著開始抱怨醫生和護士是多麼惡劣、可惡，不時夾雜著許多髒話。

阿關見媽媽流利地講著髒話，心中困惑，媽媽以前從來不會這樣說話的。

出了醫院，月娥帶著阿關上了一家麵店，母子二人在麵店裡吃著麵，聊著醫院裡的事。然而，大多數的時間，阿關都靜靜聽著媽媽在罵那些醫生是如何如何對順德公不敬，簡直是罪大惡極。

在回家的路上，阿關看著走在前頭的月娥，心中充滿害怕與不解，眼前的媽媽像是完全變了一個人。月娥在公車上和其他人爭搶座位、互相叫罵，也會朝著路邊的野狗大聲咆哮。

進入公寓，走上樓，阿關看著自家家門，心中鬆了一口氣，他終於又回到家了。

「喝！」一打開門，眼前那暗紅色的陌生客廳，讓阿關好不容易放鬆的情緒霎時間再度緊綁起來。

客廳完全變樣，原本天花板上的白色日光燈管全被拔下，取而代之的是神桌上那幾盞紅色燈泡，還有掛在四周的紅色燈籠。整間屋子被映得一片通紅。

牆壁上掛了一幅極大的神像，周圍貼滿了各式各樣的符籙，客廳中央的桌子上擺滿了法器、供品和經書。

一旁原本用來放電話的小桌子上，則擺著幾罐奇怪的玻璃瓶，裡頭裝著黑色的液體，當中還有些褐色的黏稠物，想來就是媽媽餵自己喝的符水。

「你在幹嘛？還不進來！來、來，快過來給順德公上個香……」月娥已經點好了一炷香，催促著阿關進屋。

阿關強忍著心中恐懼，脫了鞋走進屋裡，從媽媽手中接過了香，朝掛在牆上的大神像胡亂拜了幾拜。

等到他回到自己的房間，只見到兩個大大的紅色燈籠將整間房映得暗暗紅紅。阿關伸手去按電燈開關，卻沒有反應，抬頭一看，頭頂的電燈和客廳一樣，全沒了燈管。

「啊！」阿關覺得肩膀被人拍了一下，嚇得抖了起來，回過頭，原來是媽媽。「阿佑吶，你要是覺得太暗，就拿蠟燭去點吧。這些蠟燭都是順德大帝派的神燭，點了保平安。」

那幾支蠟燭像汽水罐般粗，阿關將蠟燭一支支點起，房間總算亮了些。但不亮還好，一亮起來更讓阿關皺緊了眉頭——他本來貼在牆上的籃球巨星海報，被換成了順德公畫像，書桌上也懸掛著各種大小的順德公畫像。

而四周牆壁和客廳一樣，貼滿各式各樣的符籙，許多可以懸掛東西的地方都給掛上了一串串稀奇古怪的符籙墜飾。

「不會吧……難道我還在作夢？」阿關閉上眼睛，揉了揉太陽穴。

當下的處境令他無法置信，但和之前的夢境比起來，卻又沒有那種輕飄飄的感覺。這讓他感到十分惶恐，要是這一切是眞的，那麼接下來他該怎麼面對？

正想著，月娥端著一個碗走進來，阿關一看到那個碗，心中登時生出不好的預感。

「家佑啊，這是順德公的符水，快喝下。」月娥將碗遞向阿關。

阿關看到碗裡漂著黏稠的黑色液體，還有一股惡臭撲鼻而來。

「媽……我不是已經好了嗎？」阿關爲難地說。

「你才剛剛醒過來，身子還很虛，喝這符水能讓你快點恢復。」月娥這麼解釋。

阿關看著媽媽殷切的眼神，不知如何拒絕。他接過碗，慢慢地將碗湊到嘴前啜了小小一口。

這時電話響起，月娥走出房間接電話。

阿關趕緊噗的一聲，將口中的符水吐回碗裡，捧腹乾嘔。他張大了口，不斷擠出口水，那符水的味道比餿水還要腥臭。

月娥對著電話不住地道謝，從談話內容聽來，電話那頭應該是媽媽的教友。

阿關急忙看看四周，一面不停乾嘔，一面趕緊從床下搬出一個塑膠置物箱，是平時拿來裝書用的。他打開蓋子，將箱裡的書扔進衣櫥，跟著將那碗符水倒進塑膠箱子裡。

箱子裡那灘噁心的液體裡頭，竟還有幾隻指頭大小的蛆蟲在扭動掙扎著。阿關傻了眼，覺得胃翻騰難受，一股股腐屍臭味在他鼻腔、口腔裡迴盪衝撞。他蓋上蓋子，將箱子推進床下，拿著碗走出房間。

月娥邊講電話邊看著阿關，眼神滿是狐疑。

阿關將手中的空碗展示給月娥看，示意自己不但喝了，還喝得一乾二淨。月娥這才微微一笑，繼續講電話。

阿關上廁所門，阿關馬上打開水龍頭漱口，拿起牙膏擠了一大條在口裡嚼著，接著再漱口，反覆幾次，那噁心的味道總算淡了點。

阿關回房躺上床，忍不住暗罵一聲。天花板上竟然也有一幅順德公的畫像，畫像中那穿著大黃袍、端坐在龍椅上的順德公，正賊兮兮地盯著自己，說有多討厭就有多討厭。

他將身子縮成一團，用被子蓋住全身，緊閉著眼睛，思索著這究竟是怎麼一回事。在胡思亂想的過程中，他認為眼前這一切很可能都是夢，只要醒過來，就會消失了。

過了好久，阿關卻怎樣也睡不著，他從被子裡探出頭來，房間還是那鬼樣子。他用力捏著自己的臉和手臂，痛得不得了。即使如此，他仍然盼望這是場夢，畢竟之前他也經歷過極眞實的夢。

時間一分一秒地過去，阿關這才迷迷糊糊地睡著，但睡得不是很好。半夢半醒，總覺得渾身不對勁。

「阿佑，阿佑——」

阿關在睡夢中聽見媽媽敲門的聲音，霎時清醒過來。看看鐘，已是早上七點。他茫然下床，推開門，看到媽媽又端著一大碗黑色符水，連忙後退好幾步。

噩夢還沒醒。

「阿佑啊，媽現在要去廟裡，求順德公收你當契子。如果順德公同意了，媽明天就帶你去廟裡見順德公。」月娥邊整理著皮包邊說著。

阿關發現媽媽臉色蒼白、黑眼圈極重，不禁關心地問：「媽，妳吃過早餐了嗎？要不要吃些東西？我去買早餐。」

月娥搖頭笑著回答：「不用了，我每天喝順德公的符水，三餐都喝，精神好得很，肚子也不餓。對了，我拿給你那碗符水，你別忘了喝啊！」

阿關看著月娥出門，呆立半晌，這才將那碗噁心的符水倒進馬桶。

他開始仔細打量家中一切。走到月娥房間，推開門一看，果然如預料般，全是順德公的畫像，和一大堆符籙墜飾，並且貼掛得更多、更密集。

阿關撥了通電話到之前工作的便利商店，在他住院這段期間，店長已經雇了新的店員。

阿關套了件外套出門，一來想要買些吃的，二來也不想待在詭異的家中。

他拿著食物在街上邊走邊吃，突然有些懷念夢中的老人。總覺得那老人的眼神看來十分睿智，似乎只有那老人能替他解答眼前一切。

他就這樣漫無目的地走著，不知道走了多久，走到了離家挺遠的一條街上，突然發現眼前不遠處，有一座不大不小的廟，就坐落在巷子裡，廟前幾個紅色燈籠寫著大大的字——

順德大帝府

「不會這麼巧吧……」阿關在心中暗罵幾聲，就要離開。但轉念一想，何不上前瞧瞧順德大帝究竟是何方神聖，也順便看看媽媽在不在裡頭。

阿關便裝作不經意地走過廟前，朝廟裡瞥了幾眼，只見一堆人跪在裡面，口中唸唸有詞。他瞥見那些跪在地上的信徒當中，其中一個婦人的服裝、背影，都和媽媽十分相似。於是他東張西望，裝出一副在等人的模樣，在廟外來回晃蕩，想要再看清楚些。

廟裡突然傳出一聲大喝：「弟子林月娥，順德公已經答應收妳兒子做契子，妳兒子就在外面，還不叫他進來！」

阿關一聽，嚇得身子登時僵直。廟裡的人也一齊往外頭看，月娥慌張地跑了出來，拉著阿關問：「家佑，你怎麼會找來這裡？」

「我……我也不知道，我一個人在家有點悶，想出來走走，不知道爲什麼就走到這裡來了……」阿關支支吾吾地回答，心裡想著究竟廟裡頭是哪個人看到了他，又怎麼知道他是誰的兒子？

「一定是順德公早就算好了的，一定是……」月娥又驚又喜地說，一面拉著阿關往廟裡走。

這順德大帝府陳舊陰暗，裡頭幾支黑乎乎的蠟燭燃著小燭火。燭火忽明忽暗，兩邊牆上掛著一排排老舊黑燈籠搖搖擺擺，像是隨時要掉下來一樣。

廟裡正中那張神壇，讓香火熏得灰黑一片，破香爐上插著滿滿瀰漫異味的香，連落下來的香灰都特別黑。

阿關見到神壇上頭供著一尊神像，那神像一身黃袍，臉、手都是褐黑色的，慈眉善目，但面容卻又帶著微微的詭譎神氣，想來便是媽媽口中大慈大悲的順德公。

月娥掩不住喜悅神情，高聲對四周的信徒朋友們說：「這是我兒子……我本來想先問問順德公的意思，再帶他來這裡，沒想到他自己跑來了……這都是順德公法力無邊，冥冥中指引我兒子來的啦……」

那些師兄弟姊妹們聽了，都露出欣羨的眼神。

有個婦人對阿關說：「唉喲，少年仔，是你福氣啦，順德公肯收你做契子，還指引你過來，我家志華拜了一個月，順德公才肯收他。」

「呃……嗯。」阿關聽得一頭霧水，也不知該如何應對，只能堆起笑臉點點頭。

媽媽拉著阿關，來到神壇前一名年約六十來歲的老婦人面前，對阿關說：「阿佑來給順德公上個香，讓阿姑看看，喝一點阿姑的符水……」

「符水……」阿關望著眼前那叫作「阿姑」的老婦人，只見阿姑的眼睛很小，眼白便看起來十分少。阿姑面無表情，側身在一旁的小桌前，不斷抓著一些奇奇怪怪的東西，放入一只大碗公。

只見那些「配料」有些是粉末，也有一塊塊、一長條的，甚至也有稀稀爛爛的，最後再倒入一些黑漆漆的液體。

「這麼大一碗……」阿關瞄著阿姑手中那只髒兮兮的大碗公，心裡暗叫不妙。在人家的地盤上，這麼多隻眼睛盯著，不可能像前兩次一樣偷偷倒掉。

媽媽遞來一炷香，阿關接過，心不在焉地拜了兩拜，隨手往香爐上插，一股撲鼻惡臭迎面而來。阿關給這陣怪異的臭味熏得幾乎想嘔，但他還是揉揉鼻子強忍下來。

另一邊，阿姑拿出一張黑色的符，湊上蠟燭點燃，口中唸唸有詞，挾著符放入碗裡攪了攪。接著一句話也沒說，冷冷地端著那碗還冒著煙的符水走向阿關。

碗還沒到，惡臭已襲來，不同於燃香那股刺鼻異臭，這符水瀰漫著一股腐屍臭味。阿關見阿姑已經來到他身旁，加上聞到那股符水惡臭，嚇得冷汗直流。

「低頭！」阿姑伸出手捏著阿關後頸，將他頭壓低，再將手按在他頭上，口中碎碎喃唸起來。

阿姑唸得急快，口齒又不清楚。阿關只能大概聽懂一點，大意是講阿關既然認了順德公做乾爹，就得一心一意信奉順德公之類宣誓一樣的話語。

阿姑唸完，將碗端到阿關面前，冷冷地說：「喝光了之後跪下磕三個響頭，你就是順德公的契子了。」

阿關漲紅了臉，看看阿姑，再看看媽媽。月娥一副期待的眼神，眾師兄弟姊妹們也個個興奮不已。

他又看了看那碗符水，裡頭除了黑色的汁液外，還沉著一堆堆爛爛的東西，也看不出來到底是什麼，不過有幾隻昆蟲的腳和翅膀倒很顯眼。

「我……」阿關讓那股臭氣熏得有些頭昏，後退一步，面有難色地說：「呃……我……我可以不要喝這個嗎？」

話才剛說出口，阿關只見到廟裡所有人都張大了口，驚訝地看著自己。

月娥急忙拉住阿關：「你說什麼？」

「這……這裡面是什麼？為什麼有這些奇怪的東西？而且……為什麼突然要我做順德公的乾兒子？」阿關問。

「這都是順德公的神物，都是順德公給的藥。你不要怕！快喝！」月娥拉著阿關說，一邊向阿姑解釋：「歹勢啦，阿姑！我兒子昨天才出院，腦筋有些不清楚……他願意做順德公的契子啦！」

阿姑面無表情，不發一語。

阿關見媽媽語氣轉急，心中也有些慌張，他搖了搖媽媽的手臂，嚷嚷起來：「媽，妳怎麼變成這樣？妳到底怎麼了？」

「什麼我怎麼了！你快把符水喝了！快給順德公磕頭！快！」月娥從阿姑手上將那碗符水接過，就要往阿關嘴邊湊去。

「我不要喝這個！」阿關駭然扭頭，同時一把將碗推開。

磅——碗公在地上砸成了碎塊。

阿關讓那黑色濃稠符水濺了一腳，稀奇古怪的黏團碎塊殘渣撒了滿地，有些像蟲的東西還緩慢地蠕動著。

所有人都愣住了，阿關連連後退，還不停甩著腳，生怕骯髒符水滲透褲管沾到皮肉上。

「你這孩子！」阿關媽媽尖叫著。

幾名師姊妹也紛紛站起，指著阿關罵：「死囝仔！」

「你做什麼！」

阿關心裡十分害怕，顫抖地對月娥說：「媽，妳……我們回家吧，我們去醫院好不好……」

「去什麼醫院！」月娥尖叫著衝向阿關，迎面就是一巴掌，結結實實打在阿關臉上，接著一下又一下，像雨點般地打在阿關肩膀、手臂上。阿關用手護著頭臉，連連後退。

更多師兄弟姊妹們站起，大聲責罵阿關。阿關腦中一片空白，轉身往廟門口跑，一名頂著啤酒肚的中年男子攔在阿關面前不讓他走。阿關顧不了那麼多，用力推了那阿伯一把，將阿伯推得撞上那發黑生黴的紅廟門，只聽那阿伯哎了好大一聲。

阿關逃出了廟，狼狽跑著，身後還傳來媽媽的尖叫和信徒們的責罵聲。他不斷地跑著，腦中嗡嗡作響，根本無法理解方才發生的事。一想到那濃得和八寶粥一樣的惡臭符水，便不難理解先前醫生、護士見到媽媽時的神情。

阿關跑得胸腔發疼，雙腿痠軟，這才緩下腳步，看看四周，他已經跑出了好幾條街外。

「什麼鬼廟……」阿關扶著路邊一根電線桿，大口地喘氣，抬頭看著天空，心中猶豫著不知該怎麼辦，他生怕回到家裡碰見媽媽，但他也沒有什麼親友可以求救，媽媽是他在世上唯一的親人。

他失魂落魄地走著，走著走著，他發現自己竟不自覺地走到了先前打工的便利商店。

店長雇了新人，是個開朗的大男孩。阿關從商店的玻璃窗往裡頭看，看見林珊和那開朗的新店員有說有笑，心裡有些落寞。

他本來想進去買罐飲料，順便和林珊打聲招呼，此時卻意興闌珊，他覺得自己永遠也匹配不上林珊，又何必自討沒趣。

他嘆了口氣，轉身要走，卻和身後的人撞個正著。他連聲道歉，同時也訝異這人站得離自己這麼近，自己卻沒察覺。

阿關摀著鼻子，看了個仔細。眼前那人看來挺老，深深的皺紋布滿臉和額，有著一嘴長長的灰鬍，穿著寬大的黑色風衣。

是先前夢裡那個老人。

「我……我、我……我還沒醒來……我還在作夢？」阿關訝然地後退，直到身子貼在便利商店的玻璃櫥窗上，喃喃自語。

老人一手按上阿關肩頭，阿關只覺得身體的力氣頓時全失，動彈不得。

老人緩緩開口：「上一次是夢，現在不是。」

阿關心裡害怕，喃喃地問：「你到底是誰？」

老人冷笑著說：「上次只對你講一半，你就醒了過來。秋草娃兒的御夢術太麻煩，老夫沒什麼耐心，想要直接講個明明白白。」

老人邊講，邊指向天空一方，緩緩地說：「看看那是什麼。」

四周忽然暗了下來，一片黑影籠罩整個大地。阿關朝老人指的方向看去，一個極巨大的暗紅色球體掛在半空中，遮住了大半天空。只見那球體不停旋轉著，還緩緩降下，離地面越來越近，像是要吞沒整個城市。

是先前夢裡的那顆大球。

阿關突然肩頭一鬆，那老人不知怎地不見了。他跌在地上，動了動手腳。看著那暗紅色大球散發著異常的恐怖氣氛，四周被它發出來的紅光映得駭人。

阿關腦袋裡閃過了那老人的話——世間最醜惡的、最黑暗的、最腐敗的，都在那東西裡面……

他注意到空中的巨大球體上，有塊特別醒目的紅色區域，與四周的紅黑色有些不同。那塊大紅斑像血一樣紅，他甚至聞到了一股濃稠、腐敗的血腥味道。

阿關想逃，腳卻像生了根似地釘在地上，動也動不了。看看四周，路人們卻像是沒事一樣，自顧自地做自己的事情。

暗紅色大球不斷下降，眼看就要碰到城市裡幾棟較高的大樓，其中一棟大樓頂上尖銳的避雷針，正對著球體上的大紅斑。

五公尺、三公尺、一公尺……暗紅色大球球面一接觸到避雷針，速度減慢了下來，那棟大樓就這樣插進了血紅色區域，露在球體外的牆和窗開始腐敗、變黑，還長出了奇怪噁心的藤蔓。

血紅色區域不斷地蠕動著，像是有數以億計的蚯蚓要從裡頭往外爬出來。忽然，阿關感到整個大球開始抖動，一道道裂痕接二連三地出現在球體上。

接著，那巨大的球體在空中炸裂迸發，就像是巨大的血紅色恐怖煙花。

阿關讓那大球體爆發的震撼威力轟得軟倒在地。他用手保護住頭，只覺得有種恐怖噁心的東西排山倒海地落下襲來，像是暴雨一樣砸落在他的全身上下。

過了好久、好久，阿關放下雙手、睜開眼睛，卻不敢相信自己看到的——他的手上是血，身上是血，臉上、腳下、路上、四周房舍、汽車、街道，全都是血！

天空飄著血霧、落著血雨，天際那顆大球已經不見，但雲被染成了血紅色，城市裡大大小小的樓房都沾染了紅紅黑黑的血。

路人發瘋了，到處都是在互毆的路人。每家商店都有人在破壞、搶東西，有些人搶到了食物馬上放進嘴裡，神情就像是餓壞了的瘋狗。汽車一輛輛相撞，司機們下車就是一陣鬥毆。幾聲爆炸，一間間樓房開始起火，有人從樓上跌了下來，四周都是哀號聲、怒吼聲。

阿關呆站在街頭，看著眼前數個男人正毆打一個抱著小孩的孕婦。那小孩被活生生撕裂，斷成幾截散在地上；孕婦的衣服被扒光，滿臉是血早已不能動彈，而幾個男人正在輪流強暴著她。

一聲熟悉的尖叫聲讓阿關回頭，林珊從店裡跑了出來。她跌倒，又掙扎站起，右手摀著左手，顯然左手受了傷，後面一個人影拿著武器追了上來——是那開朗的男孩。

阿關大叫著，他看到那開朗男孩此時面目極度猙獰，手裡拿著一把水果刀在追殺林珊。林珊的腳也受傷了，一跛一跛地向前跑著。阿關想上前去救她，但他的雙腳仍給釘在地上，動彈不得，只能揮舞著雙手，張大了口，不知道該如何是好。

林珊向阿關跑來，阿關伸長了手，想拉她一把。兩人的手距離不到十公分時，阿關聽到林珊哀號了一聲，那開朗男孩已經撲了上來，一刀插進林珊的肩膀，壓倒了她……一刀接著一刀砍在她瘦小的身軀上。

「住手啊！」阿關死命地想要向前阻止眼前發生的一切，但他無法前進分毫，只能眼睜睜看著林珊漸漸不動了。

他見到林珊鮮紅的血自傷口流下，混入了地上那些黑紅色的血中。

開朗男孩終於停下動作，喪屍般地站起身來，舔舐著手中那把沾滿血的刀。接著走向其他人，繼續去殺人。

阿關蹲在地上抱著頭、喘著氣，茫然看著那開朗男孩殺人，接著被殺。

漸漸地……四周靜了下來，暗了下來。阿關發現自己在流淚，不知道是害怕，還是難過。

「你如果不願意見到這種事發生，就得試著阻止。」一個蒼老的聲音對阿關講出這句話。

那老人又出現在阿關面前。阿關抬起頭來，淚眼汪汪地看著眼前老人。此時四周漆黑一片，阿關只能隱約看見老人。

阿關抹抹眼淚，問：「這……這究竟是怎麼一回事，我……我是在作夢嗎？爲什麼……

這個夢……」

「這並不是夢，這是即將發生的浩劫，你可以當它是一種預言。」老人答。

「我……不明白。」

老人向天空指了指，阿關看到天空出現一些影像。那是一座廣場，那廣場非常大，四周是像古代宮廷的建築，有宮殿、有侍衛、有旗子，地上鋪滿了刻有龍鳳龜麟圖紋的石板。

廣場中央擺著一個鼎，那鼎也十分大，幾乎和四周的宮殿一般大小。鼎的三隻腳旁各有一尊石像，分別是麒麟、鳳凰和老虎。

老人轉過頭去，看著天上那景象，默默不語了好一會兒，才緩緩開口：「遠古時期的古老神仙們，在歷經了無數次的失敗之後，終於創造了這世上最活潑、也最高等的生靈……人。」老人特別在「人」這個字上面加重了語氣。

「人的智慧極高、潛力無窮，是這世間最優秀也最極端的生命，是唯一有能力超脫萬物生靈、代替神仙統御整個凡世的生命。人有憐憫之心，會照顧弱小，有同情心、有善心。但是……」老人說到這裡，頓了頓，繼續向下說——

人心中卻有著更多的惡……

人不斷散發心中的惡、貪念、妒忌、憎恨……一個人的惡念會影響到許多人，人人都有或多或少的惡念，不斷地傳染、不斷地累積，最後會讓人成爲魔。

遠古的神仙們爲了抑制人的惡，造出了一個鼎。這個鼎結合了天地間上千種礦石，經過天上工匠精心打造，用以吸取生靈散發出來的惡念。

就像你們人世間的垃圾場一樣，這個鼎裡裝的全是人間最醜惡的東西。天神將鼎放在遙遠天邊的一顆星宿上，大家管這星叫作「歲星」。

歲星因此千百年來一直代表著窮凶極惡、災禍與不幸。

「我則是數千年來，負責掌管歲星的神仙，大家都叫我——『太歲』。」老人閉上了眼，緩緩說著。

「太歲……」阿關似懂非懂，努力思索著這個他聽過但卻又不甚了解的詞彙。自然，他漫無頭緒，阿關只是眨著眼睛，看著老人。

老人則看向天，阿關順著老人的視線望去，見到天上那景象當中，大鼎周圍的確圍繞著一陣陣黑霧。黑霧在鼎的四周打轉，緩緩往大鼎上方飄去，當黑霧接觸到大鼎蓋上的九個圓孔時，一下子就被吸進了鼎中。

「數千年來，我被百姓當作凶神惡煞，天上大多數的神仙也不願與我打交道。歲星在他們眼中，是個藏污納垢、集天下萬惡於一處的地方，對掌管歲星的我，自然也看不上眼……」

老人自顧自地講。

「歲星上這座太歲鼎，千百年來不斷吸取人間惡念，雖然不能完全將惡念吸盡，卻也吸走十之八九，足以讓人間的善與惡，維持在平和的平衡裡。」

「可是，近幾百年來，人的數量以倍數成長，人間惡念也以倍數增加，太歲鼎早已負荷不了，鼎裡聚集的惡念已經飽和，卻又不斷吸入新的惡念。大約在一百年前，太歲鼎上出現了一道裂痕，一部分惡念從那道裂痕溢出，落到人間。凡人受那些惡念感染，經過了十年之久，人間爆發了前所未有的浩劫。」

「浩劫？」阿關不解。

「在那場浩劫之中，人殺人、人殺人、人殺人，凡人除了殺人，還是殺人。」老人閉上了眼，緩緩地訴說——

當時天界花了許多心血，修補好太歲鼎上這道裂痕。但撐不過二十年，大鼎上又裂開三道痕，溢出更多惡念，同樣在十年後，一場更大的浩劫降臨於人世。數也數不清的人在這場浩劫中彼此廝殺、喪命、受苦、哭泣。

那是煉獄。

神仙們終於認清事實，太歲鼎已經到達極限，已經跟不上凡人成長的腳步了。我們一邊修補太歲鼎的同時，也開始打造第二座太歲鼎。第二座太歲鼎容量是第一座的百萬倍。預計約花八十年的時間可以完成。

但糟糕的是，人類在這五十年中，數量增加得更急、更快，散發出來的惡念像是排山倒海而來。

就在兩百六十七日前，終於，太歲鼎崩壞炸裂，整座鼎炸了開來，鼎裡所有的惡念從歲星向外爆發，籠罩住整個天庭。

眞是一場噩夢。

惡念的影響力遠遠超過我們想像，三分之二以上的神仙受到惡念影響，墮落成邪神。這些邪神們向正神發動了戰爭，佔領了天庭和四方星宿。而那些尚未被惡念征服的神仙們，保護著未完工的新太歲鼎，撤退到人間……

老人說到這裡，睜開了眼睛，望著阿關說：「盤據在天上的惡念已經漸漸落下，這一次的惡念規模比前兩次強大數十倍，凡人儘管有肉身保護，卻也無法像前兩次惡念溢出時，經過十年才爆發。再過不久，你剛剛見到的慘況就會成眞，你不願意見到的畫面，通通都會上演，人殺人的悲劇即將重現，人間煉獄又要到來。」

「嗯……」阿關靜靜地聽老人說話，像是在聽一個古老的故事。他不知道該回應什麼，也無法感受到它的嚴重性，此時的他心中仍然將現在發生的都當作一場噩夢。

老人默默不語，閉上眼睛，時間像是過了許久……

接著，老人雙眼一瞪，眼中泛出一陣光。

阿關身子直直騰起，全身僵直，浮在半空中。他既然認爲自己在作夢，也就不那麼害怕，只是發愣等著迎接這夢境接下來的發展。

這自稱太歲的老人，將風衣上的帽子往後一撥，露出一頭鬈曲及肩的灰白頭髮，雖然年紀看來極老，卻散發著極其威嚴雄偉的神氣。

太歲伸出右手，指著阿關的額頭，猶豫了一下，緩緩開口：「本來，還不是喚醒你的時候，你的身體還沒成熟。但已經來不及了，太歲鼎提早崩壞，不得不讓你立刻投入這場艱苦的戰役。」

「小子，咬緊牙關，這會有點疼……」太歲冷冷地說。

阿關愣了愣，還沒意會到太歲這番話的意思，也不知道「會有點疼」是有多疼。他只覺得頓時間額上一股冰冷，在十分之一秒內瞬間轉成劇燙。

撕心裂肺的劇痛從他額心竄進，直鑽五臟六腑。

那疼痛，像是一把燒紅了的鈍刀，刺進了額頭，刺進了腦中；拔出來，再刺進去，一下一下地重複著。

阿關張大了口，卻叫不出聲，眼淚鼻涕流了滿臉，身子不住抽搐，足足經過了三分鐘，太歲的手才放開。同時，阿關也從空中落了下來，跌在地上發著顫。這時疼痛已經消失，但剛才那陣恐怖的經歷，已經嚇得他肝膽俱裂。

阿關不停地發抖，太歲在阿關身前蹲了下來。阿關以為接下來還有酷刑，嚇得臉色發青，「不……不……不……」

「我要南下支援被攻打的正神，晚點會有個同伴來幫助你，他是個很棒的幫手，你可以完全信任他，甚至將你的生命託付給他。」太歲從懷中拿出了個小布袋，放在阿關手裡，那是一只灰灰髒髒的老舊布袋。「這個布袋是讓你在那幫手趕來之前，當作自保的防身利器……」

太歲說完，起身大步走去。阿關覺得眼前天旋地轉，四周越來越亮，耳邊還迴盪著太歲的聲音：「小子，你聽好，你身上的封印已經解開。從這一刻起，你的肩膀上多了個你想也想不到的重擔子，你好自爲之吧……」

一陣風吹來，阿關愣住了，他仍然站在離便利商店前約十來公尺的人行道上。四周人來人往，他看看四周，剛才的事像是完全沒有發生過一樣，自己臉上卻還掛著淚痕。

難道站著站著睡著了，作了個怪夢？阿關立時否定了這個想法，他發現自己手裡正握著太歲給他的那只布袋。

這·不·是·夢。

阿關相信這不是夢，剛剛的劇痛讓他心有餘悸，他不認爲在夢中會感受到如此強烈的疼痛。

灰白布袋上還有著黃褐色髒垢，外觀大約是一本書那麼大，袋口繫了一條黑紅色的繩子。袋子裡有幾張紙，拿出來一看，是八張黃符，上頭有著龍飛鳳舞的幾個紅字。

阿關愣了愣，將那黃符放回布袋，將布袋收入口袋。

□

下雨了，天色也晚了，阿關走進一家自助餐店，點了一塊排骨、幾樣菜和一碗白飯，端到角落吃著。

他已經百分之百確定自己不是在作夢，而他晃了一整天，又餓又累。

店裡進來一對夫妻，帶著兩個小孩，一家和樂地坐在阿關斜對面。阿關注意到他們一家點的菜不怎麼多，卻吃得很開心。阿關低下頭，扒著飯，心裡有點羨慕。

他下定了決心，要和媽媽好好談一談。

一小時後，阿關來到家樓下，看了看錶，晚上九點多。

從樓下往上看去，看見家裡還泛著那股詭異的燭光，他心裡升起一陣不好的預感，他提心吊膽地走上樓梯。樓梯異常黑暗，每層樓的燈都沒開，阿關每走一層，便伸手去打開那層樓的電燈。

上頭那層就是自己家，阿關雖然知道那層的電燈壞了許久，卻還是下意識地按了按開關，自然沒有反應。

一層層階梯往上踏，他家的鐵門半掩著，從門縫透出了昏昏暗暗的燭光。

阿關吞了口口水，開門進了陽台，隔著紗門看到媽媽正跪在客廳神壇前，背對著他，一動也不動。

「媽……」阿關輕輕喚了一聲，媽媽沒有反應。阿關又向前走了兩步：「媽……我……我回來了……」

「你是誰？」月娥終於答話，卻仍舊背對著阿關。

阿關不解地問：「我？我是家佑啊……媽……妳？」

「你不用裝了，你不是家佑。」月娥用冰冷的口氣回應著。

「什麼？我是家佑啊！媽妳到底怎麼了？」阿關不明所以，心中惶恐。

「你、不、是！」月娥一聲怪叫，整個人跳了起來，撲到阿關面前，滿臉猙獰。阿關大吃一驚，向後退了好幾步，突然客廳兩旁有人衝了出來抓住阿關。

阿關又是一驚，看著身旁那兩個人，其中一個是今天在廟裡說自己有福氣的大嬸，另一個大嬸不知是誰，自然也是順德公的信眾。

客廳裡的燭光昏暗，她們躲在暗處，就爲了逮住阿關。

阿關心中駭然，這是有計畫的逮捕行動。

「啊！媽！妳們……妳們幹嘛？」阿關扯著雙手，但是兩個大嬸抓得眞緊，一時甩也甩不掉。

月娥走到阿關面前，指著他說：「你這孽障！快離開我兒子的身體！」阿關這時明白，媽媽以爲自己被邪魔附身了。

「媽……我不是孽障……我也沒有被附身！我是家佑啊！」阿關掙扎著。

「閉嘴！」月娥舉起右手。

阿關看見媽媽手上拿著一個怪模怪樣的法器，他不知道那是做什麼用的，只知道那玩意兒外觀上十分銳利。

「媽……媽……」阿關看著媽媽用尖銳的法器抵著自己的心口，不禁感到陣陣寒意。

「我、再、問、一、次，你、到、底、走、不、走？」阿關看著母親用恐怖猙獰的模樣說這句話時，突然覺得有些滑稽。被邪魔附身的人，倒像是眼前的媽媽，而不是自己。

「啊！」阿關感到一陣刺痛，看著媽媽手上那尖銳法器緩緩刺進了自己的外套，刺穿了裡頭的衣物，接著刺進皮膚、刺進肉裡。

「你、走、不、走、你、走、不、走……」媽媽的臉泛起青綠色的光。

「哇啊啊！」阿關大叫一聲，劇痛逼出了他的力氣，這才甩開兩位大嬸，轉身就要逃。

「別讓他跑了！」媽媽尖叫著追了上來。

阿關才跑到樓梯間，樓下便有幾個人拿著法器跑了上來，也是早已埋伏好了的信徒。阿關見無法下樓，只好往上跑。

往上跑了兩樓，一個大叔自樓上衝下來一把抱住阿關，阿關和他糾纏了一會兒，眼看樓下那堆人就要追上來，於是阿關顧不了這麼多，當著大叔的臉就是一拳。

「唉喲！」大叔鬆開了手，摀著鼻子怪叫，鼻血從他指縫間流下。

信眾們已經追到了阿關身後，阿關將那大叔猛地一拉朝著那些衝上來的信眾們推去。他身後一陣騷動，那些叔叔伯伯嬸嬸們倒成一團，有些還沿著樓梯滾了好幾階。

驚慌無措的阿關，在一陣咒罵聲中繼續往樓上跑，耳中聽到那吃了他一拳的大叔還不停吼叫，想起來就是白天時在廟裡想要攔他而被撞倒的胖大叔。

阿關跑到了樓頂，將樓頂的門關上，又搬來兩個花盆擋住門口。

這裡一整排的公寓樓頂都是相連的，十分空曠，樓頂有好幾個出入口。阿關很快跑到另一戶的樓頂，想從那裡的出入口下樓，這才發現門被上了鎖。

身後已經傳來信徒們在推門的聲音。

下一個出入口同樣也被上了鎖。阿關看著不遠處的最後一個出入口，心想大概也被上了鎖，這是早已布置好的圈套。

果然，當阿關來到最後一個出入口時，也被上了鎖。這時，後頭信眾們已推開了讓花盆擋著的門，圍了上來。

阿關慢慢退著，退到了水塔牆邊。信眾們則一步步逼近，有的拿著符水，有的拿著令牌。

阿關思緒混亂，又驚又怕，心想自己才剛從重傷鬼門關裡逃出，竟又碰上這種怪事。

媽媽從信徒中走了出來，用法器指著阿關：「孽障……你逃不了了吧……」兩個大嬸又撲了上來，緊緊抓住阿關雙手。

又有個大嬸拿了一大盆符水，對阿關當頭潑下。阿關被符水這麼一潑，只覺得一陣暈眩噁心。

白天替阿關主持契子儀式的老婦人——阿姑，從眾人身後走出，手裡還挾著一張黑符。

阿姑走到阿關面前，接過身旁一名信徒握著的燭火，將手裡的黑符點燃。阿關只覺得一股惡臭襲來，是一種比身上符水還難聞的惡臭。

阿姑將那符在阿關面前比劃了劃，阿關覺得眼前景象扭曲了起來，天旋地轉，阿姑彷彿分了身，一變二、二變四、四變八。

阿關倒在地上，全身發顫，眼花撩亂，眼前閃著一陣一陣的青光，耳朵嗡嗡作響，什麼也看不清、什麼也聽不到。

但同時，他也感到身子裡開始產生另一股力量，一股白淨的光芒，正試圖驅散入侵的青光。

白淨的力量漸漸佔了優勢，阿關開始能看見東西、聽到聲音。

阿姑這時招來兩名大嬸，拉起阿關，一邊得意地說著：「附在他身上的惡鬼已經被順德公的符給鎮住，你們先把他抬下去，等明天天亮，再帶他去順德大帝府，讓順德公親自捉出惡鬼。」

媽媽聽了不住地道謝，就差沒有跪下磕頭。

阿關被一名大嬸扶著，正覺得奇怪時，方才的不適感已經消失，他的神智十分清醒。

大夥簇擁著阿關和媽媽，回到了家中。

接下來是長達數小時的閒話家常，這些中年信徒喝著符水，聊著各種關於順德公的偉大傳聞。有的說見過順德公在自己夢中顯聖，看來慈藹親切；有的說順德公顯靈，摸了摸一位癌症末期病患的頭，那病患就當場痊癒，是聽另一位信徒的朋友的姨丈的弟弟的同事轉述而來。

阿關癱在躺椅上，半閉著眼，靜靜聽著那些信徒講得天花亂墜。他的力氣已經恢復了，但四周全是順德公信徒，他只好繼續裝出無力的樣子，等待時機偷逃。

時間一分一秒過去，夜越來越深，信徒們也一個個回家。最後只剩下他和媽媽、幾位和媽媽較要好的信徒朋友，以及阿姑。

阿關暗自捏了捏拳頭，剛剛太多人，他插翅難飛。這時情況大不相同，家裡只剩下幾個老弱婦孺還在接力歌頌順德公的神蹟，也都對被神符鎮住的自己毫無戒心。

阿關心裡明白，要逃走，現在是最好的時機。

正想著要發難，阿姑拿了一碗符水走上前來，掐住阿關的下巴，扳開了他的嘴。

阿關還沒反應過來，符水已經灌入他口中。

阿姑一邊灌，一邊回頭對著阿關媽媽講：「記得一直餵他喝符水，讓他不被鬼怪上身……」

阿關彈了起來，噗的一聲，將口中又苦又臭的符水全噴在阿姑臉上。

「我去你媽的順德老怪，誰要做他乾兒子！叫他爬來見我！」阿關用全身的力氣吼著，一把推倒阿姑，一邊嘔吐著，一邊衝到了陽台，打開了鐵門。

這時錯愕的眾人才反應過來，才要追上去，阿關早已衝下樓。

一陣喧鬧，兩個大嬸扶住了阿關媽媽，讓她不至於昏厥。

阿姑臉色鐵青，口裡喃喃唸著：「沒關係，讓他去。這孽障倒挺厲害，竟然不怕順德公的神符。月娥妳別擔心，我會派出天兵天將去捉拿他，他一定跑不了……」

阿姑聲音越來越細，竟聽不出在講什麼，她手指捏了捏、嘴裡還動著，雙眼閃爍著淡淡青光。

□

阿關靠著牆，喘著氣。他逃離自家好一段距離，走進了一條隱僻小巷，兩旁的住宅既老且舊。此時午夜時分，四周寧靜安詳。

他倚著牆，不知如何是好，現在家是回不去了，他被順德公信徒們潑了一身符水，渾身散發著濃濁惡臭，狼狽至極。

他抬頭望著街燈，是淡淡的青色。

他覺得頭有點痛，還有些許反胃欲嘔的感覺。

遠處傳來一陣敲鑼打鼓的聲音，像是婚宴喜慶。那陣聲音由遠而近，越漸清晰。阿關覺得奇怪，從沒聽說有人會在這深夜的髒舊小巷子裡辦喜事。

聲音逼近到了前方轉角的巷口，一股淡淡煙霧漫出，一個頭戴花帽的小孩從那轉角跳著、笑著，舞進了巷子。

一陣鞭炮聲大響，嚇得阿關猛然一顫。他發覺四周似乎沒那麼暗了，但也不明亮，那是種奇異的光線，是種青青慘慘的黯淡藍綠色。

一個接一個提著花籃的怪小孩，奔進這條巷子。他們在笑，那是一種讓人發寒的笑。阿關盡量將身子往牆角退縮，他不想打擾人家，眼前詭譎的氣氛讓他心頭發毛。

一個身穿咖啡色西裝的高瘦男子走入巷子，一副新郎倌模樣。阿關睜大了眼，他見到那男子身材極瘦。與其說是瘦——更像一具枯骨。

枯骨男子從袖口露出的雙手，布滿了青筋和深褐色的斑塊。

枯骨男身後還跟著一個身穿紅色婚紗的女人。那女人膚色是斑駁不均的淡紅色，手臂上清晰可見褐色的筋脈，指甲更是幾乎泛紫的深紅。

這一男一女看來像是新郎新娘，在暗黃及淡紅的臉上，不約而同有一對紅得發紫的血眼。新郎新娘背後則跟著兩個年紀較大的孩子，舉著白色幡旗，像是做法事時用的招魂旗。前頭那些小花童們從手中的花籃裡拿出一把東西往天上撒，阿關看了個清楚，那些撒上天的東西，是一張張的冥紙。

阿關再也按捺不住心中的驚恐，悶吭一聲，轉身就想逃跑。小花童們圍住了他，在他身邊嘻嘻呵呵地拍手、繞圈。

阿關覺得腦袋暈眩、胃在翻騰、頭痛欲裂。一個小孩輕輕抓住了阿關的手，他看見那小孩的臉，覺得那小孩的神情有種難以言喻的怪異感，雙眼死氣沉沉、毫無光澤，眼珠白色極白、黑色極黑。

就像是用廉價顏料畫出來的假眼睛。

難怪他們的笑令人看了心頭發毛。

「喝啊！」阿關用力甩開了那小孩的手，拔腿就跑。

他不斷跑著，但幾個小花童和那對陰森可怖的新婚夫妻，卻始終追在他的身後。阿關覺得眼前這小巷子變得又長又陰森，他記得這條小路只要三分鐘就能從巷子口走到巷子尾，這時他奔跑了五分鐘，前頭卻還是長長的巷子。

四周的建築有些陌生，以前似乎沒有見過，房子更舊更黑，周圍的路燈越加昏暗，一會兒閃爍幾下赤紅、一會兒閃爍兩下紫青。

身後的婚宴樂聲時大時小，卻始終揮之不去。

小花童們一邊笑一邊跑，漸漸追上阿關。其中一個小花童撲到阿關背上，張口大聲尖笑，嚇得阿關步伐不穩跌倒在地。

這時，五、六個小花童已將阿關團團圍住，而那對新婚夫婦站在後頭，面無表情直勾勾地瞪著阿關。

阿關的頭又暈又痛，心中驚恐至極，眼前這些陰森詭異的小花童和新郎新娘怎麼看也不像是人。突然，他感到後頸上傳來一陣刺痛。

是那攀在他背上的小花童，正一面怪笑，一面開始啃噬他的後頸。

「啊！」阿關掙扎站起，奮力反手一抓，揪住那花童的頭髮，用力扯動，將那小花童從他背上拉下。只見小花童的嘴角還有些血跡，不停張嘴笑著，舌頭和利齒都是血，他尖叫兩聲，拉著阿關手臂張口就要咬。

阿關嚇得一腳踹去，將那小花童踹得滾了老遠。小花童掙扎站起，抽噎兩聲，開始哇哇大哭起來。

一時之間，其餘的花童全都止住笑聲，看看阿關，再看看那哇哇大哭的小同伴，接著再看看阿關，個個都褪去笑容，換上一副陰鬱鬱的冷漠神情。

就在阿關感到驚駭絕望之際，他的腰際間傳來股微微的震動，這讓他嚇了一跳。他伸手探進了口袋，摸出一只灰白布袋。

「啊！對喔！」他這才想起太歲臨走前說的話——這個布袋是讓你在那幫手趕來之前，

當作自保的防身利器……

「原來那個老人知道我會撞鬼！」阿關連忙掏出布袋裡的八張符，隨手將布袋扔在地上，慢慢退到牆邊，顫抖地緊握著八張保命符。

「呀——」一個小花童尖叫地朝阿關撲來。

阿關根本不知道符要怎麼用，本能性地伸出雙手抵擋。

那小花童的身子沾上了阿關手上的符，轟地炸出一陣白光。阿關讓亮光刺得閉上眼，再睜開眼時，只見到眼前一陣飛灰和殘肢斷體——是那小花童的殘骸。殘骸掉下地，立時粉碎化成灰煙。

鬼花童們發出了淒厲的尖嚎，他們氣急敗壞地跺著腳，憤怒地打轉，像發瘋一樣。

而那面黃枯瘦的鬼新郎，瞪著一雙血紅大眼，大步走向阿關。

阿關看看手中的符，其中有兩、三張都化成了灰燼，他從剩下的符中抽出一張，對著那枯瘦的鬼新郎揮動，發著抖說：「滾……快滾……」

鬼新郎盯著黃符，停下腳步。突然阿關身後又一個鬼花童撲來，攀上他的後背，一口咬住阿關後頸。阿關大叫一聲，反手將符貼上鬼花童臉面，又是一陣白光閃耀，將那鬼花童的腦袋整個炸沒了。

阿關只覺得頸後、臉龐有些熱燙，有些耳鳴，保命符炸出來的光和熱並沒有傷到他。他又摸摸後頸脖子，接連讓鬼花童咬了幾下，並沒有咬中動脈，血流得不多。

鬼新郎伸手抓提起兩個鬼花童，竟往阿關身上擲來。阿關大吃一驚，連忙用手上的符去擋，又將迎面飛來的鬼花童炸了個粉碎。

他看看雙手，只剩下一堆灰燼，符全用完了，四周卻還有兩、三個鬼花童，和那對惡鬼夫妻。

阿關絕望了。同時，他那莫名其妙的頭痛和頭暈的情形更加嚴重，讓他連站穩的力氣都要消失了。他身子一軟，跪倒在地，張口嘔吐起來。

鬼新郎緩緩走來，伸出一雙枯黃的手，緊緊掐住阿關的脖子，將他淩空提起。

阿關只覺得那鬼新郎雙手越掐越緊，他漸漸透不過氣來，眼前慢慢黑去。

突然，鬼新郎一聲淒厲的尖叫，鬆手放開阿關，往後一跳，退開好遠。

阿關總算清醒了些，看了個清楚。有個東西飛騰在空中，擋在他和鬼新郎之間——是那只他隨手丟在地上的灰白破布袋子。

而那鬼新郎，微微彎腰，雙手摀著半邊臉，指縫間不停淌落黑血。

那騰在半空中的布袋，自袋口慢慢伸出一隻手。那手臂精瘦結實，蒼白色的皮膚上浮凸著一條條青黑色的筋脈，墨黑色的厚實指甲約有三公分那麼長，看起來十分銳利。

那不像是人的手，更像是鬼的手臂。

鬼新郎摀著臉的手慢慢放下，臉上多了幾道皮開肉綻的恐怖傷痕，不停流著黑褐色的血。

原來太歲說的法寶，是這只布袋，黃符只是附屬品而已。

「呀——」兩隻舉著幡旗的鬼花童尖銳地嘶叫一聲，將幡旗扔下，撲上半空要抓那布袋。

布袋飛快閃過鬼花童的撲擊，伸出袋口外的蒼白鬼手順勢一抓，抓住了一個鬼花童的腦袋，像捏雞蛋般地將那腦袋捏碎，灰灰綠綠的腦漿在空中炸散。

另一個鬼花童撲到一半，見蒼白鬼手這麼凶悍，嚇得尖聲怪叫，還沒來得及逃，就讓蒼白鬼手一把抓住胸口硬生生在胸口抓出一個大洞。落在地上掙扎了一會兒，化成了煙霧散去。

鬼新郎惡狠狠地怪吼一聲，張開雙臂，朝那只布袋衝去，像是要和那布袋鬼手拚命。

蒼白鬼手暴鷹似地向前一竄，手指刺進鬼新郎那血紅雙眼。這刺法也很奇特，拇指刺進右眼，其他四指刺進左眼。

鬼新郎尖聲慘嚎，緊緊抓住布袋手，死命地扯，卻無法將布袋手扯掉。布袋手則抓著鬼新郎的眼眶，將他整個提了個騰空，用力朝牆壁一甩，撞得鬼新郎慘嗥一聲。

接下來的情景極其慘烈，布袋手抓著鬼新郎，一下、一下地撞擊四周牆壁。每一記撞擊聲都讓呆在一旁的阿關膽顫心驚，他覺得四周都在搖晃，牆壁都是血漬。而那鬼新娘嚎叫著衝上來，幫助丈夫一同對付布袋手。

阿關趁著這機會，鼓足了全力，頭也不回地拔腿奔逃。

那凌空四濺的血漬、凶狠慘烈的尖嚎聲，都漸漸遠去。

他終於跑出了這條巷子。

此時雖已是午夜，但大街上還是有不少人。不知怎地，阿關的頭不那麼暈，也沒那麼痛了。他拍拍臉，讓自己清醒一下，靠在暗處回想著剛剛的情景。

自從在醫院甦醒之後，他便接連遇上怪異事件，更碰上從前只在電影、漫畫中才看得到的鬼怪。

他猶豫著自己是該回去取回那布袋，還是一走了之？

太歲給他的八張黃符用完了，身上沒有可以抵擋鬼怪的法寶，若是再次碰上什麼妖魔鬼怪，那肯定死路一條。但倘若剛剛巷子裡一番慘鬥，最後是布袋手輸了，鬼夫妻贏了，現在自己這麼折回去，豈不是自投羅網？

阿關不想冒險，他一想到那對鬼夫妻的血紅雙眼，就餘悸猶存。他盡量待在人多的地方，漫無目的地閒晃。身上的髒臭雖然惹來不少令他難堪的目光，但至少要比被恐怖的鬼怪追殺來得好。

此時接近凌晨，阿關將附近能待的便利商店都待過了。他身無分文、渾身髒臭，不好意思一直賴在裡頭什麼也不買。

他身心俱疲，走著走著，離家越來越遠，最後來到了一處河堤。那是他還在讀夜校時，每天都會經過的一處河堤，附近人不多，很寧靜，是一個能讓他放鬆心情的地方。

他走到河堤上，找了個地方坐下。由於符水的惡臭他已聞了太久，幾近麻木而沒有感覺，但被淋了一身符水的衣褲仍然濕漉漉的，冬天的夜晚極其寒冷，他將身子縮成一團，盡可能地保暖。

河的對面有些樓宇，低矮的舊公寓後方是高聳大樓，形成奇妙的視覺對比。天上堆滿大片大片的密雲，看不見月亮，只從少許空隙中，隱約看見幾點星光。

這時四周的燈幾乎都熄掉了，阿關望著河面發愣，他本來該覺得難過，卻又難過不起來。從醫院醒來到現在，發生一連串的怪事，活像是齣鬧劇。

他想哭，卻也哭不出來，只希望捱到天亮，就能擺脫那些惡鬼糾纏。他得去找警察或社工來幫他媽媽。

至於什麼太歲鼎崩壞、什麼惡念降世、什麼怪力亂神，阿關早已拋到腦後，他無力再去思考這些東西。他將這一切當作是一場噩夢，四周的風雖冷，但寧靜讓他心安，他不想去煩惱那些匪夷所思的東西，他只想過正常人的生活。

就在他眞的要相信這一切都是噩夢，醒來就沒事了，而快要睡著的同時，偏偏事與願違——他的頭開始痛了。

「啊……啊……」阿關搖搖晃晃地站起，頭痛得讓他發出呻吟。

他在昏暗的燈光下，注意到河堤遠處有個身穿運動衣的壯漢，正朝自己慢跑而來。

不知怎地，他對那壯漢感到異常的恐懼和厭惡。

四周又開始旋轉，阿關乾嘔了幾下，嘔出酸苦的胃液。他看了看，那壯漢已經離他不到二十公尺，壯漢身穿運動外套，體格異常高大，一雙手臂幾乎比堤上的路燈桿還粗。運動外套的帽兜蓋住了壯漢的頭。但隨著壯漢越跑越近，到了離阿關五公尺的距離時，在路燈昏暗的燈光下，阿關看見了帽裡那張臉。

那不像是一張臉，更像是團揉爛的麵團。炭黑色的臉孔上依稀可以見到鼻子、嘴巴等五官，全都扭曲變形，右眼眶凹陷，左邊的眼睛則是大大一顆，和先前的鬼夫妻一樣，殷紅得讓人發寒。

阿關掙扎起來，他全身痠軟，一天的煎熬、嚴寒引起的高燒、異常的頭痛和暈眩，讓他再也無力逃跑。

但不跑不行，阿關向後退了幾步，那身穿灰色運動衣的大漢已經來到眼前。

就在兩人目光交會的瞬間，阿關頭更痛了。那大漢二話不說，掄起碗公大的拳頭，一拳朝阿關砸下。

阿關雖知道要閃，身子卻慢上腦子許多。他閃避不及，右肩被打了一拳，像是被大鐵鎚轟到一樣。他只覺得右邊身子除了劇痛，什麼都感覺不到了，阿關終於不支倒地。

大漢一腳踩下，踩在阿關胸口，踩得他吐出了血，胸口的肋骨想必斷了好幾根。大漢踩下去的那腳才抬起來，跟著又一腳將阿關踢得飛了起來，順著堤防滾到底下的草地。

阿關癱在草地上，天空一角的雲似乎讓風吹散了，幾顆星星變得很清晰，四周雖然還瀰漫著奇異的感覺，但他不那麼害怕了。

阿關覺得全身都散了，已經分不出來是哪裡在痛。恍惚中，他想起了白天太歲指著他的額頭，說要解除什麼封印。

和那時的劇痛比起來，現在似乎還沒那麼痛。

一個黑影從堤防上竄了起來，阿關知道是那隻粗壯的惡鬼，要從堤防上往他身上跳。他縱使想逃，也逃不了。他只知道，那空中的大黑鬼很快會踏在自己身子上，將他踩得稀爛。

他想像著自己的胃和腸子迸出身體的畫面，竟覺得有些好笑。阿關緩緩閉上眼的同時，似乎有隻白色的蝴蝶，從他臉旁飛過。

蝴蝶微微泛著白光……

好大一片草地。

阿關發現自己站在一望無際的草原上，草好青好美。

好多好多的蝴蝶圍繞在自己身邊。

他跑著跑著，蝴蝶也跟著他飛。

好快樂，沒有了煩惱，讓風吹得好舒服。

忽然身後一亮，好大一聲巨響，震得阿關耳朵發疼，一道落雷打在數十公尺外的草地上，打出了好大一個坑洞。

坑洞裡冒出一團一團的爛泥，爛泥裡和著人的屍骨。

墨黑色的雲，像風一樣迅速淹沒了整片天空；暴雨如獅吼虎嘯，鋪天蓋地落了下來；落雷一道道打下，打得地動天搖，打出一個個冒著屍骨的洞。

阿關大叫著，身邊的蝴蝶一隻隻讓風吹碎、讓雨打落，他完全無能爲力。轟隆隆的聲音越來越近，阿關轉身一看，竟是一個看不到邊際的黑色巨浪，從後方鋪天蓋地席捲而來。

一隻斷了翅的蝴蝶在阿關面前落下，他連忙伸手去接，雪白色的蝴蝶只剩下一隻翅膀，在掌心中微微顫抖、無力地掙扎。

阿關用雙手護住了那蝴蝶，跪在地上，四周像是地獄。

回頭一看，那幾百公尺高的黑色巨浪已來到了身後不遠處，正以萬鈞之勢鋪蓋下來。

「哇——！」阿關猛然坐起，呆了半晌。

原來是夢，他嚇出一身冷汗。看看四周，是間約八坪大的套房。

阿關發現自己躺在一條毯子上，身上還蓋了另一條毯子，而他身上的傷全好了，一點都不痛了。還被換上了乾淨的白色毛衣和黑色長褲，毛衣上還掛著標籤，似乎是剛買來的，並不合身，還穿得歪歪扭扭，像是硬套上去的。

一個滿臉皺紋的老人正坐在茶几旁，手舉著茶杯看著阿關，老人正是太歲。

「小子，終於醒啦。」太歲瞥了阿關一眼。

「我……」阿關茫然地打量四周，問：「這裡是哪裡？我怎麼會在這裡？」

「有人對你施下邪術，引惡鬼害你。昨晚你差點被惡鬼打死。」太歲喝了口茶，這麼說。

「對……昨天……」阿關張大了口，昨晚連番逃亡打鬥的慘況還歷歷在目，他害怕地問：「那些鬼……會一直纏著我？」

「小子，你難道忘了昨天我對你說的那些話，你肩上的擔子可大了，那些小鬼小怪算什麼。」太歲皺了皺眉，伸手指著這房間說：「你若是沒地方去，就把這裡當作臨時的棲身之所吧。」

阿關愣了半晌，搖搖頭說：「我……我還是不明白你的意思。我還要去找工作賺錢，我媽媽病了，我得找人幫她。你說的什麼人類浩劫，對我來說太遙遠了……」

太歲點點頭，喝了口茶說：「你母親是受了邪神蠱惑，中了邪神巫法，凡人醫生是治不好她的。」

「邪神？是那個什麼順德大帝嗎？」阿關想起了家裡那些畫像，和那噁心的符水。

「大帝！就憑這傢伙也配自稱大帝？」太歲瞪了瞪眼，哈哈大笑，跟著又頓了頓，正經地說：「不過……這小傢伙的確有一套，短短一個月的時間，擊敗了不少對手，勢力擴張得極快。」

阿關聽得一臉茫然。

「故事只講了一半，上次講到哪裡了，小子？」太歲突然這麼問。

阿關愣了愣，才意識到太歲是在問他，這才一面想，一面說：「你說……天上有個吸取凡間惡念的鼎壞了，裡頭的惡念跑了出來，會讓人間發生大浩劫……」

「沒錯。」太歲點點頭。

「但是我不懂……」阿關露出疑惑的眼神。

「不懂什麼?」太歲問。

「我不懂，這件事和我有什麼關係……我是指，你們爲什麼不找軍隊?不找道士?我能幫上什麼忙?爲什麼選上我?」阿關提出心中疑惑。

「小子，我們並不是在茫茫人海中選中了你，你根本是我們創造出來的備位——我的備位，太歲的繼承人。」太歲望著阿關。

「什麼?」阿關張大了口。

「神仙也有壽命、也有盛衰。我掌管歲星、掌管太歲鼎已有數千個年頭，我已漸漸衰老，制御惡念的能力早已不比從前。」太歲緩緩地說:「所以，我需要一個備位來做我的助手，進而取代我的職責，成爲新一任的太歲。小子，你，就是這個備位。不是被選出來的，而是被製造出來的。」

阿關有些迷惘。「被……製造出來?」

「要掌管太歲鼎，要制御惡念，不是每個神仙都做得到。遠古時期一位偉大神仙，由惡念中煉出我來。既然生於惡念，因此我不怕惡念，不會被惡念所影響。也因此，天界神仙中，只有老夫我有對抗惡念的能耐，自然也沒有任何神仙有資格接任老夫的職位。」太歲望著阿關茫然的神情，繼續說著:「我們召集了天界所有醫官、懂得煉神的智者。努力了很久、失敗了無數次，終於煉出了我的備位，就是你。」

「最後，我們挑選了一對再平凡不過的夫妻，將你的仙體置入你母親懷胎的肚子裡，讓你的仙體，和你的凡體合而爲一，再在他們的扶養下長大成人，等待時機解開你的封印。」太歲說到這裡，也不理會阿關那不可置信的表情，繼續說：「但是太歲鼎的崩壞比我們預期中還早數十年，不但天界淪陷，人間也將面臨重大浩劫，因此老夫不得不提早解開你的封印，讓你更快地適應太歲之力，助正神一臂之力。」

「一臂……之力？我……我能做什麼？我……我還要生活，我要找工作……我……」阿關結結巴巴地說。

太歲沉下了臉，瞪著阿關怒斥：「你、你、你，你什麼你？從現在開始，你不再是凡人，你已經是半個神仙。等你在凡間的壽命終結，就會回歸天上，和其他四星平起平坐，成爲掌管歲星、制御惡念的太歲！」

阿關見太歲發怒，更不敢答話。

太歲喝了口茶，靜默半晌，才繼續說：「你不必再擔心凡間的一切瑣事，你就當是在替天界工作，我們不會虧待你的。只要能平安度過這次浩劫，我們會給你一筆可觀的酬勞，讓你享受極爲舒適的凡人生活，直到你死去，才上天來接掌我的職位。」

「呃，替……神仙工作？」阿關呆了呆，問：「所以……我有薪水可以拿？」

太歲點點頭，說：「到時候，你會領到一筆遠房親戚的遺產，二十億，夠你舒服的了。當然，這位遠房親戚是我們安排的，連你父母也不知道。」

「哇！」阿關往後一彈。

「怎麼？嫌錢太少？」

「夠……夠多了！」阿關連忙搖頭。

「另外，你的封印已經解開，往後你會陸陸續續遭受到惡靈的攻擊；你媽媽讓邪神蠱惑，也需要你的力量來救她，老夫想不出你有拒絕的理由。」太歲這麼說。

阿關愣了愣，若說是拯救蒼生未免太過沉重，至少爲了救媽媽，爲了保護自己，爲了眼前作夢也想不到的可觀酬勞，他的確沒有理由拒絕。於是他點點頭，對太歲說：「我沒有理由拒絕。」

「對。」太歲滿意地笑了笑，站了起來，轉身要走。

「等等……那我該做些什麼？」阿關連忙問。

「你眼前要做的，就是學會保護自己，你被人下了邪術，會引來惡鬼襲擊你，我不幫你破解這邪術，因爲這正是鍛鍊你的大好機會。」太歲回頭答。

「鍛鍊我？但我完全不會抓鬼的法術……」阿關大驚。

太歲打斷了他的話，指著桌上說：「你應該已經知道那袋子是法寶了，另外還有一點錢，夠你平日生活。」太歲說完，便化成一陣白光，不見了。

阿關發了好一會呆，才回到茶几前坐下。桌上果然擺著昨晚那只灰白布袋和一疊鈔票。阿關數了數鈔票，足足有二十萬；他再拿起那只布袋，心想，這袋子昨晚不是掉在巷子裡，又讓太歲找回來了？他掏掏袋子，裡頭還有十幾張符。

□

走在街上，阿關既興奮又緊張，他的生命有了一百八十度的轉變。左邊口袋裡的收妖布袋和符咒，讓他有種莫名的優越感；右邊口袋裡的二十萬鈔票，是他從來也不曾擁有過的財產。

若眞如太歲所說，等到浩劫結束後，自己便會成爲億萬富翁，想來眞是不可思議。阿關看看天空，晴空萬里，湛藍美麗，哪有什麼妖魔鬼怪？

阿關來到一家高級餐廳，點了幾樣自己都不知道是什麼、只知道價錢都很貴的菜。

吃完午餐，他四處逛著，買了許多用不著的東西，他從來沒有花錢花得這樣痛快。

隨著天色漸漸變黑，他來到一棟公寓的頂樓，拿著望遠鏡往下看，注視的正是順德大帝府。他腳邊擺了個大背包，裡頭裝著雜七雜八的東西，全都是他在大賣場裡買來防身的。

順德大帝府門口聚集了一票壯漢，有的手裡拿著幡旗，上頭寫著大大的「順德大帝」字樣；有的手裡拿著狼牙棒、魚刺劍等等法器。

那些信眾們正專心地聽著一個老婦人在說話，阿關看了清楚，那老婦人正是阿姑。

「一定是這老妖婆在搞鬼。」阿關心裡盤算著，媽媽肯定是中了這老妖婆的妖法，要救媽媽，就得先對老妖婆下手。

他雖然這麼確定了下手目標，但想來想去卻不知道如何「下手」，對方人多勢眾，一堆手臂上刺龍刺鳳的兄弟守在廟前，就算讓他逮住了阿姑，又能怎樣「下手」？拿球棒敲她？對方再怎樣也是個老太婆啊。

阿關想著想著，突然腦袋一陣刺痛，痛得他彎下了腰，他不經意地發現不遠處的水塔上，站著一個「小人」。

是一個好小、好小的人，差不多只有三十公分那麼高。

阿關揉揉眼睛，確定自己沒有看錯。就在此時，小人發出一聲好刺耳的怪叫，聽來像隻猴子。

樓下起了一陣騷動，連在六樓頂的阿關，都清楚地聽到阿姑的喊叫：「他在上面！他就在上面！快去把他抓下來！」

阿關大驚，拿起望遠鏡好不容易對準焦距，他看到阿姑正一手指著自己所在的方向，一手招呼著身邊的大漢，那些大漢一個個跑進了這棟公寓。

「看到了！看到了！就是他！」樓下傳來這樣的喊叫。阿關慌了手腳，揹起背包拔腿就跑。

公寓頂樓是相連的，阿關跑到隔壁棟的出入口，從那裡下樓。

眾人看到阿關從另一戶的公寓開門奔出逃跑，都紛紛追了上來，破口大罵著：「這小子跑得好快！」

「他果然被惡鬼附身了！」

「不要跑！」

阿關跑了一會兒，總算將那些追在後頭的壯漢信徒們甩掉了。他倚著街燈喘氣，正奇怪自己什麼時候開始跑得這麼快了？難道這就是「太歲之力」的作用？

就在他心情放鬆的同時，他的頭又開始痛了，伴隨著一陣強烈暈眩，使他四肢痠軟。阿關揉揉眼睛，發覺原本身處在人來人往的大街，但現在這四周除了建築物，一個人也沒有。迎面捲來好大一片五色霧，遠遠傳來迎神廟會的樂聲，和一陣極濃的檀香味。

霧中有幾個人影，人影穿過了霧，四個裸露上身、臉塗彩妝的漢子，抬著一頂神轎，以極誇張的步伐走來。神轎後頭還跟著幾個踩著高蹺、搖肩擺手的大型神偶；神偶後頭又有數十個做乩童打扮的人，有些拿著法器，有些拿著幡旗，浩浩蕩蕩地走來。

阿關聞著那檀香味，只覺得全身說不出地舒服，像是要飄起來一樣，使他的頭痛減輕了不少。

神轎隊伍在阿關面前停下，簾子緩緩掀開，裡頭坐著的是阿姑。

阿關恍惚中覺得，此時阿姑看起來好慈藹、好偉大。阿姑笑著，從懷中拿出一罐液體，是一罐濃黑色的符水。

一名乩童端著碗上前，讓阿姑將符水倒滿了碗，接著，恭恭敬敬走到阿關面前，將那碗符水遞向阿關。

阿關抿了抿嘴，只覺得剛剛跑得口乾舌燥。原本腐臭噁心的黑色符水，此時看來竟像是瓊漿玉液，還冒出陣陣香氣，恨不得一口喝光它。

他傻笑地端起碗，正要喝下，突然，他的外套口袋激烈地抖動了起來。

唰的一聲，外套口袋裡猛然竄出一隻鬼手，那是破布袋裡的蒼白鬼手，鬼手一把掐住那乩童脖子，喀吱一聲，將他脖子捏得碎爛，頭掉了下來。

掉下來的頭，在空中變了樣，那哪裡是什麼乩童，是一顆七孔冒血、滿口獠牙的狗頭。

阿關驀地清醒，看著手裡端著的惡臭符水已舉到口邊，「哇靠」一聲將整碗符水砸在地上，砸了個粉碎淋漓。

阿姑先是愕然，接著臉色鐵青，拉上了坐轎簾子。乩童們個個面露凶光，露出了殺意。

阿關回過了神，抽出揹在背後的球棒。那些拿著法器的乩童圍了上來，盯著阿關手裡的球棒，像是有所顧忌——原來阿關將太歲給他的符，貼在買來的球棒上，作爲防身之用。

阿關不斷退著，頭又痛了起來。他退到牆邊，這時轎子緩緩掉頭走了，留下五個邪裡邪氣的乩童，和四個踩著高蹺的大型神偶。

那五個乩童踩著奇怪的步伐，步步逼近。

一個乩童拿著鯊魚劍，對著阿關腦袋劈下。阿關連忙閃過，還沒來得及用球棒反擊，已被另一個乩童擲出的刺球擊中肩頭。

那刺球是用紅線捆成球狀，上頭滿是尖刺，樣子像海膽一樣。阿關怪叫一聲，伸手要去拔那刺球，卻怎麼也拔不下來，痛得他哇哇大叫。

另外三個乩童，分別拿著一柄小斧、一把寶劍及一支狼牙棒，一同衝上前來。阿關懷中又是一陣震動，那破布袋竄了出來，袋口伸出了蒼白胳臂、黑指甲的鬼手，鬼手抓住一個邪乩童的肩頭，將他整隻手臂硬生生扯下。

其他的乩童都大吃一驚，紛紛轉移目標，去對付那破布袋。

一見機不可失，阿關一棒打在那拿刺球的乩童身上。球棒上貼著的符在乩童背上炸出一陣白光，將他左邊身子炸掉了一大塊，形狀像被鯊魚咬了一樣。

阿關看看球棒，上頭貼著的符只剩下一些灰燼。趕忙又從口袋掏出一張符貼上球棒，他在每張符的後面都貼上了雙面膠帶，方便黏貼。

「哼哼……」阿關接著又蹲了下來，打開背包，從裡頭拿出幾顆棒球，棒球上面也貼著符。

蒼白鬼手和三隻鬼乩童一陣混戰，鬼手被乩童的法器劃出一道道口子，冒出青黑色的血；然則鬼乩童們也不好過，那拿著狼牙棒的乩童，一張臉被抓得亂七八糟。

拿狼牙棒的乩童鬼吼一聲，撲向布袋，這時鬼手正抓著另一個乩童的小斧不放，眼看就要被狼牙棒打中。

狼牙棒劈下之際，布袋口又一隻鬼手竄出，抓住了狼牙棒乩童的手腕，那是一隻枯黃帶有暗斑的怪手。

「啊！是……是他！」阿關見到那第二隻鬼手又枯又黃，心中一驚。

是昨夜鬼新郎的手。

阿關正覺得奇怪，想不透鬼新郎的手怎麼也進袋裡了。那手持鯊魚劍的乩童已經殺來眼前，一劍劈下，阿關用球棒擋了兩劍，漸漸擋不住，幾次閃避不及，被鯊魚劍劃到兩下，只覺得傷口又痛又燙、血流不止。

阿關連續丟出兩顆手裡的棒球。

鬼乩童躲開了第一顆，躲不過第二顆，讓貼了符的棒球砸中左手，轟地一陣白光乍現，鬼乩童的左手給炸沒了。

阿關趁機一棒打下，將那乩童打成灰燼。

他正得意，一個踩著高蹺的神偶已經來到面前。那神偶有兩公尺高，樣子跟平常廟會出巡時踩著高蹺的巨大神偶差不多，臉是棗紅色的。

神偶一把抓住阿關領口，將他拎了起來，朝著牆壁一擲。磅啷一聲，阿關只覺得身子又要散了。他跌在地上，好不容易掙扎起來，手裡的球棒早掉了。

另一個神偶也凶惡地撲來，阿關趕忙從口袋掏出三張符，那是他最後三張符。神偶停不住，自個兒撞上握著符的阿關，炸了個稀爛。

「哇！一隻浪費我三張符！」阿關氣憤罵著。

兩隻神偶一前一後圍住他，一拳一拳往他身上打。阿關被打得七葷八素，只能抱著頭亂竄。

破布袋像是感應到了主人的危難，急竄而來，布袋口往一名神偶臉上一罩，只聽見一聲嘶嚎，布袋彈了開來，那神偶的臉給布袋裡的鬼手抓去一大塊，綠綠紅紅的血流滿全身。

阿關讓眼前凶殘的戰況嚇得腿軟，靠在牆邊，看著新郎鬼手掐斷其中一個神偶脖子，又與蒼白鬼手合力，抓住了另一具神偶。那神偶怪吼怪叫，胸口裂了開來，竟被兩隻鬼手合力撕成兩半。

一旁那最後的乩童，嚇得在地上一滾，化成一陣煙不見了。

阿關看看地上，那些乩童和神偶的殘骸，全都是滿臉獠牙的怪物，根本不是什麼神仙。布袋落了下來，阿關連忙上前拾起它。摸一摸肩頭，刺球已經不見了，可是疼痛依舊，被鯊魚劍砍傷的地方還淌著血。

這時阿關才察覺，這裡根本不是什麼大街，而是一條死巷子。想必又是阿姑的什麼迷魂邪咒讓他產生幻覺。

他邊想邊將沒有丟中的棒球撿了回來，有些掉進了水溝，符都泡爛了。數一數，只剩四張可以用的符。

阿關從背包裡拿出急救紗布，也是他早已準備好的。他將傷口簡易包紮，止住了血，這才走出了死巷。

□

打了個飽嗝，阿關的心情好了些，他從一家高級餐廳走出，美食讓他暫時忘記身體上的疼痛。

他打算回去太歲替他準備的棲身套房，暫時休兵，仔細盤算下一步。

他走進一處地下道，一個小攤子吸引住阿關的目光，那攤子上擺滿了各式各樣的符。

攤老闆年紀不大，差不多二十來歲，一臉鬍碴，打扮倒很前衛。

攤老闆看阿關走近，也不招呼，歪頭斜眼盯著他瞧。

阿關忍不住問：「老闆，這些符是做什麼用的？」

攤老闆懶洋洋地回答：「看你要做什麼用，我就有什麼符。有求財的、求愛的、改運的、辟邪的，要什麼有什麼。」

「辟邪……有沒有治鬼的？我要治鬼的。」阿關饒有興味地看著那些符。

「治鬼？鬼也有很多種，大鬼、小鬼、男鬼、女鬼、老鬼，你要治哪種鬼？」攤老闆邊說，一邊揭開一只鐵盒子，從裡頭拿出更多的符。

「我要治厲鬼，很凶惡的鬼，用來救命的！」阿關正經地回答。

攤老闆靜默半晌，將鐵盒子蓋上。阿關正覺得奇怪，那老闆才從攤子旁的小包包裡拿出一本舊書，小心翼翼地翻開，取出書中壓著的六張符。

阿關看那六張符，上頭的字寫得龍飛鳳舞，好不威風。攤老闆開口：「要治厲鬼，一般的符沒什麼用，這六張符不同，是我的傳家之寶，專剋厲鬼。」

「眞的有用？」阿關喜出望外，太歲給他的符只剩四張，而太歲所說的「幫手」卻遲遲還沒出現，得先找些保命的東西。

「以前我也碰過兩次厲鬼，用掉了兩張符。」攤老闆伸出手指，在那六張黃符上輕輕拂劃，閉上了眼、神情肅穆，像是在回憶從前。

「這符怎麼賣？」阿關心想，一張符解決一隻厲鬼，倒也不輸太歲給的符。

「一萬塊錢一張。」攤老闆想也不想地回答。

「喝！」阿關愣了愣，沒聽過這麼貴的符。

攤老闆望著阿關，冷冷地說：「一萬塊錢一張，那是賣給一般人的價錢，前些時候有個人求我賣他，一張出價兩萬塊錢，我都不賣。這符是要給有緣人的，少年咧，你和一般人有些不同。」

「嗯。」阿關有些得意，心想這攤老闆倒挺有眼光，一般人死了變鬼，自己死了可是成仙。

「你正是有緣人，一張符算你三千，可別再殺價，殺價就沒有緣了。」攤子老闆嘆了口氣說。

「好吧。」阿關連忙掏出鼓鼓的錢包，他買了個大錢包，裡頭裝滿了太歲給他的錢，裝不下的，全塞在口袋裡。

「六張我都要，一共是一萬八。」阿關數了數錢，將一疊鈔票遞給攤老闆。

攤老闆二話不說，將六張符疊得整整齊齊，放進一個小紙包。兩人就這樣交換了符和錢，不約而同露出了微笑。阿關的笑是因為買到了六張救命符，攤老闆的笑卻不知為何，只是意猶未盡地盯著眼前少年手裡的大錢包。

阿關正準備將符放進口袋，突然腦袋又是一陣劇痛。

「啊！糟糕……又來了！」阿關痛得倒在地上。接連幾次經驗，讓阿關發現，只要一頭痛，就有惡鬼找上門。

「少年咧！你怎麼了？喂喂！」攤老闆驚訝地看著阿關，上前要扶他。

惡鬼還沒出現，就讓阿關難以置信地瞪大了眼。

那攤老闆竟在上前攙扶他的同時，趁機一把搶下他手上的錢包，攤子也不要了，以跑百米的速度衝出了地下道。

阿關瞪大了眼，跳起來要追，追沒兩步，又痛得倒在地上打滾。

終於，他慢慢掙扎起來，扶著牆壁往外走。走著走著，才覺得不對，地下道像是越走越長，前面有一條條岔路，岔路之中還有岔路。四周燈光越來越昏暗，時而紫青，時而慘綠，瀰漫著說不出的異樣氣氛。

四周的空氣越來越潮濕，阿關扶著牆走，牆上濕濕黏黏，地上也積著水。有些水窪裡，積著黑漆抹烏一團團的東西，仔細一看——是頭髮。

阿關有股不好的預感，拿出了剛買來的六張符，緊緊握在手裡。

突然，他發現身後有陣腳步聲跟著自己，一回頭，哇地叫了好大一聲。

「啊啊！」阿關跌坐在地上，眼前站著的，是昨晚那鬼新娘。

鬼新娘一身深紅色禮服，上頭布滿暗褐色的污漬，皮膚上有一道道又深又紅的抓痕，想來是昨晚和布袋手纏鬥時受的傷。鬼新娘那紅色血眼只剩一顆，另一邊變成一個紅紅黑黑的窟窿。

阿關跳了起來，拿著手裡的符對著鬼新娘說：「來啊……來……我……我……不怕妳！」

鬼新娘一身紅衣，連皮膚也變得更紅了，臉上怨氣強烈至極，一步步逼近阿關。阿關擲出了手裡的符——剛買來那六張攤老闆的家傳符咒。

家傳符咒有些黏在鬼新娘身上，有些黏在鬼新娘腳上，有些落到了地上。阿關握緊雙拳，期待地看著鬼新娘身體爆炸——

什麼事也沒發生。

鬼新娘面無表情，上前一把掐住阿關的脖子。阿關只覺得脖子要被扭斷了，他一面伸手進口袋掏自己的符，一面暗罵那攤老闆祖宗十八代不得好死。

阿關好不容易掏出一張符，鬼新娘早有準備，將他扔了老遠，摔在一處水窪上。

阿關腦袋撞到地，半晌站不起來，手上的符全濕透，字都花了。

一陣淒厲的尖笑，鬼新娘越逼越近。同時，四周的牆壁都裂開了口，鑽出奇奇怪怪的人，打扮和先前那些乩童一模一樣。

阿關好不容易回過神，摸了摸口袋，拿出了他的最後法寶——那只破布袋。

然而乩童們像是有萬全準備，一見那破布袋，竟然一擁而上。

布袋抖動著，蒼白鬼手猛然衝出，一爪將一個迎面而來的乩童給抓成碎片。此時，有幾個乩童在後頭扔出一條條的繩子，捆住那蒼白鬼手。

鬼新娘撲上前助戰，袋口又竄出另一隻手，是鬼新郎的手。

鬼新郎的枯黃手剛竄出來，幾個乩童又扔出了繩子，將那手也捆住。鬼新娘則大步上前，一把抓住了鬼新郎的手，與鬼乩童們一齊施力，使勁拉扯。

「哇——」阿關一聲驚呼——那鬼新郎竟然被拉了出來。

鬼新郎跌在地上發愣，過了一會兒才緩緩站起。他臉上有一大一小的窟窿，窟窿的位置本來應該是眼睛，此時卻只剩黑黑的洞。

鬼新郎往前走了兩步，阿關則退了好幾步。雖然鬼新郎兩隻眼睛都讓布袋鬼手給抓沒了，卻仍像能感應到阿關，一步一步慢慢逼近。

阿關望著那布袋鬼手被鬼乩童扔出的繩子緊緊纏著，孤軍奮戰，他心裡一陣絕望。這次眞的玩完了，一張符也沒有，身前身後又站了好幾個陰陽怪氣的鬼乩童，那對鬼夫妻破鏡重圓，恨不得生吞自己。

阿關絕望地拾起地上的球棒，想爲保衛自己的生命做最後的努力。

鬼夫妻分別發出了凶惡的怒吼，朝著阿關竄來。

這時，不知哪來一隻白色蝴蝶，飛過阿關眼前。

在這瞬間，時間像是凝結了一般。蝴蝶飛到了阿關和眾鬼怪之間，綻放出絢麗五彩光芒。

在耀目的彩光裡，似乎有個人影愈漸清晰，她揮舞著雙臂，劃出一道道彎月形的光圈。那些鬼怪乩童一碰到這些光圈，有的斷成了兩半、有的斷成了幾截、有的斷了頭、有的手腳齊飛。

阿關看呆了，而蒼白鬼手也沒閒著，扯斷了捆縛它的繩子，一把朝鬼新娘臉上抓去。只聽見鬼新娘發出淒厲慘嚎，臉上另一顆眼睛，也讓布袋鬼手給抓了出來。接著，蒼白鬼手抓住鬼新娘的腦袋，一把將鬼新娘抓進了布袋裡。

而那鬼新郎，則在五彩光圈的亂斬之下，變成了碎塊，化成飛灰。

光芒終於停了下來，站在阿關面前的是一個少女。

那少女年紀看來不過十六、七歲，長髮及腰，皮膚雪白，大眼睛，長睫毛。

少女開了口：「太歲爺應該跟你提過了，我是來幫你的。」

阿關擦擦嘴角的血，一下子傻住了，他感到有些意外，太歲派來幫他殺妖除魔的，竟是一個美若天仙的少女。

少女打量了阿關一會兒，皺了皺眉，說：「昨晚把你治好了，今天又變成一副半死不活的樣子。」

阿關這才想起了身上的傷痛，他讓鬼怪折騰一天，渾身是傷，不過比起昨天，這次傷得倒沒那麼重。

「走吧，先回去再說。」少女轉過身走去，揮了揮手示意阿關跟著她。

阿關戰戰兢兢跟在後面，小聲地問：「還不知道，要怎麼稱呼妳……」

「翩翩。」少女頭也不回地說：「翩翩起舞的『翩翩』。」

04 廢公寓的野鬼王

飛蛾繞著青森森的街燈打轉。

翩翩走得很快，阿關跟在後頭走，卻不敢開口問話。半晌之後，他們回到阿關那臨時棲身的套房裡。

「你把衣服脫了，讓我看看傷口。」翩翩來到茶几邊，指著一塊坐墊說。

阿關點點頭，在那茶几邊的坐墊坐下，將身上爛糟糟的白色毛衣脫去。

翩翩在他身旁蹲下，阿關只聞到一陣香氣。她的髮極長，蹲下時幾乎要觸及到地了。

「唔……」阿關感到翩翩的手觸碰到他的後背，不免有些不好意思。只覺得翩翩手指拂過的地方，都暖洋洋的，許多傷口漸漸不痛了。

阿關大氣也不敢喘一聲，乖乖地讓翩翩施法治療。她的指尖冒出絲絲白霧，在阿關肩上被刺球刺傷的地方，多畫了幾下；又在被鯊魚劍砍傷的地方，也畫了好幾下。

「這幾個傷口是被附有邪術的法器所傷，沒那麼快好，還會痛上好幾天。」翩翩邊畫邊說。

阿關點了點頭，他竟然有些得意。和前兩天的痛苦比起來，這時什麼刺球、什麼鯊魚劍，似乎不算什麼，他覺得自己比前兩天厲害了。

「好了。」翩翩站了起來，從茶几旁的袋子裡拿出了件衣服，往阿關扔去。「你身上好髒，去洗個澡，我有些事情要跟你交代。」

阿關梳洗完畢，出了浴室，見到茶几上已擺了一些小菜。又見到翩翩一手托著頭，望著自己，便趕緊跑去茶几前端坐，像小學生會見老師似的，乖乖看著桌上小菜，卻不敢動。

「想吃可以吃啊。」翩翩指指那些小菜。

阿關這才拿起筷子，挾了半顆滷蛋往口裡送。

「我的職責是負責訓練你、保護你，在你還沒能獨當一面之前，全都要聽我的。」翩翩這麼說。

「好好……」阿關連連答應，卻又有滿腹疑問，他忍不住問：「可是……雖然太歲跟我說過太歲鼎的事，但現在我還是一頭霧水，我不知道自己到底該做些什麼？」

翩翩側著頭想了想，說：「太歲鼎崩壞之後，惡念四溢，天界被一群受惡念侵襲的邪神佔領，而我們這些沒有被惡念侵襲的正神，帶著打造到一半的新太歲鼎，撤退到人間。此時所有正神們的目標是必須趁著更多的惡念落入人間之前，盡快完成新太歲鼎，將惡念吸納至盡，反攻天庭。」

翩翩喝了口茶，繼續說：「然而能夠操縱太歲鼎的，只有太歲爺。邪神攻勢急迫，每天都有新的正神墮落成邪神，太歲爺擔心若是自己在一場場的激戰中有了個萬一，到時再也沒有能夠操縱太歲鼎的神仙，因此決定提早解開你的封印，讓你一步步學習使用你身上的太歲之力，操作太歲鼎。在必要的時候，能接下太歲爺的擔子。」

「我知道了。」阿關點點頭，跟著又問：「太歲說，天上有三分之二的神都成了邪神，那敵我力量豈不是相差懸殊？這樣……能打贏嗎？」

翩翩靜了靜，說：「一開始的時候，不被惡念侵入的正神還有三分之一，現在只剩不到十分之一，每天都有新的正神墮落。時常昨天和你浴血苦戰的同袍，到了明天，就成了讓你陷入浴血苦戰的惡煞。」

阿關有些訝異。「十分之一？那相差未免太過懸殊了吧！」

「你不用太擔心這點，邪神與邪神彼此之間，也不斷地征戰內耗。鬥爭、猜忌、爭權、奪利，本來就是惡念的本質，那些邪神受到了惡念的影響而墮落，自然也有惡念帶給他們的明顯弱點。」翩翩這麼解釋。

「嗯，所以是，團結的正神們，對抗分成了各個不同勢力的邪神團體。」阿關恍然大悟，若是如此，那麼或許還有勝機。

翩翩又說：「除此，天界、人間之外，在凡人不知道的地心深處，還有著『魔界』。那些居住在地府深處的群魔，一直以來都覬覦著人間這塊擁有廣大資源的土地，無奈於人間有著天神們的庇佑，而一直不敢有所行動。但現在天界分崩離析，魔界很可能會在適當的時機，對人間展開大規模入侵。所幸魔界也和人間一樣，許多魔王割據一方，他們彼此之間也會互相對立、互相牽制。」

「現在的情勢，是一個詭譎且危險的平衡狀態。而你，很有可能是我們扭轉局勢的一個關鍵。」翩翩說這句話時，認眞盯著阿關的眼睛。

阿關讓翩翩瞧得有些不好意思，不知該將目光放在何處，摸摸鼻子說：「照妳這樣說，妳也有可能……嗯，被惡念侵襲……」

翩翩淡淡一笑。「這你倒不用擔心，太歲爺之所以不怕惡念，因為他是從惡念中煉出的神仙。而你之所以不怕惡念，是因你是由天界無數智者、無數醫官，合力以太歲爺的血，煉出來的備位，同樣也不怕惡念。」

「當時天界估計到太歲鼎崩壞的可能性後，展開了一次相當浩大的煉神工程，有上百位神仙在同一目的下被煉出，你、我都是其中之一。我們這批新神仙，身子裡都具有某種程度抵抗惡念的特質。」翩翩繼續說明。

「而你和我們不同的是，你是由太歲的血煉出來的，你能百分之百地抵擋惡念。除了你之外，天界也有『備位二』、『備位三』的計畫，以防不時之需。但這些備位卻不像你擁有純正血統，而是將太歲爺的血，注入一些被挑選的神仙身上，然後修煉太歲力，效果如何還得繼續觀察。」

阿關不解地問：「既然太歲的血能煉出百分之百的備位太歲，那何不一次煉個一百幾十個，有備無患啊？」

「說什麼傻話，你試試拿把刀割自己，看看能擠出多少血？」翩翩白了阿關一眼，繼續說：「眾神試了千百次，都無法煉出完美的備位太歲，所以太歲爺才決定，用自己的血來煉你。太歲爺放出身子裡一半的血，好不容易才煉出你來，這讓他元氣大傷了好多年。而煉出你之後，那些剩餘不多的血，才留了下來，用來煉『備位二』和『備位三』，這已是極限……」

「對對……血是有限的。」阿關抓抓頭，對自己的蠢問題感到有些不好意思。

「我們這批年輕神仙，各有各的職責。我是太歲爺的直屬部將，在太歲鼎崩壞之前，負責在人間視察凡間諸神們的行為有無失當，將一些惡神剷除；太歲鼎崩壞之後，我便一直隨著太歲爺四處征戰。」翩翩指著阿關說：「而在你解除封印之後，我的職責就是保護你，使你順利成長。」

「等於是你的保姆。」翩翩這麼補充。

「那……從今以後，請多多指教……」阿關點點頭。

「好了，現在有點晚了，你的傷剛好，先休息吧。明天我會帶你去一個地方，教你些防身用的符法。」翩翩開始收拾桌上的剩菜茶水。

「我休息……那妳呢？」阿關問。

「我也休息啊，我這些天時常要去各地支援被邪神攻打的正神，分身乏術。偏偏還要顧著你，一轉眼不見，你馬上就滿身是血、一副快死的樣子。」翩翩哼哼地說。

「這裡只有一張床耶。」阿關望著那軟馥馥的床。

「剛剛說過了，在天庭尚未淪陷之前，我的職責就是在人間視察，這個地方是我在人間的棲身據點。也就是說，這裡是我家，桌子是我的桌子，衣櫥也是我的衣櫥，這張床，當然是我的床。」翩翩這麼說。

「嗯，那我睡哪？」阿關問。

翩翩指指床邊那毯子說：「你昨天睡哪，今天就睡哪。」

□

午夜時分，這時順德大帝府的廟門早已緊緊關上。外面是一片寂靜，三、兩隻趴在牆頭的野貓，頻頻抬頭四處張望，廟裡隱約傳來的低聲哀鳴，吸引了這些耳尖的野貓。

廟裡陰森黑暗，只有幾盞燭光，卻聚著不少人。

人圈中跪著一名婦人，似乎在受眾人的審問。

婦人雙手被縛於背後，手上、腿上都有著斑斑血跡，捆著手的是帶刺的繩子，膝下鋪著一片荊棘。婦人雙眼茫然，淚流滿面，發出咿咿呀呀的哀鳴聲。她的身子顫抖，顯然是腳下荊棘令她難受不堪，但婦人卻不敢反抗，連哀鳴都盡力壓低。

她額頭流下一道血，一柄釘鎚正壓在她額頭上，鎚上的尖刺刺破了額頭皮膚。

「弟子林月娥！妳可知罪？」一個瘦高男人厲聲喊著，他一手握著釘鎚，一手拿著令牌。

月娥發顫地說：「我……我、我……我知罪……我知罪……」

幾個與月娥交好的信徒朋友，紛紛替她求情。

「順德公啊，月娥她很忠心啊，是她那不肖兒子，讓邪魔附身啊！」

「順德公大恩大德，網開一面吧！」

「月娥也不願意啊！」

「阿姑啊，妳幫月娥向順德公求求情啊，求他饒了月娥啊！」

在幾個手持刑具的男子身後，一個老婦人招了招手。那拿著釘鎚的男子這才停下了手，不再繼續折磨月娥，面無表情地走到一邊。

「謝……謝謝阿姑……謝謝順德公大慈大悲……大慈大悲……」月娥仍然發著抖，她滿是血、眼淚和鼻涕的臉上勉強擠出笑容，膝下的荊棘讓她痛得發昏。

阿姑緩緩開口：「弟子林月娥，妳兒子無法無天，不但出言不遜，對順德公不敬。順德公派出神兵緝拿他，他竟敢反抗，將順德公的神兵都給殺死了！」

「妳這母親是怎麼做的？」阿姑雙眼睜得老大，緩慢說著。

「弟子林月娥知罪，是我不好！是我不好！」月娥用力磕著頭，濺出一地血。接著，她緩緩抬起頭，哽咽地說：「家佑……家佑他只是個孩子……他哪有辦法殺順德公派的神兵吶，都是他身上那個可惡的邪魔……求求順德公救救家佑，把邪魔抓起來啊，家佑他是無辜的啊……」

月娥的哭喊越來越大聲，幾個婦人也跪下來求情。

「都是邪魔作祟呀！」

「不關月娥的事啊！」

阿姑靜默半晌，轉身來到神壇前，拿起一對筊杯，對著壇上一尊神喃喃祝禱了好半晌，才擲出手中筊杯。眾人都靜默著，筊杯擲地的聲音，此時聽來格外刺耳。

連續三個聖筊，阿姑才轉過身來：「弟子林月娥，順德公信妳，他原諒妳。但是妳是那囝仔的母親，抓到那囝仔之前，妳都要在廟裡接受順德公的神兵看管，不能隨意亂走。」

月娥又磕著頭，不斷道謝：「謝謝順德公大恩大德、謝謝順德公大恩大德……謝謝阿姑、謝謝阿姑……」

幾個婦人七手八腳地將月娥抬起，將她抬到廟裡一間房，替她包紮傷口，安慰著她。

阿姑臉色陰晴不定，等信眾散去之後，才快步走進另一間房，關上了門。

阿姑雙手按著房內一張老舊檀木神桌，臉色忽青忽黃，聲音也變了個人，喃喃自語：「猴死囝仔是什麼來頭？五王陣都抓不住他？婚喪鬼和大力鬼都抓不住他？」

阿姑身子發著顫，雙手還按著檀木神桌，口裡喃喃唸起咒語。

她身後一排小小的神像，眼中開始泛起青光，十幾個瓷神像一個個發起了顫，發出了「喀喀喀」的聲音……

喀喀喀、喀喀喀……

□

這日風清雲朗，陽光透過窗戶映入，灑在雪白床上。距離阿關遇見翩翩、月娥在順德廟裡受審那晚，已經過了數日。

「你還沒睡飽啊？快起床啊，瞌睡蟲！」翩翩的聲音輕輕敲醒了阿關。

阿關睜開了眼，懶洋洋地撐地坐起。一旁的茶几上已擺上幾樣小菜和兩碗稀飯。

翩翩手裡拿著一根細長的竹枝，上頭還帶著兩片葉子，是昨天在山路上隨意摘的。她捏著竹枝，輕輕拍著阿關的腦袋說：「已經過四天了，還是沒什麼進步。」

阿關揉揉眼睛，不發一語，無精打采地起身上廁所、刷牙、洗臉，接著無精打采地坐回茶几前，愣愣望著眼前的稀飯，似乎沒心情動筷子。

翩翩扒了兩口稀飯，挾了些小菜，也不看阿關，淡淡地說著：「你不吃嗎？不吃說不定一整天都沒東西吃喔。」

阿關嘴巴動了動，似乎有滿腹牢騷，然後才心不甘情不願地拿起筷子，唏哩呼嚕地吞著稀飯。

吃完了飯，兩人將茶几收拾乾淨，準備妥當之後出門。一路上阿關都擺著一張臭臉，遠遠跟在翩翩後頭走。

又來到這個地方——這是一整排還沒完工就廢棄的老舊公寓建築，坐落在山腰上，平時人煙罕至，是練習符法的好地方。

和前四天一樣，兩人循著髒舊樓梯往上走，來到較空曠的三樓。

翩翩找了一處乾淨地方，鋪了張蓆子坐下，從背包拿出一本書，又看了看阿關，叮嚀：「你今天一定要練熟。」

阿關也沒回答，無精打采地從口袋拿出一疊符，抽出一張緊握在掌心中。他閉上眼，眉頭一皺，心裡默唸咒語。

不一會兒，他的手微微顫抖起來，握著的符冒出幾絲淡淡白煙，符上的朱紅字樣微微發亮。但很快地沒了動靜，白煙散去、紅字黯淡，符紙變得乾枯褐黃，接著破裂粉碎。

「專心一點，不要鬧彆扭。」翩翩自顧自地翻著書。

阿關深深呼了口氣，拍去手上破符碎屑，再抽出一張符，閉眼唸咒，又是一陣煙冒出，跟著又熄了。

直到第十七張符，幾絲白煙之後，倏地一陣白光乍現，阿關感到掌心中有股力量要往前迸出，他趕緊瞄準目標，將手張開。

一顆火流星似的光團自阿關掌心發出，伴隨著破空風聲，筆直往前射去，打中了十公尺外的一個草人，炸出一陣白光。

阿關眼睛亮了亮，沒那麼無精打采了。

被打中的草人只是晃了晃，沒什麼事——「白焰咒」只會對鬼怪產生作用，打在生靈、草木、土石上，只會發出一陣白光而已。

阿關轉頭對翩翩喊了幾聲：「喂、喂！」

翩翩這才抬起頭，看看阿關，又看看草人，從背包裡拿出一支粉筆，在身旁的牆上畫了一筆。

不遠處的牆上，還有一堆筆畫，是四天以來阿關擊中草人的紀錄。

第一天只擊中三次，連一個「正」字都湊不齊；第二天擊中四次，還是湊不出一個「正」字；第三天擊中七次，總算有一個「正」；第四天擊中十二次，有兩個「正」。

翩翩畫完一筆：「今天最少要打中二十次，不然你還是沒飯吃。」

阿關哼了一聲，這些天下來，翩翩的嚴格訓練讓他倒盡胃口，沒達到規定沒飯吃不說，到了晚上還有更殘酷的處罰。

這整排廢棄公寓陰氣極重，一到晚上，便會聚集許多惡鬼。翩翩會畫下一個三平方公尺的結界，將阿關困在裡頭，給他幾張符，作為決鬥時的武器。

再來翩翩會施展法術召來惡靈，讓阿關在結界裡與惡靈決鬥。

第一天只是象徵性地決鬥一場；第二天離翩翩定下的擊中草人七次目標少了三次，就要和三隻惡靈決鬥；第三天和第四天的目標為十二次及十七次，阿關也分別和五隻惡靈決鬥。

他自然抗議過，但翩翩手一拎，就將阿關提了起來，再一扔就進了結界，出也出不來。每天晚上不是和惡靈打得精疲力竭、傷痕累累，就是吐得頭昏眼花。翩翩只是冷眼旁觀，非得讓他被惡鬼打得再也起不來、再也動不了時，才進入結界，將阿關拎出，帶回家裡治療。

治療過後已是深夜，阿關還不能睡，要練習寫符，寫的就是他白天練的「白焰符」。

這是一種攻擊性符法，太歲最早給他的那些符，和他後來對付鬼乩童時的符，都是這種一遇到鬼怪就會發出白色火焰的白焰符。

怎知阿關天生不會寫毛筆字，一張張符寫得歪七扭八。翩翩只好一邊教他，一邊幫忙寫，否則隔天就沒有符可以練習了。

如此一來，阿關一天只能睡兩、三個小時，其他時間不是練符就是寫符，再不然就是和惡靈決鬥。接連幾天下來，要不是他體內的太歲之力漸漸甦醒讓他的體力增強不少的話，早就撐不住了。

唰的一聲，又是一道白焰，將那草人打得搖搖晃晃。

「咦？你開竅了！」翩翩放下了書。

阿關沒有答話，摸摸鼻子。剛開始接連十六次失手後，跟著的是在二十五張符內，成功擊中草人十七次。

「其實還滿簡單的。」阿關接連發出三道白焰，打在稻草人身上。

翩翩在牆上畫了三筆，湊出四個「正」字，終於達成目標。

「很好、很好。」翩翩呵呵一笑，走了過來，拿著那帶葉竹枝在阿關頭上拍了拍。

阿關見到翩翩眨著清澈明亮的大眼睛瞅著他笑，不知怎地，對她這些天嚴格訓練的不滿和委屈，一下子全拋到九霄雲外，也跟著笑了起來。

他想起小時候學騎腳踏車，摔得膝蓋、手肘全是傷口，然而一旦抓住竅門，就再也沒摔過了。

「中午有飯吃了吧！」阿關摸摸肚子。

翩翩拾起背包：「有，帶你去一家好吃的餐廳，算是獎賞。」

走進了雅致餐廳，阿關挑了個位置坐下。在他面前的翩翩，吸引不少男士的目光，讓阿關不免有些得意。

「有沒有我媽媽的消息？妳不是說會派人調查嗎？」阿關喝著湯，一邊問著。

翩翩撥了撥頭髮，像是在思考著該如何開口。「我正想告訴你，你母親讓那順德邪神囚禁在廟裡。」

「什麼！」阿關嗆了一口湯，不住地咳嗽，他瞪大了眼睛望著翩翩。

「你先別急，聽我說完。」翩翩以紙巾擦了擦嘴，開始說：「前幾天，我們的密探跟著你母親，來到順德大廟外，見到你母親進了廟，就再也沒出來了。廟裡有許多邪靈鬼怪鎮守著，那密探好不容易潛進廟裡，才發現你母親被關在地下室的一間房裡。」

「幾天前的事，為什麼妳不告訴我？」阿關有些氣憤。

「告訴你有什麼用？你連白焰符都練不好，即便要救人，也不會讓你去救。」翩翩淡淡地說：「你放心吧，你母親被囚禁的這幾天，並沒有什麼大礙，她的三餐都有人供應，她的信徒朋友也輪流照顧著她。」翩翩說到這裡，指了指阿關。「倒是你，我們收到風聲，順德邪神派出鬼卒四處找你，我在你身上施下『隱靈咒』，讓他們嗅不到你的味道。」

阿關雖然聽翩翩說媽媽無恙，但仍不免擔心地問：「那群瘋子信徒裡有個會妖術的老妖婆非常難纏，我被她整了好幾次。不知道妳對付不對付得了她？」

翩翩瞪了他一眼說：「那老廟祝應該是受了邪神蠱惑，變成邪神走狗，雖然懂得一些異術，但終究是個凡人。我可是天上的神仙，你說我對付不對付得了她？」

阿關哼哼地說：「是、是、是，妳最行，既然妳那麼行，為什麼不一舉攻進順德廟，把那隻邪神抓出來痛打，把我媽媽救出來？」

「這個順德手段很高，短短兩個月內，擊敗了許多邪神敵手，將勢力範圍擴張得極快，現在已經和『啓垣星君』、『千壽公』兩個邪神，並列爲北部三大邪神。有幾十隻大小邪神做他鷹爪、有數不盡的鬼卒供他驅使。你這傻子現在又幫不上忙，我再厲害，也不可能單槍匹馬殺進去。」翩翩哼哼地說。

阿關無話可說，只好低頭猛吃。

翩翩繼續說著：「啓垣星君本來和太歲爺同爲五星之一，在太歲鼎崩壞後，墮落成了邪神，落到凡間自立爲王。千壽公本來是凡間某處大廟主神，讓惡念侵蝕變成了邪神，引兵造反。而這叫順德的傢伙就更厲害，本來只是間名不見經傳的小廟裡頭的副神，我們聽都沒聽過他的名號，竟能在短短的時間裡，發展出龐大勢力。」

翩翩解釋完了北部三個厲害邪神的來由，見阿關只是吃，也不答話，便微笑地說：「現在正神們的主力都耗在掃蕩南方邪神，因爲新太歲鼎就藏在南部某處密境。所以……對付北部三大邪神這重責大任，就歸你這備位太歲了。」

「呃？」阿關愕然地抬起頭，口中的湯竟流了出來。

「你做什麼鬼臉？難看死了。」翩翩又好氣又好笑。

「我不是做鬼臉，我只是覺得……別說那三大邪神，就連他們部下的部下的爪牙的小嘍囉都可以輕易殺死我了，我一個人要怎麼解決他們三個？」阿關攤手問。

「你體內的太歲之力已經漸漸甦醒，你往後會變得比現在強大，你想過好日子，想做神仙，總得付出代價。」翩翩回答。

阿關不置可否。

兩人用完了餐，阿關突然想到什麼，緊張地搓搓手，悄聲對翩翩說：「老實跟妳說，太歲給我的錢，被……被一個騙子搶走了……我現在身上沒錢……」

翩翩也沒答話，從皮包裡拿出一張信用卡結帳。阿關吐吐舌頭，跟在翩翩身後。

兩人出了餐廳，走在路上，翩翩突然問：「你說有個騙子搶了你的錢，那你到底是被他騙，還是被他搶？」

「先被他騙，再被他搶……」阿關支支吾吾，將那天在地下道發生的事講了一遍。

翩翩聽完，淡淡說著：「本來我們在凡間做事，凡人交易用的貨幣自然不是問題，要多少有多少。但是你現在還不是正式的神仙，那些錢是太歲給你的酬勞，你一時大意讓人搶了，就是你自己的責任。你要等到下個月，才可以再拿到當月的酬勞。」

阿關連連點頭，表示同意，他一想到下個月還有這麼多錢領，已經感激不盡了。

兩人又往山路走去，阿關覺得奇怪：「不是已經達成今天的目標了嗎？怎麼還要回去？」

「你忘了晚上還要練習和惡靈作戰嗎？」

「爲什麼？」阿關啊了一聲：「我都達成目標了，爲什麼還要處罰？」

「不是處罰，是要增加你的實戰經驗，打不會動的草人有什麼用？你到底想不想救你媽媽？」翩翩正色地說。

「嗯，這倒是……」一想到要快點救出媽媽，阿關這才不再埋怨。

入夜，四周的風大，吹得樹葉窸窣作響，阿關的頭疼得很，他握著飲料的手抖個不停，煩躁地來回踱步。

「再等一下。」翩翩佇在一旁樹下，望著天空夜色。

「今天……今天頭特別痛，不知道爲什麼……」阿關揉了揉太陽穴。

「今晚有個野鬼王要來搶地盤，待會兒會很熱鬧。」翩翩似笑非笑地答。

「什麼！」阿關大驚。

「過來，別站在顯眼的地方。」翩翩拉著阿關走到幾棵樹旁的草叢，從這裡可以清楚觀察眼前整排舊公寓。

此時這片廢棄公寓漆黑一片，在月光下，清楚看見牆上大塊大塊的斑駁痕跡，和那些爬滿了半邊牆的藤蔓。

「眞奇怪，怎麼會有人在這裡蓋房子？」阿關搖頭晃腦，想減輕頭疼。「妳剛才說什麼鬼王要來搶地盤，是怎麼回事？」

「惡念溢出之後，越來越多邪神或惡鬼在惡念的影響下，想當大王、想當霸主，他們四處征戰，招納四方游離惡鬼作爲手下。而這個山腰是個至陰之地，時常有遊魂聚集，在惡念影響下，那些遊魂漸漸化成凶狠惡鬼。想要招兵買馬的大王、小王們，當然都看中這塊能夠聚集遊魂，又能修煉惡鬼的至陰據點。今天來的這個野鬼王，和三大邪神比起來，自然不值得一提，不過待會兒身邊至少帶個百來隻惡鬼手下，這一點應該是錯不了。」翩翩望著那廢棄大樓，撥了撥長髮，隨意說明著。

「我一個人對付不了那麼多惡鬼……」阿關連連搖頭。

「你怕？」翩翩望著阿關。

「當然怕……只要一有妖魔鬼怪什麼的靠近我，我的頭就又暈又痛；三、四隻惡鬼圍上來，我就暈得受不了要嘔吐了。百來隻？我可能連符都抓不穩，咒還沒唸出來就昏倒了。」阿關攤著手說。

「這是因爲你還不適應太歲之力，才會頭痛，等你適應了，感應就只是感應，不會再有身體上的不適了。」翩翩說。

阿關望著那廢棄公寓，不停按摩自己腦袋。「照我現在的頭痛程度看來，裡面應該已經有十幾隻鬼了。」

翩翩點點頭說：「裡頭的惡鬼，應該是這裡原本的頭頭，他們控制著這一帶的孤魂野鬼，當個土霸王。現在有其他勢力的鬼王要來入侵，他們大概聚在一起討論開戰的事了。」

「他們不會發現我們嗎？」阿關有些緊張。

「我在你、我身上都下了隱靈咒，只要你別亂動、別嚷嚷，他們是感應不到你的。」翩翩邊說，邊將一件東西放到阿關手裡。

阿關一看，是之前那只破布袋。他吁了口氣，緊張地看著翩翩，問：「妳終於肯把收妖布袋給我了，表示待會兒很凶險，對吧？」

「你記住，待會兒能收多少就收多少。這布袋叫作『伏靈』，能將鬼怪吸進袋裡，而被吸進袋裡的鬼怪，多數會成爲袋子裡頭鬼手的食物，少數則會存活下來，和舊有的鬼手合力捕捉更多的鬼。」翩翩說明。

「也就是說，抓進越多鬼，這收妖袋就越厲害。」

「沒錯。」

阿關翻看著那伏靈布袋，問：「有一點我不明白，這袋子會伸出鬼手來抓鬼，那麼第一隻鬼手，也就是那隻皮膚死白、指甲墨黑的鬼手，是怎麼被抓進去的？」

「這你就要問太歲爺了，這袋子是他老人家的法寶之一，我了解不多。」翩翩攤手答。

阿關就著月色打量布袋，突然腦袋一陣劇痛，像被雷劈中一樣，倒在地上抽搐，一陣強烈的壓迫感席捲而來。

「注意，來了！」翩翩伏下身子。

天空一下子變得更黑了，一片雲遮住了月。

「唔唔……」阿關被這陣強烈的邪氣衝得雙眼發直、耳中隆隆作響、天旋地轉、腸胃翻騰，隨時都要捧腹嘔吐，頭痛更是不在話下。

「你身上的難受並不是傷，而是你的身體感應到妖邪時的反應，我的法術沒辦法替你治療，只能稍微減輕你的難受。」

翩翩將阿關拉到身旁，唸了咒語，指尖泛著淡淡白光，在阿關頸上、頭上輕輕按摩，一陣清涼的白亮靈氣鑽進了他的體內。阿關撐起身子，他靠翩翩極近，聞到翩翩身上傳來的陣陣香味，難受的感覺減輕了不少。

突然有個影子從天而降，落地時砸出好大一片塵土。仔細一看，是個身高兩公尺的巨漢，巨漢一身綠衣、膚色深紫，看架勢就像是這些惡靈的頭頭，翩翩所說的那隻野鬼王。

跟著，一隻隻惡靈從四方湧現，並未如翩翩預估的超過百隻，大約五、六十隻而已。鬼王踩踏著重重的步伐，一步步往公寓裡走，四周的惡鬼也跟了上去。

「你還在裝死，他們都進去了。」翩翩拍了阿關脖子一下。「這是今晚出給你的功課，去把剛剛那隻鬼王宰了。」

「什麼！」阿關大驚，跳了起來。「我一個人？」

「我會暗中保護你，不過非到緊要關頭，我不會出手幫你。記住，要是你做不到，三天都不給你吃東西。」翩翩這麼說著，也不理阿關的抗議，推著他往那廢棄公寓去。

「太強人所難……」阿關緊握著伏靈布袋，硬著頭皮往那公寓走去。

只見到公寓二、三樓的窗口，傳出一陣陣青紫的光，忽明忽暗。他到了樓梯間，回頭看看，翩翩果然跟在他後面大約十來公尺處。

這建到一半的廢棄公寓，樓梯連扶手都沒有，他靠著牆慢慢向上，雖說這幾天已經在這裡混得挺熟，但此時卻恐懼得難以形容。

他繼續往樓上走，經過一片漆黑的二樓，往三樓的方向卻閃著異光，紅橙橙的，不時夾雜著尖吼和慘嚎，倒像是邪教徒行刑一般。

樓梯牆上滿布暗褐色的痕跡，地上竟有幾隻殘肢，可見鬼王也是領著鬼卒們從這兒打上去的，在這條樓梯發生過慘戰。突然幾聲嘶嚎，一條腿從樓梯口落了下來，阿關倒吸一口冷氣，連忙低頭閃過了那條腿。

他終於來到三樓，側身躲在牆邊，探頭望著公寓客廳裡發生的事。

那些外來的惡鬼，團團圍住兩、三隻原本待在這兒的惡鬼，像是在威嚇他們。四周還聚了許許多多特地來看熱鬧的遊魂。

前幾天阿關就見過這些遊魂了，但他們還沒受到惡念的影響，還沒變成惡鬼，翩翩也就任由他們四處遊蕩。

阿關知道，若是鬼王霸佔了這裡，肯定要將這些遊魂納爲己用，當作自己的爪牙。

正想著，回頭一看，翩翩並沒有跟上來。阿關正猶豫著該如何是好，四周的遊魂更多了，有幾隻已經聚集到阿關的身邊。

那被圍住的惡鬼，有兩隻已經跪了下來。其中一隻惡鬼，雙手都沒了；另一隻惡鬼，一張臉被抓得稀爛。兩隻鬼跪在鬼王跟前，表示臣服。

剩下那隻惡鬼少了顆眼睛，卻還在惡狠狠地咆哮。鬼王一伸手，抓住他的頭用力一捏，頭爛了。

阿關吞了口口水，咕嚕一聲有些大。

身旁的遊魂注意到了阿關，但因爲隱靈咒的關係，這些遊魂感應不到阿關的人氣，也不知道阿關是啥玩意。有些還勾著阿關的肩，和他一起看戲。

但那些惡鬼不同，他們道行較高些，已經隱約感到有些不尋常的氣味。

幾隻惡鬼走了過來，四處查看。一隻惡鬼走到阿關面前，阿關不敢亂動，生怕一亂動就讓惡鬼感應到他其實是活人。

他知道硬拚自然打不過這些惡鬼，本想等待機會，藉著隱靈咒伺機接近那鬼王，扔出伏靈布袋就跑。

現在還不是好時機，但抓在手上的伏靈袋子已經不安地蠕動起來。阿關雙手緊握住袋口，生怕裡頭的鬼手按捺不住，暴竄出來亂抓。

唰的一聲，鬼手暴竄出來亂抓。

一聲嘶嚎，阿關眼前的惡鬼胸前已經多了好大幾道血痕，有兩、三吋那麼深。

「啊呀！你幹嘛這麼衝動？」阿關埋怨著布袋鬼手，轉身就要往樓下逃，但身後不知何時已經多了幾隻惡鬼擋住去路。

阿關掏出一張符，唸了咒，手裡出現一陣白光。那些惡鬼嚇了一跳，向後退開。阿關正要放咒，白光已經滅了。

「啊……不靈！」阿關趕忙又拿出一張符，身後的惡鬼全撲了上來，逼得他往後頭跑，跑到大廳中央，幾十隻惡鬼將他團團圍住。

四周遊魂一看苗頭不對，紛紛閃一邊去了。

阿關又唸了咒，抓著符對準了鬼王，白光乍現，嚇得那些要撲上來的惡鬼又飛竄退開。光又滅了，還是不靈。阿關恨恨甩掉手上灰燼，再掏出一張符。

惡鬼們感受到白焰符發出來的熱光，知道那是厲害的符法，也不敢貿然撲上來。鬼王惡狠狠地盯著阿關，向前跨了兩步。

阿關一見鬼王有了動作，嚇得連忙丟出布袋。布袋在空中大轉，殺氣騰騰，兩隻惡鬼撲上去搶那布袋，蒼白鬼手立刻竄出袋口，三爪將那兩隻惡鬼給抓得手斷腳裂。

四周惡鬼們紛紛嚎叫起來，一隻隻往前撲來。阿關怪叫一聲，躲到鬼手後頭，掏出三張符唸咒，終於有張符成功，放出一道白焰，擊中一隻惡鬼，將他炸得四分五裂。

阿關一聲歡呼，施法放出白焰的威力，果然比先前將符貼在球棒上來得厲害。

惡鬼們發了瘋似的，紛紛往阿關竄來。

伏靈布袋在空中飛旋繞回阿關頭頂，蒼白鬼手再次暴烈竄出，抓住了一隻惡鬼，當作大鎚去撞擊其他的惡鬼。

阿關轉身，往身後的惡鬼們又施了幾次白焰，只有一次成功，打死了一隻惡鬼。

他看看手裡的符，還剩十來張。

有了鬼手掩護，阿關慢慢退到牆邊。鬼手將靠近布袋的惡鬼紛紛抓起，往其他惡鬼扔砸，再抓，再扔。一時之間，惡鬼們也無法靠近。

鬼王身旁一隻紅臉瘦長的惡鬼，慢慢走了過來。那紅面鬼臉上沒有眼耳口鼻，平坦坦的什麼也沒有。鬼手向他抓去，那紅面鬼也不逃，就讓鬼手五指插進臉裡。紅面惡鬼的喉間發出一聲悶吭，臉上濺出血，兩手一伸緊緊箍住蒼白鬼手，任憑鬼手如何搖晃，死也不放。

其他的惡鬼見布袋鬼手讓己方的紅面惡鬼抓住了，便一隻隻都撲上來。

阿關又放出兩道白焰，打碎幾隻惡鬼。還沒來得及放第三道，三隻惡鬼已經殺到眼前，其中一隻惡鬼一把抓起阿關往天花板上拋去。

碰的一聲，阿關撞到天花板牆上，再摔在地上。

得住。他掙扎站起，雖然痛到快昏倒了，但是這幾天來，這類摔打他不知挨了多少下，也還撐得住。他體內的太歲之力漸漸甦醒，讓他的體力、身體強度、速度等都要比常人強上不少。

鬼手硬拖著那隻紅面鬼來到阿關身旁，又將紅面鬼當作鎚子，打飛了幾隻惡鬼。

頭痛和暈眩讓阿關腳步不穩，他再放出一道白焰，只覺得一陣反胃，彎下了腰嘔吐起來，呼嚕呼嚕地將先前吃的美味大餐全嘔了出來。

鬼手讓紅面鬼纏住，無法分身救援，幾隻惡鬼撲上抓住布袋，死命亂扯，卻也扯不破那布袋。

忽然袋口紅光乍現，一隻細長泛紅的手伸了出來。

泛紅的指尖長著深紅色銳長指甲，阿關愣了愣，隨即想起這隻手的主人——地下道一戰裡，先救出了丈夫，最後自己卻讓蒼白鬼手抓進袋裡的鬼新娘。

這是鬼新娘的手。

和蒼白鬼手相較之下，鬼新娘的手看來較爲細嫩，膚色淡紅、指甲深紅。還沒來得及看仔細，紅影一閃，已經一把抓住一隻惡鬼的肩膀，硬生生扯下了胳臂。

蒼白鬼手像是不想被新娘鬼手比下去似的，發狂甩動，將紅面鬼甩了開來。只見紅面鬼整張臉爛糟糟，臉上被抓出好大一個洞，紅面鬼沒有嘴巴，無法叫嚷出聲來，只見他不斷跳著、抖著，模樣像是痛極了。

阿關見了這慘烈模樣，不禁毛骨悚然，只見蒼白鬼手將手上爛肉一扔，布袋飛竄至那紅面鬼身前。新娘鬼手和蒼白鬼手合力將紅面鬼一把抓進袋子，伏靈布袋一陣扭動，竟像是在咀嚼一般。

惡鬼們一個個殺向那布袋，在大廳正中殺起一陣腥風血雨。阿關見伏靈布袋如此強悍，便振奮起精神，又拿起一張符咒，勉強站起，手卻抖個不停。

鬼王朝阿關走了過來，他的一隻手臂比常人大腿還粗，手上的筋脈都有常人手指頭那麼粗。

阿關才要對那鬼王施咒，就已經吃了鬼王一記巴掌，痛得眼冒金星。鬼王一把掐住阿關脖子，將他整個人提了起來。

阿關痛得發昏，漲紅了臉，臉上青筋快要爆開，他的雙腳亂踢，但踢在鬼王七尺身軀上卻像踢在石牆上一樣毫無作用。

布袋在惡鬼圍攻下殺出重圍，飛竄來救阿關，蒼白鬼手和新娘鬼手同時從袋口竄出，抓向鬼王。鬼王不甘示弱，也伸手去抓，將兩隻鬼手一把握住，只聽見「喀喀喀」聲，似乎是骨頭碎裂聲。

阿關矇矓中看到袋口兩隻傷痕累累的鬼手臂，都冒著青筋，像是氣力用盡。他覺得一陣絕望，心想已到最後關頭了，翩翩怎麼還不來幫忙？

想著想著，伏靈布袋又是一陣抖動，一隻墨黑色的大手伸了出來。

儘管鬼王的手臂極其粗壯，但袋口伸出來的墨黑色大手，竟足足比鬼王的手臂更粗上四、五吋。墨黑色巨手一把握住了鬼王掐著阿關的那隻手腕，鬼王哼了一聲，左手一鬆，阿關便落了下來，跌在地上。

阿關這才仔細看了看掛在布袋口的黑色巨手，竟是那夜河堤上穿著運動服、高壯大黑鬼的壯臂。

他想起當時在自己意識模糊之際，大黑鬼跳了下來，接下來自己就什麼也不知道了，只記得當時隱約之中，一隻白色蝴蝶飄過，現在想來應該就是翩翩。

原來翩翩當時找到他丟在巷口的布袋，趕來收了這大黑鬼。

四周的惡鬼並不再殺上來，反倒是圍成一圈，看鬼王單挑三隻鬼手。

鬼王喝了一聲，額上青筋暴露，齜牙咧嘴露出一口紅牙，右手放開兩隻鬼手，轉而抓住了那墨黑色巨手。

蒼白鬼手和新娘鬼手則垂了下來，蒼白鬼手的小指和無名指鬆垮垮的，似乎折斷了。兩隻鬼手軟綿綿地隨著布袋晃動，像是死了一樣。

鬼王兩隻手敵一隻手，力氣終究大了些，將墨黑色巨手越壓越低。

阿關全身力氣快要用盡，耳鳴蓋過了所有聲音，眼前天旋地轉，他已經吐到沒東西可吐。就要昏厥之際，他看到窗口上坐了個人，是翩翩。

見翩翩面無表情盯著自己，阿關只覺得腦袋轟然一響，不服氣、不認輸、不想再出醜，種種情緒全湧上來。

阿關哇哇叫喊著猛然跳起，一跳撲到了鬼王背上，以牙還牙，勒著鬼王脖子不放。

鬼王可沒想到這被他掐到幾近昏厥的少年，還有這麼大的力氣。他自從化成惡鬼後，吃了不少人，沒有人有這種能耐。所有惡鬼們驚叫著，都要撲上來幫忙。

阿關一手勒著鬼王脖子，另一手從口袋裡掏出了所有的符，也沒唸咒，直接把符往鬼王臉上蓋去。耀目白光將屋子映得一片火明，鬼王臉上冒著火花和煙，還沒叫出來，抓著布袋墨黑巨手的兩手已經鬆開了。

墨黑巨手趁勢掙開，在半空中握成拳頭，一拳轟在鬼王臉上，磅地好大一聲，將鬼王的鼻子都打扁了。本來沒力的蒼白鬼手此時也突然抬起，沒斷的三指綳得硬直，倏地插進鬼王臉上。

鬼王怪嚎了起來，將阿關甩在地上，雙手亂揮著，還打倒了幾個上來幫忙的惡鬼。阿關力氣用盡，倒了下去，還讓暴走抓狂的鬼王踩了一腳，吐出血來。

蒼白鬼手將手自鬼王臉上抽出，又狠狠一抓，一把抓去了鬼王半邊腦袋。

鬼王龐大的身子搖搖欲墜，晃了晃，往癱在地上的阿關倒去。

一片繽紛彩光射來，阿關在迷濛間，只見到朝著他倒下的巨大身影迅速斷裂分開，在空中碎成十幾截向四周撒落。

接著，漫天蓋地的光圈飛射而來。

在光圈之後，是躍起的翩翩。

翩翩雙手各拿著一柄彎月形狀的小短刀——「雙月」。雙月刀身部分才八吋，分別是湛藍色的「靛月」，和碧綠色的「青月」。雙月自刀身至刀柄都泛著晶瑩的光，材質像是璧玉，那五彩的光圈便是從這對雙月發出。

在陣陣嘶嚎聲中，翩翩躍到了阿關身上，像踩在雲上一樣，阿關完全不覺得重。翩翩替他撥掉了臉上的斷肢碎塊，長髮拂過阿關的臉，留下一片芳香，她又躍了起來，在空中打了個轉，撒出一片光圈。

阿關恍惚之中，只覺得有一隻泛著白光的蝴蝶，在他身邊飛舞、守護著他。

伴隨著五彩光圈，蝴蝶所到之處，惡鬼全成了碎塊，蝴蝶優雅飛去，碎塊才來得及落下。

一個一個的五彩光圈，將屋子映得有如仙境一般。

「好漂亮……」他覺得疼痛漸漸淡去，意識也跟著模糊。

05 阿泰和六婆

阿關醒來時已是中午，套房裡只有他一人，他看看身上，傷也好了。梳洗一番後，他在茶几上發現了張字條——

昨天我出的功課，你完成了。我有事要出去幾天，你好好練習寫符，不要隨意亂跑，也別到陰氣重的地方——例如昨晚的公寓，不然給打死了沒人救你。另外，別亂翻我的東西，別躺我的床和被子，注意保持清潔，尤其是廁所，否則我回來會跟你算帳。

翩翩

「哼哼……」阿關打了個哈欠，從冰箱拿出一罐飲料，咕嚕咕嚕喝著。他想到自己的錢都被那符籙攤子老闆搶了，翩翩不在，冰箱只剩飲料，好不容易准吃飯，看來還是得餓肚子了。他越想越不是滋味，又把字條再看一遍，氣呼呼地揉成一團，跳上翩翩的床。

「啊哈！我就是要睡妳的床怎樣？唔嗯——好香！」阿關將被子裹住全身，在床上滾來滾去。

喀吱一聲，有鑰匙轉動開門的聲音，阿關大吃一驚，從被子探出頭來。翩翩一手拎了大包小包，一手還握著門把，有些詫異地看著阿關。

阿關趕緊掙扎下床，但忘了身上還裹著被子，就這樣摔下了床。他見翩翩走到他面前，一語不發地望著他，趕緊狼狽站起，慌亂地將被子疊好。

翩翩揚起手，伸出食指在阿關臉上摸了摸，接著使勁一擰。

「哇！我不敢了！」阿關痛得大叫。

「我不是有寫字條，要你別亂動我的東西，也不准上我的床嗎？」

「我、我剛睡醒沒看到字條……」

翩翩看到茶几上的字條被揉成一團，手上的勁道更加了幾分：「這麼爛的謊話你也好意思說出口？」

「啊啊——因爲……地板好硬，我睡得不舒服，妳的床鋪比較軟，而且很……很香……啊！我不敢了！」阿關連連求饒。

「你剛剛的樣子像是在睡覺嗎？」

「可能是作噩夢……啊！痛！」

翩翩終於鬆了手，也不理阿關，自顧自地將床上的被子拎起，拍了拍，重新摺疊整齊。

「妳……妳不是有事要出去幾天嗎？」阿關摀著臉問。

「我想起你身上沒錢，怕你餓死了，所以買些食物當作你這幾天的糧食，順便交代一些事情。」翩翩冷冷地回答，接著將買來的食物放在桌上。

兩人在茶几前用過了午餐，翩翩起身來到床前，伸出手指對著床鋪比劃著咒語。

「妳在做什麼？」阿關好奇地看著翩翩。

翩翩對著床鋪畫完咒印，又對著幾座櫃子比劃了幾下，才對阿關說：「你過來，試著打開抽屜。」

阿關將手伸向一座櫃子，才碰到櫃子抽屜，只覺得手指像觸到水一樣，有一圈紅色漣漪光芒散了開來，跟著那處出現了一個小小的紅色光圈。阿關再碰了一下，又出現一個。

「知道了吧，如果你亂碰我的東西，就會留下紀錄，我就會知道。」翩翩冷冷望著阿關。

「妳要怎麼分辨是故意的，還是不小心撞到的？」阿關問。

「不用分辨，只要出現光圈，全都當你是故意的。」

「怎能這樣？」阿關抗議。

「少囉唆，我帶你去認識一位老傢伙，這幾天你有事就找他。」翩翩說完，立時就轉身走去，阿關也急忙忙跟下了樓。

兩人一前一後走了半晌，走到三條街外一處堆滿廢棄物的空地，空曠處長了兩棵大樹。

「土豆，老土豆！」翩翩走到樹下，喊了兩聲，沒反應，又喊了幾聲，接著跺了跺腳，眉心一蹙，轉過身來抱著手，像是在生悶氣。

「妳做什麼？」阿關忍不住問，但他見翩翩瞪了他一眼還別過頭去，便不敢再多問，自個兒摸摸頭，四處看看。

過了好一會兒，才見到一個矮矮胖胖的老頭，牽了輛銀白色的腳踏車慢慢地走來。

阿關見這小老頭身材奇特，只有四尺高，卻很胖，一頭白髮紮了個沖天炮的髮辮，整個腦袋看起來就像顆鳳梨，樣子十分滑稽。

小老頭一臉歉意，翩翩正要開口，小老頭一把抓住了阿關的手，呵呵笑著說：「想必這位就是備位太歲大人！哇，眞是一表人才吶……」

「土豆！」翩翩跨步上前，一把揪住小老頭的髮辮，將他提了起來，怒斥：「你這傢伙！」

「翩翩，妳幹嘛欺負老人家？」阿關忍不住插口，替那小老頭打抱不平。

翩翩不理阿關，瞪著那小老頭問：「你跑哪去了？」

小老頭可憐兮兮地答：「俺……俺剛剛見了一隻小狗……被一隻大貓追著跑……覺得有趣……就跟去看看……」

「下次再這樣，你就慘了。」翩翩鬆開手，讓那小老頭摔了下來，還踹了他屁股一腳。

小老頭連連道歉：「是、是！下次不會了，仙子！」

翩翩轉向阿關，對他說：「他是這一帶的土地神，這幾天我不在，有事你就來這裡找他商量。」

「是啊、是啊！備位太歲大人，叫俺老土豆就行了！」小老頭接口：「有什麼事找俺就對了！俺帶你去玩！」

翩翩怒斥：「老土豆！如果不是現在四方邪神作亂，正神人手不足，我不會把這麼重要的任務交給你這傢伙，你最好安分一點，要是備位太歲有什麼閃失，人間就萬劫不復了。」

老土豆吐了吐舌，慚愧地說：「是，仙子，俺知道了。」

翩翩牽過了那銀白色腳踏車，喚了阿關過來：「你需要代步的工具，這是天界工匠替你打造的寶物——『石火輪』。」

「腳踏車？我有機車耶，還停在我家樓下，只不過我鑰匙放在家裡，不敢回去拿。」阿關抓抓臉說，跟著摸了摸那銀白腳踏車的龍頭手柄，說：「不過這台車還眞漂亮，感覺很名貴的樣子。」

「你別小看這腳踏車，這玩意兒的前主人大有來頭。這是天界神兵，你要好好保管，別亂玩弄壞了。」翩翩隨意說著，又取出一疊符咒，交給阿關。「這些白焰符是我昨晚寫的，給你這幾天防身用，你要好好練習寫符。」

阿關接過了符，問：「妳還沒說妳要去哪裡？」

翩翩蹙眉，嘆了口氣答：「南部又有一支正神兵馬反了，戰況激烈，我得趕去支援。」

「那妳要小心……」阿關還沒說完，翩翩便伸出手指，在阿關臉上一劃，嚇了他一跳，以爲說錯了話，又要被捏。

阿關只覺得頰上一陣清涼，剛剛讓翩翩捏得生疼的地方，一點也不疼了。

翩翩也不說話，一陣白光乍現，便化作蝶，飛不見了。

阿關牽過車子，看看老土豆，尷尬地笑了笑，不知該說什麼。

老土豆左顧右盼，確定翩翩眞的走了，便抓著阿關的衣角，呵呵笑著：「備位太歲大人，俺帶你去玩！」

阿關哭笑不得，這土地神，翩翩才警告過他要安分點，等翩翩一走，馬上原形畢露。

「備位太歲大人，剛剛那隻大貓，追著那小狗到了一個狗洞，俺只瞧到一半，怕你們找不著俺，就趕緊回來了，現在我們再去看看好不好？」老土豆興高采烈地說。

「不了，老土豆，我有事情。」阿關搖搖頭說：「我媽媽讓一群可惡的神棍關在廟裡，我要想辦法救她。」

老土豆揮著手說：「備位太歲大人，這件事問俺就對了，俺還知道你母親被關在哪。」

阿關眼睛一亮，欣喜地問：「你知道我媽媽被關在哪？」

老土豆拍著胸脯答：「俺當然知道，就是仙子派俺去調查的啊。」

阿關急急地問：「那你可以帶我去嗎？」

老土豆連連搖頭。「什麼！就咱倆？這……不好吧，順德邪神那兒可是門禁森嚴啊，除了有信徒看門，廟裡還有一群鬼怪爪牙負責看守呀。」

阿關點頭說：「我知道，我又沒說要殺進去，我們在遠處偷偷觀察，你告訴我媽媽被關在哪，我們一起想辦法好嗎？」

老土豆想了想，點點頭。「好吧，不過俺的職責是蒐集地方上各種情報，今天還有些地方要巡，明天才有空，明天俺再和你去好嗎？」

「好，我明天再來找你。」阿關拍了拍老土豆的肩。

「還……還有一件事，你到時可不要告訴仙子是俺帶你去的，不然她知道了肯定又要責備俺了。」老土豆緊張兮兮地道。

「放心，我不會跟翩翩說的。」阿關邊說，邊跨上腳踏車。

「等會、等會兒，俺給你一張符。」老土豆從袖口掏出一張符，遞給阿關。

「備位太歲大人，只要你點燃這張符，不管多遠，俺都會趕去幫你。」老土豆拉著阿關衣角說著，還不忘提醒：「備位大人啊，你慢點騎，這神兵跑很快啊。」

「腳踏車能跑多快？」阿關也不在意，踩著踏板，騎出了巷子。

四周的風好大，周圍的人和車似乎都變慢了。

阿關騎上了大街，這才發覺石火輪的確是快。輕輕一踩，就超過了身旁的汽機車。他放慢速度，別讓自己太惹人注目，小心翼翼地騎到了沒人的小巷，歡呼了一聲。石火輪不但速度快，踩起來也十分輕鬆，不須費什麼腳力。

過了一會兒，他繞到了順德廟附近，在三十多公尺遠的地方偷看了幾眼，阿姑正和幾名穿著黑衣的大漢在門口閒聊。

他本盤算著想要騎著石火輪飛快飆去，狠狠踹他們幾腳之後再飆走，他們是無論如何也追不上石火輪的；就算追上了，此時的阿關體內太歲之力逐漸甦醒，尋常凡人已不是他的對手。

但他轉念一想，媽媽還在他們手裡，無謂做多餘的打草驚蛇，還是乖乖等明天和老土豆商量後再另作打算。

他將車頭一轉，騎出了巷子，漫無目的地在巷子裡、大街上來回穿梭。阿關騎到了自己以前沒去過的幾條街。才騎進一條巷子，他突然一愣，剛剛似乎有個熟悉的事物從身旁掠過。

他連忙停下車，回頭一看，在身後幾十公尺處，有一個小攤，竟是那天地下道裡那個騙錢算命攤，攤老闆正百般無聊地翻著一本裸女雜誌。

阿關將石火輪停靠在一旁，氣呼呼地走到攤子前。攤老闆還拿著那雜誌，正眼都不瞧他一下——正是這攤老闆一貫的詐騙手法，故意擺出個架子，反倒顯示自己的高深莫測，生意更好。

「老闆，這符怎麼賣？」阿關看了看攤子上的符，和先前一樣，張張寫得龍飛鳳舞。

攤老闆漫不經心地瞥了阿關一眼：「要哪種符？功用不同，價格也不同。」

「要發財的。」

「發財也有分偏財、正財、小財、大財，你要哪種財？」攤老闆邊講，邊從攤子上的鐵盒子裡，翻出幾張符。

「我要發大財。」阿關答。

攤老闆吸了兩口菸，煞有其事地想了想，將菸熄了，蓋上鐵盒子，又看了阿關兩眼，才轉身從背包裡拿了本舊書出來，翻出裡頭夾著的六張符。

「要發大財，一般的符沒什麼用，這六張符不同，是我的家傳寶貝，專門發大財。」攤老闆不忘補上一句：「要不是我命中與神佛有緣，註定一輩子行走天涯渡眾生，早用這符來發財了。」

「不愧是家傳之寶，眞是多功能，治鬼兼發財……」阿關捏了捏拳頭。「那這符一張多少錢？」

「一萬塊錢一張。」攤老闆老練地說。

阿關咦了一聲。「你不是說我是有緣人，有緣人不是一張三千嗎？」

攤老闆愣了愣，這才仔仔細細將阿關上下打量一番，突然想起了什麼，怪叫：「幹！是你！」

「你終於想起來了。」阿關冷笑兩聲。「皮包可以還我了吧。」

「我幹……」攤老闆猛然站起，滿面猙獰地就要破口大罵，但他一句髒話還沒罵完，就讓阿關一把抓住領口，硬是將他從板凳拉上攤子，再將他從攤子上拉得摔在地上，攤子上雜七雜八的符籙書本散落一地。

「我幹！」攤老闆怪叫跳起，握著拳頭就要打人，還來不及動作，肚子上又重重挨了阿關一拳，痛得在地上打滾：「對、對、對……對不起，我、我、我不是故意的……你、你、你的錢包……我、我、我還給你就是了！」

阿關哼了一聲，攤老闆掙扎站起，從攤子旁的包包裡翻了翻，翻出一個錢包——正是他那只大錢包。

他正伸手去接，忽然臉上一辣，原來那攤老闆另一隻手裡，拿著的是治療肌肉痠痛的藥用噴劑。這種噴劑刺激性強，噴在臉上作用不輸防狼噴霧劑。

阿關雖然在那噴霧藥劑噴來的瞬間閉上眼，但臉上還是感到一陣熱辣刺痛，好不容易張開眼時，只見那攤老闆正在不遠處發動一輛重型機車，快速飆出巷子，臨走前還不忘對阿關比了個中指。

「可惡！」阿關用力眨著眼睛，他的眼睛讓那噴霧藥劑刺激得不停流淚，他跨上石火輪，恨恨地追出巷子。

攤老闆哈哈大笑，催足了馬力，倏地飆過三條街，卻沒想到從後照鏡裡看到阿關竟騎著腳踏車緊追在後。

「喝！」攤老闆大駭，油門催到底，飆過幾輛車子。阿關卻已經騎到了他身邊，兩隻腳像風扇般飛快踩著踏板。

攤老闆無法置信，這世上竟有人騎腳踏車騎得和重型機車一樣快。

兩人就這樣追逐許久，阿關也不急著攔下他，反而覺得十分有趣。

攤老闆嚇出一身冷汗，只覺得握著龍頭的手愈漸僵硬，心想這樣下去也不是辦法，看看四周，這兒是他的地盤，他可是從小在這兒混大的。

車頭一轉，攤老闆轉進一處巷子，阿關也跟了進去。

這條巷弄九彎十八拐，攤老闆如入無人之境，轟隆隆地騎著，嚇壞了附近玩耍的小孩和聚在一起閒聊的大嬸。阿關追在後頭，反而覺得有些不好意思。

攤老闆在一處舊屋前停下機車，奔入那舊屋中。

「你這癟三，不怕我砸爛你的車？」阿關氣憤跟上，探頭一看，那舊屋大門開著，裡頭空蕩蕩的，後門也開著，而攤老闆剛剛奔出那後門。

阿關想也不想，將石火輪騎進舊屋，舊屋裡地上滿是破磚碎瓦，坐在石火輪上一點也不感到顛簸，反覺得順暢無比。

他騎出了後門，眼前是一條不到一公尺寬的小徑，底下有條約莫三十公分的排水溝在小徑正中。這些通道原來是這片老舊村舍的防火巷。

阿關緊跟在那攤老闆後頭，四周防火巷錯綜複雜，攤老闆卻像是地洞裡的老鼠般，熟悉地跑著，一會兒往左轉，一會兒往右拐。

阿關追得吃力，攤老闆卻更是駭然，他怎會想到身後這少年能將腳踏車騎得如此出神入化，在這小小的防火巷裡也能窮追不捨。

攤老闆上氣不接下氣，一邊跑還罵不絕口，終於他跑到一戶老房舍門前，闖了進去。

阿關在那房舍前停了下來，這塊小空地是那老舊房舍的院子，空地四周也是舊房子。他打量那房舍，門外掛了兩只紅燈籠，還有座香爐，看來是間私人廟宇。他這才下了石火輪，走進舊廟裡。

那攤老闆靠在廟裡一角大口喘氣，一見阿關追了進來，連忙大喊：「阿嬤、阿嬤！快出來，有壞人要抓我！」

「啊呀！你這臭俗辣未免太沒人格！錢包還我不就好了，叫什麼阿嬤。」阿關氣得破口大罵。

「阿火、阿火！你還在嗎？快出來，有壞人欺負我！」攤老闆扯著嗓子大喊。

大門砰然一聲關上了。阿關和攤老闆都嚇了好大一跳，靜了幾秒，在那廟裡神壇布簾下，有個東西探出了頭。

只見那怪東西外觀有幾分類似廟會舞獅時的獅頭，怪頭腦袋動了動，眼睛眨了兩下，蹦跳出來，活脫是隻舞獅，又更像頭老虎，體型只有幼犬那麼大，走路搖搖晃晃，眼睛眨個不停。

阿關驚訝，攤老闆更驚，他喊叫著：「啊？阿火！怎麼你……怎麼你變了？變這麼小隻？」

「啊呀！還有一隻！」攤老闆又哇地大叫，那小老虎身後的神桌布簾裡，又鑽出一隻黑身白紋的小老虎，比先前那隻更大些。

阿關四處環顧，身後也蹦出幾隻小老虎，天花板上木梁、牆角洞裡、椅子下、陰暗處，一隻接著一隻的小老虎，都跑了出來。

那些小老虎大都和成年野狗差不多大小，也有幾隻幼犬大小的。幾十隻怪模怪樣的小老虎將阿關和攤老闆團團圍住，個個咬牙切齒、齜牙咧嘴。

攤老闆急得大叫：「阿嬤……阿嬤……阿火！」

突然老虎們齊聲嘶吼，氣勢雄壯更勝過真的老虎，嚇得兩個人心驚膽顫、耳朵疼痛。

這陣虎吼還沒停下，小老虎們全撲了上來，圍著兩人就是一陣亂咬。兩人被咬得渾身是傷，阿關抄起一把椅子，將幾隻撲上來的小老虎打退。他且戰且走，退到了牆角。

他見那攤老闆倒在地上，雙手護著頭哀號，讓一群小老虎咬得滿身是血，覺得於心不忍。攤老闆無賴歸無賴，總也不是死罪，讓這些小怪物再這樣咬下去，可會沒命。

阿關呼了口氣，掄著椅子，一路打到攤老闆身旁，攙扶著他又退回牆角。

攤老闆跌在地上，掙扎跳起，拾起牆角一根掃把，將一隻追來的小老虎打退，一邊叫著：「幹！你還眞他媽講義氣！你幫我幹嘛？」

「我是怕你被咬死了，錢包拿不回來。」阿關沒好氣地回答。

攤老闆也不接話，兩人在牆角死守著。阿關有太歲力護著身體，力氣比常人大上許多，抓來幾張椅子擋在身前，手裡還抓著兩張椅子，逼退一隻隻小老虎。

攤老闆在一旁掩護，一邊喃喃唸著：「阿嬤……糟糕！阿嬤可能出事了！一定是這些傢伙！爲什麼？」

「這些到底是什麼妖怪？」阿關問。

「他們不是妖怪……他們是虎爺……」攤老闆答。

「虎爺？」阿關想起了這個聽來陌生的名詞。

虎爺又稱「下壇將軍」，是民間信仰中供奉於神壇案下的小神，通常擔任主神的座騎，或負責驅除疾疫及鎭守廟宇等。

阿關心想，這些虎爺或許是受到惡念侵襲才成了邪魔。一想至此，就伸手進外套口袋，握住了裡頭的白焰符。他正準備抽符出來，大門打開了。

「阿嬤！」攤老闆高興地大叫，站在門外的那老婦人是他的祖母。

那老婦人看來六十幾歲，由於沒有駝背，看來比阿姑高些。

「啊！是你這死囝仔！」那老婦人見了攤老闆，像見了仇人，順手抄起門邊那長藤條，衝進來就是一陣痛打，連阿關也打。

「你這猴死囝仔！又回來偷錢！偷錢！偷錢！」老婦人邊罵邊打，攤老闆抱著頭亂竄，虎爺們都退到一旁搖頭晃腦，抖抖耳朵。阿關也被打了好幾下，不敢還手。

攤老闆跪了下來，也不再躲了，讓藤條在身上一記一記抽著，足足挨了十幾下。老婦人這才停下了手，將藤條一丟，哭了起來。

攤老闆低下頭說：「阿嬤，我知道錯了……」

老婦人一聽，火氣又來了，撿起藤條，又打了攤老闆兩、三下：「你知道錯了！你偷了阿嬤所有積蓄呀，還有臉回來，錢都拿去花掉了，才回來說你錯了！」

「我……我沒花掉！」攤老闆急忙叫著：「我……我是要去做生意，需要資金，我、我、我……我現在錢賺回來了，拿來還阿嬤……」

老婦人喘著氣，嘴裡還唸著：「哼！做生意，你會做什麼生意？」

攤老闆從褲口袋掏出一個大皮夾，從裡頭拿出一把鈔票，差不多就是二十萬。

阿關啊了一聲，正要開口。

「他就是我的合夥人啦！我們一起做生意……」攤老闆一把拉過阿關，低聲在阿關耳旁講：「歹勢啦，你的錢我眞的會還你，先幫忙演場好戲，我會好好報答你，別讓我阿嬤傷心，好嗎？」阿關愣了愣，不作聲。

那老婦人這才放下藤條，看了遍體鱗傷的兩人嘆了口氣，走進小房間裡，拿出了紗布和藥水。

「是我叫這些虎仔一見到你這死猴孫就咬的。」老婦人拭了淚，緩緩地說，一邊拿著衛生紙擦著攤老闆手臂上的血漬。

□

「我叫阿關……」阿關接過六婆遞來的包子。

六婆就是阿泰的祖母，而阿泰就是那攤老闆。

「眞歹勢喲！我叫那些虎爺咬我的不肖孫，可是連你一起咬了。眞是歹勢喲！」六婆呵呵笑著說：「你們在外頭吹吹風，吃幾個肉包擋擋肚子，我去做晚飯給你們吃。」

攤老闆名叫孫國泰，和他好一點的叫他「阿泰」，和他不好的，就叫他「潑猴孫」或是「猴孫泰」。

阿泰年紀二十出頭，沒有正式職業，平常靠偷搶拐騙過日子，不時會來向阿嬤討些錢花。前些日子，阿泰在幾個豬朋狗友的慫恿下，也想試試做生意，卻沒有本錢。只好半夜偷偷潛入阿嬤這間破廟，偷了阿嬤辛苦存下的二十幾萬塊，拿去做那聽說穩賺不賠的生意。卻全賠光了。他不知該怎麼向六婆交代，所以那時見到了阿關的大皮夾，像是餓虎見到了肥肉一般，橫下心來硬搶。

阿關倚在廟外牆壁，看著天空發愣，自老廟前的小空地往外看去，可以看到一些公寓，公寓後頭也有幾棟大樓，新舊建築對比強烈。天上一片紅橙橙，太陽要下山了。阿泰則蹲在一旁，懶洋洋地抽著菸。

阿關自己也不曉得，明明錢已經拿不回來了，爲什麼還會待在這裡，陪這搶他錢的痞子演戲？

是因爲不忍心戳破老人家的希望，還是這阿泰痞歸痞，總算還稱得上是孝順，所以對他不至於太過厭惡？

「阿關，你這筆人情我會記在心裡，有錢我一定會還你！」阿泰先開口。

「嗯。」阿關聳聳肩，表示無所謂。

「乾脆你今天留下來過夜好了，這邊房間多，我還想跟你商量一下呢，我們眞來合夥賺錢怎樣？哈哈！」阿泰興高采烈地說著。

「我對賣假符騙人沒有興趣。」阿關搖搖頭。

「不是賣假符啦，我跟朋友打算弄幾台電腦，在網路上架個網站賣A片，很好賺耶。我看你零用錢不少，應該是有錢人家的小孩吧，有沒有興趣投資？」阿泰挑著眉、嘿嘿地笑，不停慫恿阿關，直到他見阿關擺出臭臉，這才住口。

「才不是，我家很窮，我是窮人家的小孩。」阿關這麼說。

「啥？少來了！窮人家的小孩？那你皮包裡那些錢怎麼來的……」阿泰不信。

「你管我怎麼來的，總之不是偷搶拐騙來的。」

「原來自己有賺錢的好門路，難怪不跟我合夥，是什麼門路這麼好賺？說來聽聽吧……」

「只怕說出來嚇死你。」

「我幹！老孫我除了殺人放火這種事做不出來，什麼偷搶拐騙的事我會怕？」阿泰大搖其頭，一臉不服氣。跟著他頓了頓，小聲問：「啊？難道你是藥頭？販毒這種事我可不做。」

「都說了不是偷搶拐騙，又怎麼會是販毒？」阿關瞪了他一眼：「假如以後你賺到錢，好好照顧你阿嬤，不用還我了，我不差那筆錢。」

「我沒聽錯吧？你不是說你家很窮？」阿泰嗆了口煙。

「現在不窮了，我剛找到一份好工作。」

「哇幹！到底是什麼好工作？」阿泰哈哈大笑：「喔！看你細皮嫩肉，一副小白臉模樣，是不是去做牛郎？牛郎我也行啊，你看我帥的咧！」

阿泰還嘰哩呱啦個沒完，阿關看著黃昏的天空，看著橘紅色的晚霞，看流動的雲，看幾隻飛鳥，想起了小時候些許趣事。

他幾乎忘了自己的阿嬤長什麼樣子了，六婆親手做的包子又香又好吃，或許是這個原因，讓他捨不得離開這間三合院老廟。

太陽終於落下，天也已經全暗，小廟裡紅色圓桌子擺著一鍋湯、幾盤菜。

阿泰扒著飯菜，一邊說得口沫橫飛：「我們擺了個攤子，做點小生意，一下子就回本了。」

阿關吃了三碗飯，阿泰吃了四碗，兩人邊吃邊稱讚六婆的手藝。

「好好。」六婆呵呵笑著問：「有正經事做就好，你們擺攤子，賣的是什麼？」

「呃……」阿泰一愣，抓了抓頭。

阿關見六婆瞅著他笑，只好接口：「我們……在賣臭豆腐。」

「對、對、對！賣臭豆腐！」阿泰哈哈笑著，拍著阿關的肩。

「賣臭豆腐可以一下子賺二十幾萬喔？」六婆愣了愣，有些不信。

「呃呃……因爲那不是普通的臭豆腐啦。」阿泰比手劃腳地說：「我們賣的是高級的臭豆腐，這是阿關家裡的祖傳配方，又香又臭，好吃的咧。」

「還有風味獨到的泡菜。」阿關也配合著演戲。

「你們的攤子總有名字吧？擺在哪兒啊？改天阿嬤去吃看看。」六婆呆呆地問。

「攤名字……」阿泰支支吾吾，假裝嘴裡在嚼菜，實際卻是拖延時間想著。「高級的臭豆腐……當然就叫作『高級臭豆腐』啊！」

「其實是叫『關記臭豆腐』。」阿關白了阿泰一眼，補充一些他過去從爸爸口中得知的臭豆腐相關知識，倒也將六婆唬得一愣一愣。

眼見六婆還有疑問，阿泰趕緊扯開話題。「阿嬤，我有個問題，阿火呢？爲什麼廟裡多了那麼多隻小虎爺？」

六婆是個廟祝，阿泰自小父母雙亡，六婆靠著替人卜卦、做法事、觀落陰，辛辛苦苦將他拉拔長大。阿泰自小跟著祖母學畫符，練了一手好字，也成了他後來畫符騙人的一技之長。

六婆倒是眞懂得不少奇門異術，阿火則是原本這小廟神桌壇下的虎爺。幾個月前的一個夜裡，不知怎地，廟裡來了另一隻虎爺，伏在神壇旁發著抖。六婆不知所以，收留了這隻虎爺。從那時開始，大大小小的虎爺一隻接一隻地來，竟聚集了好幾十隻，原因不明。

「阿火、阿火⋯⋯對耶，我也好幾天沒見到他了，前幾天晚上，好像⋯⋯好像⋯⋯跑出去了？」六婆皺著眉頭，努力想著，卻想不起來那原本鎮守小廟的虎爺阿火上哪去了。

「咦？奇怪？」阿泰指著廚房一角，張大了口問：「灶君呢？」

阿關朝著阿泰指的地方看去，果然見到角落牆壁上有一塊茶几大小的壁面，色澤比周遭顏色來得乾淨。那兒原本靠著一只供奉灶君的小壁櫃，壁櫃不知爲何搬開了，露出了較乾淨的磚牆。

「那邊本來供著灶君，阿嬤很虔誠，每次都不准我進廚房，怕我偷吃灶君爺的供品。」阿泰望向六婆，問：「灶君怎麼沒了？」

六婆盯著那處牆，臉上露出了迷惘的神色，她喃喃自語起來：「好像⋯⋯好像是有一天半夜，我把灶君搬了位置，可是搬去哪兒⋯⋯我記不起來了⋯⋯怎麼會這樣呢？爲什麼無緣無故搬位置呢⋯⋯搬去哪了？」

阿泰見六婆這副模樣，只當她年紀大了，加上平日操勞，便不再多問，隨口講了些六婆早年幫人作法驅邪的往事，六婆也樂得接話。祖孫倆一搭一唱，講了不少故事，這才眞正引起阿關的興趣，聽得津津有味。

「六婆，妳有沒有聽過『順德大帝府』這間廟啊？」阿關想到六婆是個廟祝，或許對「同業」有些小道消息，便這麼問。

六婆一聽到順德大帝的名號，便拉下了臉，哼了一聲說：「怎麼沒聽過！那間廟最近很⋯⋯」

一陣風吹來，廟裡燈光一陣昏暗，阿關兩眼昏花，一陣刺痛椎入腦袋。

燈又復明，阿關拿著碗的手還發著抖，筷子都要拿不穩了。

阿泰看看四周，搖搖頭說：「這房子好老了，線路有問題。阿嬤，等我賺了錢，把這裡好好整修整修……阿嬤？」

「順德大帝、澤被蒼生、福滿天下、大慈大悲、大恩大德……」六婆一張臉繃得僵直，雙眼還泛著極淡綠光，渾身不停顫著。

阿關駭然站起，張大了口望著六婆，六婆唸的正是順德宮信徒們用以讚頌順德公的馬屁句子。

此時的六婆雙眼直勾勾的，不斷重複著「澤被蒼生，福滿天下……」這樣的句子，唸完一遍、再唸一遍、又唸一遍，停不下來。

「阿嬤？」阿泰嚇了一大跳，他自小看著阿嬤作法驅邪，看過不少鬼上身的實例。而眼前的阿嬤，活脫一副被上身了的模樣。

「怎麼會這樣？」阿泰伸手拍了拍六婆肩膀，只覺得臉上一辣，竟是被六婆狠狠賞了一個巴掌，將他打得彈開老遠，倒在地上打滾。

「啊啊！痛死我了！」阿泰摀著臉，掙扎坐起。阿關則是嚇得後退好幾步。

六婆雙眼發直，不斷唸著同樣的讚頌詩歌，一手還握著筷子，不停地戳著桌子，發出「叩叩叩」的聲響。

燈光忽地開始一明一暗，四周氣氛說不出的詭異嚇人。

幾聲虎吼，廟裡的虎爺們四面八方擁了出來，突然燈又不閃了。

六婆閉上了口，她見到阿關和阿泰一個退到角落、一個坐在地上，便愣愣地問：「你們怎麼啦，不好好喝湯，跑那麼遠幹嘛？猴孫啊，你坐在地上幹嘛？咦，這些虎仔怎麼都出來了？」

一票虎爺們在屋內打轉，四處看看、嗅嗅，什麼也沒發現，一溜煙地又全都鑽不見了。

阿泰摀著臉回到桌邊，他左臉腫了一片，紅色五指掌印清楚地印在頰上。

「唉喲！猴孫你的臉是怎麼了？」六婆問著。

「阿嬤，是妳打的……」阿泰摀著臉說。

「什麼？哪有可能？我在這裡吃飯，好端端的打你幹嘛？」六婆驚訝地說。

「阿嬤，妳剛剛的樣子，就好像讓鬼上了身……」阿泰的神情有些害怕。

「哪有可能？猴孫仔你別黑白講，鬼看了你阿嬤都躲得遠遠的，怎麼敢來上我身？」六婆氣呼呼地說。但她見到阿關和阿泰一臉驚恐地望著自己，又見到阿泰臉上那明顯掌印，知道她這不肖孫子再怎樣頑劣，也不至於說這種謊。她靜了半晌，終於嘆了口氣。

「唉，其實我這幾天也覺得不太對勁吶，一到晚上，虎仔們都叫個不停，可能眞的有什麼不乾淨的東西在搗蛋。哼，你祖嬤出道這麼多年，還沒碰過這麼大膽的髒東西！」六婆越想越不是滋味，她將碗筷一摔，豁地站起，三步併作兩步走到房間。

阿泰擔心地跟了上去，阿關也跟隨在後頭。

「猴孫，起壇！」六婆從廟裡房間一只櫃子裡搬出一箱法器，一件件擺在房間裡一張木桌上，氣憤地說：「阿嬤我倒要看看是哪個頑皮鬼這麼囂張，敢惹你阿嬤！」

阿泰戰戰兢兢地在一旁幫忙，抽空在阿關耳旁叮嚀了兩句：「我阿嬤要作法抓鬼了，待會兒可別說話。」

阿關點點頭，興致勃勃看著六婆作法。

六婆布置好小神壇，拿支筆蘸了蘸硃砂，畫起符來。畫沒兩筆，阿關又感到一陣莫名頭痛。六婆的筆停下兩秒，又繼續畫下去，動作卻變得有些僵硬且不自然。

「咦？」阿泰覺得詫異，他發覺六婆寫的符有些古怪。應該說，符的上半截是他熟悉的驅鬼咒寫法，但符籙下半截，六婆像是突然改變寫法，寫出了一張阿泰從沒見過的符——

阿泰沒見過，阿關卻見過。

那符的下半截，是阿關當時在家裡客廳、廁所、房間，看到不想再看的順德廟的怪符。

六婆一張接著一張畫，全畫成了順德廟的怪符，她動作越來越快，筆跡也愈漸凌亂，且又開始喃喃自語起來。

阿泰知道六婆又給莫名的傢伙附了身，氣急敗壞地大吼：「什麼髒東西……快離開我阿嬤的身體！」

此時，小房間外頭的虎爺們又竄了出來，在大廳亂竄。碰的一聲，小房間的木門轟隆關上，門外傳來吱吱嘎嘎的抓門聲和虎吼聲，似乎是虎爺們想要進來，卻不得其門而入。

阿關心中駭然，臉上強作鎮定，手伸進口袋握住了翩翩給他的那疊白焰符，這厚厚一疊，少說有七、八十張，這讓阿關安心不少。

六婆突然扔下毛筆，雙手伏著桌沿，轉頭看著兩人。

「喝！」阿關和阿泰見到六婆嘴裡淌下黑色的汁液，一雙眼睛忽青忽綠，都嚇了一大跳。

六婆抓著那些怪異符籙，緩緩走向兩人，將他們逼到了牆角，跟著雙手一揮，手裡的符冒出一陣黑煙。

阿泰讓那黑煙一嗆，登時倒下，不醒人事。阿關則是一陣暈眩，也軟倒在地，卻沒昏厥。

六婆從一旁櫃子抽屜裡，拿出幾捆繩子，將兩人結結實實地捆綁起來，接著她又從櫃子裡拿出一把利刃。

阿關雙手被縛在身後，倒臥在地上，瞇著眼睛偷看，只見六婆雙眼無神，動作僵硬地磨著那柄銳刀。阿關思緒混亂，不曉得六婆究竟是順德大帝那方的人馬，或者是中了順德大帝的邪術？

阿關小心翼翼、一點一點地扭著身子，用力延展胳臂，勉強用手指搆著外套口袋，摸著了口袋裡的白焰符。但他有些猶豫，雖然他知道白焰對生靈沒有殺傷力，但六婆此時讓鬼怪上了身，若是對著六婆施放白焰，是否會連帶傷害到六婆，卻又不得而知了。

他心想著自己的石火輪就擺在廳外，只要能夠逮著機會闖出這房間，衝出廟外便能順利脫逃。但昏倒的阿泰就慘了，就算他能將阿泰一併帶走，卻又不能丟下被鬼附身的六婆不管。

阿關突然想起什麼，便又緩緩挪動胳臂，往另一邊口袋扭去，就在他咬牙忍痛，覺得自己的胳臂快要脫臼或抽筋的時候，終於讓他從口袋裡摸著了一張符，那是老土豆給他的緊急求援符。他盯著神壇上的蠟燭，只要點燃符咒，就能召來老土豆。

突然，六婆停下動作，緩緩地轉身，四肢不自然地擺動，慢慢走到兩人面前，蹲了下來。阿泰離六婆較近，六婆一把捏住了阿泰脖子，慢慢將刀湊上阿泰頸際。

「唔咦——」阿關呻吟一聲，六婆停下了動作。阿關再哎了一聲，六婆轉頭望向阿關，似乎對這中了迷魂符術卻還能發出聲音的少年感到有些詫異。

阿關見這招有效，便哎個不停。六婆放開阿泰，走向阿關，伸手向他抓去。

阿關突然扭動身子，滾了一圈，再用力彈蹦起身，將六婆撞倒在地，又將自六婆手中落到地上的刀子一腳踢進櫃子底下。接著他朝小神壇衝去，側過身費力地將手上的符往蠟燭上湊。

六婆尖吼著撲了上來，揪著阿關又抓又咬，在他臉上、頸上抓出一道道血痕。阿關忍著疼痛，奮力伸長了手，終於將符觸著燭火點燃，接著死命扭身閃避著六婆的追打。

門外不斷傳來「磅磅磅」的巨響，阿關注意到木門上竟畫著符咒，難怪那些虎爺進不來。

「老土豆！快點來救我！」阿關怪叫著，一會兒跳上小床、一會兒踩上小桌，左閃右避六婆的追擊。在追打當中，阿關撞倒了床旁一只小竹櫃，竹櫃小門敞開，裡頭的東西倒了一地，幾個木盒滾了出來。

阿關雙手被縛在身後，跑跳之中難以維持平衡，一不小心踩著了一只小木盒，絆倒在地，摔得頭昏眼花。六婆逮著這機會，惡狠狠地撲上，雙手緊緊掐住阿關頸子，十指緊箍，指甲一點一滴地沒入阿關脖子皮肉。

「唔……」阿關用力縮緊脖子、咬緊牙關，兩隻腳亂踢亂蹬，將那些自竹櫃掉出來的小木盒踢踩破碎。

轟然一聲虎吼，一陣紅光從一只被阿關踢開的小木盒中暴竄閃現。一頭野牛大小的虎爺，全身火紅，嘴裡冒著紅火、鼻孔噴著火風，威風凜凜地落在阿關跟前。

六婆則是在那虎吼響起、紅光乍現之初，便應聲彈起，跳到了牆邊，露出一副又驚又怒的神情。

那火紅大虎爺揚起脖子，又虎吼兩聲，聲似猛雷落地，像是憋了很久的怒氣。大虎爺撲在阿關身上，兩隻前足壓著阿關雙肩，嗅了嗅阿關的臉，跟著轉頭，望著六婆。

六婆身子緊貼著牆，一雙眼瞳子忽青忽綠，不知在想什麼。

突然，在房間中央地板，冒出一陣土黃色的煙霧，老土豆從黃霧當中躍出。

「你終於來了！」阿關一面咳嗽，一面掙扎，但隨即又停下動作，深怕惹了那按著他肩頭的赤紅色大虎爺發怒，一口咬下來。

「唉呀！這是怎麼回事呀？」老土豆連忙揮著手，朝著那大紅虎爺嚷嚷著：「哪來這麼大隻的下壇將軍，大膽無禮，還不快下來！」

那大虎爺聽了老土豆的斥責，乖乖退到了一旁，卻仍瞪著一雙銳利虎目盯著六婆。

「備位太歲大人，發生了什麼事啊，怎麼搞成這樣子？」老土豆噫噫呀呀地說，替阿關解開雙手繩子。

「等下再跟你解釋，先救這婆婆，她被附身了……」阿關搗著脖子，指著六婆。

六婆也惡狠狠地朝著阿關齜牙咧嘴，雙手還抓成爪狀，一副要拚命的樣子，卻又不敢有所行動。

「哪裡來的惡鬼！還不現出原形！」老土豆朝著六婆一喝，手裡的木杖朝六婆直直指去，木杖泛出一圈黃光，黃光罩向六婆全身。

六婆怪叫一聲，眼耳口鼻竟都冒出黑煙，黑煙越冒越多，在房內空中聚成了一個人形，那人形越來越明顯。接著六婆身子一軟，癱倒在地。

「你這傢伙，終於出來了！」阿關恨恨瞪著上方那人形黑煙，那自然是附在六婆身上的惡鬼了。他抽出白焰符，揚起手唸咒，朝那黑煙放出一道白焰。黑色惡鬼在空中扭身，閃過了那道白焰，倏地竄往床邊的小窗，要往外逃。

「吼——」那渾身赤紅的大虎爺飛撲上去，揮動虎掌，一巴掌將那惡鬼扒到地上，跟著撲下，一口將那惡鬼咬成了兩截。

「噫呀——」那惡鬼發出了尖銳的嗥叫，阿關感到一陣耳鳴，頭痛加重，他聽見四周響起了陣陣鬼嗚，像是在附和這惡鬼的慘嚎。

房門外的虎吼聲此起彼落，打開了門，只見到廟門外頭陰風陣陣，那旋風颳進廟裡，還帶著一股腥臭氣味。

「唔！」阿關嫌惡地掩住口鼻，他見到一隻黑色惡鬼大剌剌地走進廟裡。在那黑色惡鬼後頭，又有許多惡鬼分別從大門、後門、窗口、高梁上跳入大廳。

廟裡那些虎爺們的職責本便是驅逐惡鬼，此時一見這麼多惡鬼自四面八方擁進廟裡，都抖擻起精神、殺氣騰騰，虎目圓瞪、大嘴咧開，連連怒吼。霎時之間，這老舊小廟裡一邊響起淒厲鬼嗥，一邊是虎吼震天，下一瞬間，數十隻虎爺已和擁入的惡鬼們激烈廝殺起來。

「哇，怎麼回事啊？這麼多的惡鬼和下壇將軍都是打哪兒來的啊？」老土豆手忙腳亂地趕在前頭揮動他那手杖，試圖指揮這些虎爺們。「那黑色的去咬大鬼，小虎們來俺這兒！」

阿關也對準了一隻惡鬼，放出兩道白焰，將那惡鬼炸了個粉身碎骨。

這批惡鬼讓虎爺們一陣衝殺，紛紛不敵，被咬得七零八落、四處逃竄。

阿關腳邊有隻好小的虎爺，白身灰條紋，身體才約莫八吋長，跟隻幼貓差不多大，卻也惡狠狠地齜牙咧嘴，聲音嘎嘎喳喳地還吼不出來。

這小虎爺見惡鬼們幾乎要讓其他的大虎爺們全咬光了，性子按捺不住，一蹦跳了個老高，撲在那隻帶頭黑色大鬼臉上，一口咬著那黑色大鬼的鼻子不放。

「呀——」黑色大鬼憤怒吼叫，伸手撥打臉上那隻白色小虎爺。

小虎爺體型雖小，但動作敏捷，一翻身躍到了大黑鬼肩上，嘎吱一口咬下了大黑鬼的耳朵。

「小傢伙衝出去幹嘛？還不回來！」老土豆哇哇叫著。

那灰紋小虎爺啣著大黑鬼的耳朵，回頭看了老土豆一眼，卻不理會老土豆的號令，而是「嘎」地吐出了那大黑鬼的耳朵，繼續在那大黑鬼身上蹦蹦跳跳，不停亂咬。

大黑鬼腳下還有七、八隻虎爺將他團團圍住，叼咬住他的手腳，一時之間也驅趕不走那白色小虎爺，只能憤恨吼叫，不停掙扎。

一聲巨大的轟隆聲響，廟裡邪氣瀰漫。

「啊！」阿關感到腦袋一陣劇痛，跪倒下來。他回頭一看，身後神桌上那尊神像，竟動了起來，身型越變越大，足足有兩公尺那麼高。

「邪神？」老土豆回頭一看，嚇得大叫大嚷起來：「哇！這兒又有正神邪化啦！不……不成啊，咱們打不過邪神啊！」

那邪神翻身下地，他一身金甲，整張臉都是金黃色的，一對丹鳳眼瞪得老大，額上還有個紅點。

阿關咬著牙，抓著一把白焰符，對準了那金甲邪神，一道道白焰如飛火流星，轟轟地炸在邪神身上，將那邪神的一身金甲炸出一片片焦黑。

邪神怒吼一聲，速度奇快，飛竄到阿關眼前，一腳將他踢得像是斷線風箏般地砸在牆上。

阿關摔落在地上，摀著肚子不住地打滾，他覺得邪神這一腳，幾乎要將自己的五臟六腑都給踢壞了。

四周的虎爺們咬倒了那大黑鬼，跟著紛紛朝那邪神撲去。金甲邪神揚手揮開兩隻虎爺，再一縱身跳到阿關身前，一把抓著阿關的腦袋，將他提了起來。

「停住、停住！」老土豆急忙大喝，要那些虎爺停住。

虎爺們將那金甲神團團圍住，個個怒眼圓瞪、齜牙咧嘴。

原來這金甲神自知抵敵不過這麼多虎爺一齊圍攻，便抓了阿關當作人質。

阿關手上還握著符，摸了摸腰間，最重要的伏靈布袋竟忘在套房裡沒帶出來。

他正想放出白焰，老土豆卻大叫：「金甲神，他是備位太歲大人，你聽過吧，可別傷了他！」

阿關愣了一下，只見到老土豆對著他擠眉弄眼，不知道做什麼打算？

金甲神嗯了一聲，望著阿關上下打量。阿關趕緊將握著符的手往身後一擺，不讓那金甲神發現他企圖偷襲。

「金甲兄，你讓俺想想……讓俺想想，咱們將這備位太歲獻給順德大帝好不好？」老土豆攤著手，呵呵笑著說。

金甲神眼睛一亮，緩緩開了口：「獻……給……大……帝……獻……給……大……帝……」

「你讓俺想想……想想好辦法，把這備位太歲獻給順德大帝……讓俺想想好辦法……」老土豆連連點頭，不停重複著同樣的話。接著，卻又像是一尊石像那般一動也不動，也不開口繼續說話。

阿關嚇出一身冷汗，不知道老土豆這樣講是眞是假。

金甲神見老土豆不再說話，僵在那兒不動，不耐煩地催促：「快……獻……給……大……帝……你……還……在……想……什……」

話還沒講完，金甲神身後那堵牆倏地竄出幾枝枯枝，緊緊纏繞住金甲神雙手雙腳。同時，跟著木枝一同竄出牆來的，竟是老土豆。老土豆高舉著木杖，一杖打在那金甲神的腦門上，金甲神身子一晃，鬆開了手。

阿關在訝然中落地，卻也不忘將手裡一把白焰符對準金甲神，猛唸咒語，放出一道道白焰，轟隆隆地全炸在金甲神身上，將那金甲神轟退老遠。

「白焰對邪神無效？」阿關連連後退，見到金甲神被自己的白焰一輪猛轟，一身金甲雖給燒成了黑甲，卻也沒受到什麼嚴重傷害。

老土豆一個筋斗跳在阿關身前，欣喜地拍著手說：「大人！俺這招妙不妙？」

「妙！」阿關看著另一邊還有個一動也不動的老土豆，原來老土豆金蟬脫殼，講話講到一半，變了個假身杵在那兒，真身從地底遁到了金甲神的背後牆上，趁機偷襲。

「咬死他！」

「下壇將軍們快快上呀！」

阿關和老土豆見那金甲神又要殺來，便同時大喊。還沒喊完，一干虎爺們早已撲了上去。

一道紅光從阿關頭頂掠過，是那隻野牛大小的赤紅色虎爺，正以雷霆萬鈞之勢，飛撲到了那金甲神的身前。

金甲神還沒來得及反應，便讓那紅色虎爺一口咬住肩膀，喀嚓一聲，胳臂落下，金甲神整個肩膀都給這紅色大虎爺咬掉了。

其餘的虎爺們一隻隻撲了上去，有的咬他手、有的咬他腿，連那最小隻的白身灰紋小虎爺也跟著撲上去湊熱鬧，叼著金甲神腰際那根紫繩子不住搖頭甩動。

不一會兒，金甲神便成了七零八落的碎塊，化成了一陣紫煙之後，很快地消失無蹤。

六婆和阿泰還昏迷在那小房間裡，老土豆對兩人施了法，將他們體內的邪咒驅散。

那赤紅色的大虎爺在六婆房裡來回走動，四處聞嗅，跟著啣出一只木盒，將那木盒子叼來擱在老土豆腳邊。

老土豆覺得奇怪，拿起木盒搖了搖，跟著湊在耳邊聽聽，不由得驚呼一聲，揮動手杖將木盒一把敲破。

「灶君！」老土豆大叫。

那碎裂的木盒裡，一陣黃光綻放，一名外貌看來大約四、五十歲的中年男子從黃光裡現出。

那人一身綠衣，身型消瘦，臉色蒼白，正是灶君。灶君將這間廟邪化的過程，原原本本地講了出來。

原來，最容易被惡念侵襲的是神與鬼，接下來是精怪，最後才是有著肉體保護的生靈。太歲鼎崩壞之後，許許多多的神仙都成了邪神，然則虎爺本質上屬於精怪類，因此大都尚未邪化。

四方廟宇裡的主神受了惡念影響，墮入魔道，成了惡棍邪神，逼得虎爺們紛紛逃出了廟。當六婆收留了第一隻流浪虎爺時，消息便藉著平時遊蕩的孤魂野鬼散布開來。

那些無廟可歸的虎爺們，一隻隻跑來六婆這小廟避難，六婆也不明就裡地持續收留這些落難虎爺。

而另一方面，順德大帝的勢力急速擴張，四處征討沒有靠山的小廟。

六婆這間小廟，僅是順德大帝目標之一而已。這廟裡供奉的主神金甲神，早受了惡念侵襲而墮成邪神，自個兒便投靠了順德大帝。

但由於廟裡無端端聚集了數十隻虎爺，倒是反客爲主，讓金甲神有所顧忌，只好暗中算計六婆。六婆雖然懂得些許奇門遁甲、治鬼異術，但和金甲神的神力比起來，自然是小巫見大巫了。四方惡鬼們在金甲神的穿針引線之下，輕易上了六婆的身。

金甲神聯合那些惡鬼，藉著六婆的肉身掩護，將廟裡另一小神灶君封印起來，再一步步誘騙虎爺們落單、逐一封印，包括廟裡最強悍的赤紅色虎爺——阿火。

金甲神打算藉著六婆的手，逐步消滅這間廟裡的虎爺們，直到虎爺的數量不足以捍衛這小廟時，金甲神便得以現出眞身，強佔這間廟獻給順德大帝，這能讓他在順德軍團裡獲得較高的地位。

沒想到計畫才開始，就讓阿關給破壞了。

「順德邪神很快會知道他的爪牙金甲神被消滅的事，這邪神捍衛自己勢力範圍的程度，到了匪夷所思的地步。」灶君緩緩地說：「他會不惜一切代價奪下這間廟。」

「這正是惡念的本質。」

□

「你總算醒了！」阿關將一個三明治丟到阿泰懷裡。

窗外的陽光透了進來，阿泰傻愣愣地坐在床上，似乎還沒從昨夜的恐怖遭遇裡跳脫出來。

「發生了什麼事？我阿嬷呢？」阿泰盯著阿關。

阿關指著隔壁說：「六婆還在睡，她昨晚中了邪，對我們施法，你先昏了過去。你看……」阿關拉低領口，露出頸子和手臂上的抓痕，說：「我差點就被六婆掐死了。」

「什麼！」阿泰露出無法置信的神情，跳下了床，來到六婆房間。

六婆正安詳睡著，還打著鼾。

阿泰走到廟外，陽光有些刺眼，他蹲在廟門口，點燃了一支菸，問：「後來呢？」

「後來那些虎爺殺了出來，把惡鬼都咬死了。我原本想逃，又怕你們在廟裡出了意外，只好把你們搬上床，陪你們睡一整晚。」阿關說到這裡，猶豫半晌，終於開口：「阿泰，你要想辦法說服你阿嬷，你們得到別的地方避一陣子，這廟不安全。」

「啥？」阿泰呀呀怪叫：「不安全？我從小在這裡長大，怎麼不安全？」

「你從小在這兒長大，有沒有見過六婆鬼上身？」阿關反問。

阿泰不語，長長吸了口菸。

「昨晚我還見到好幾隻惡鬼在四周遊蕩，你不趕快讓六婆離開這間廟，下次會發生什麼意外，就很難講了。」阿關補充。

「難喔，阿嬷的脾氣很倔強，要她離開這間廟，跟要她的命一樣咧。」阿泰搖搖頭，吐出一團煙霧。跟著他望著阿關，說：「你老實說吧，你到底是誰？我感覺得出來，你和一般人不同……」

阿關呵呵笑著說：「和一般人不同是怎樣？買符可以打折？」

「幹！這都過去了的事情，你還提幹嘛！」

「那你幹嘛無緣無故說我和一般人不同？」

「這是我的直覺，我的第六感很靈驗的。」阿泰做了個鬼臉說：「幹，至少我長這麼大，沒見過有人可以把腳踏車騎得和重型機車一樣快。」

「哈哈！」阿關笑了出來。

「阿泰啊，快去收拾東西，咱們要搬去別的地方囉……」六婆的聲音自背後傳來，著實嚇了阿泰好大一跳。

「阿嬤！」阿泰一臉驚訝地說：「阿嬤妳醒了！妳剛剛說要搬去別的地方？妳以前不是一直說，妳死也不搬家嗎？」

「啊沒辦法呀，剛剛我作夢……」六婆一臉無奈地嘆氣：「廟裡的灶君託夢給我，說這間廟短時間裡會有大事發生，要我們搬去別的地方住一陣子……」

「那些改建商人給我再多錢我都不搬，但是神明說的話，我不能不聽啊。」六婆指著廟裡某個方向說：「我剛剛醒來去廚房倒水喝，灶君的神位又搬回原位了啦。」

阿關哭笑不得，心想原來還有這招——託夢。

「昨晚發生了什麼事？一邊收拾，一邊說給我聽……」六婆一面嘆氣，一面問。

在廟裡收拾的過程中，阿泰和阿關接續著將昨晚六婆起壇作法，卻讓鬼上身的經過，大約講了一遍，聽得六婆自是氣惱不已。

「這狗屎順德宮，上個月派了幾隻走狗來廟裡，說要和我們的廟合併，我聽了是莫名其妙，廟還要合併？」六婆大聲嚷嚷，拍著桌子罵：「我當時把他們給趕走了，哪知道沒多久，更多人找上門來。帶頭的是一個死老太婆，比我還老，講話嘰哩咕嚕像是在唸經，說了一堆狗屁，說什麼我這間廟不併入順德宮，一定會有壞事發生。」

阿關心想，六婆說的死老太婆，準是阿姑沒錯。

「我還是不答應，那死老太婆臨走前竟對著我下咒，以為我不知道。我等他們走了之後趕緊拿符出來解咒，誰知道最後還是中招了，氣死你阿嬤了！」六婆恨恨地罵。

阿關回想，據灶君的說法，六婆當時的確是解了咒，會被鬼上身，卻又是之後的金甲神暗中作怪所致。

阿泰上街招了輛計程車，將整理好的行李都搬上了車。

六婆從房裡搬出一只木雕小廟，捧在手上，在廟門前摸摸口袋，東翻西找。

「六婆？」阿關見六婆在廟門前像是掉了東西，連忙上前關心。

「我在找鑰匙呢，沒了鑰匙不能鎖門啊。」六婆皺著眉說。

「可能放在屋裡，我進去幫妳找。」阿關這麼說，轉身就要進廟裡。

「算了、算了！」六婆喚住了阿關，望著身後那殘破廟門半晌，眼眶微紅，邁步往街上走，喃喃自語：「又窮又破的小廟，也沒小偷要上門囉，老太婆我把家當都帶在身上了。」六婆說到這裡，又回頭看了看舊廟，這裡有許多她與死去的丈夫共同的回憶，有酸有苦，也有甘甜。

走著走著，六婆隨著阿關來到了大街，等候在街邊的阿泰連忙對六婆、阿關招手，計程車司機顯然已不耐煩，連連鳴著喇叭。

六婆拉了拉阿關的手，感謝地說：「阿關吶，眞是多謝啊，年輕人要好好努力，阿泰先幫我搬東西，晚上再去幫你賣臭豆腐啊……」

「沒關係啦。」阿關安慰了六婆幾句，要她放心別想太多。他目送祖孫坐上計程車後，這才放心返回小廟門口，牽了石火輪跨上，一路騎回翩翩的套房。

他洗了個舒服的澡，休息了好半晌，直到下午，阿關才又出門，來到昨天那空地樹下，連喊了十七、八次，終於喚出了老土豆。

「昨天說好的，你要帶我偷偷觀察順德廟情勢。」阿關望著老土豆。

「好、好……」老土豆拍拍沾滿泥巴的手，顯然剛剛不知又跑去哪玩了。他說：「備位太歲大人就算上刀山，俺也陪著去！」老土豆邊說邊跳上石火輪後座，還拍起手來，迫不及待地說：「快快快！」

石火輪電光石火，不一會兒就轉入了順德大帝府附近的巷子裡。

阿關這次特別小心，遠遠地看著廟外動靜，大氣也不敢喘一聲。

如往常一般，廟外聚了些三教九流的人，或坐或站地聚在門外閒聊，阿關仔細打量這間順德廟，說大其實不大，只有三層樓，三樓還是違章建築。

老土豆悄聲說：「這順德邪神四處征戰的結果，是佔領了三十幾間大大小小的廟宇，其中有兩、三間廟裡已經撤下原本的神像，換上順德邪神的神像了。這邪神先擊敗原先廟中主神，那些主神們投降的就收爲手下，不降的就殺，再來用邪術蠱惑廟祝，藉由廟祝來蠱惑吸收更多信徒呢，眞是可惡、可惡、可惡得很呢！」

阿關不解地問：「他要那麼多信徒幹嘛？」

老土豆答：「咱們正神曾經討論過，一來順德邪神可以吸取信徒們的精氣元神，來增強自己的力量，這是許多邪神都會的把戲呀；二來擁有大批信徒，等於握著人質在手上，會讓正神的討伐行動有所顧忌呀。」

老土豆繼續說：「咱們明查暗訪許久，知道這順德邪神想在不久之後，舉行一場盛大法會，他要將主廟遷到半山腰一座大廟。那廟才剛蓋好，還沒有主神，就讓順德給霸佔了。那塊土地的大地主則讓順德邪神迷得團團轉，是他最忠實的信徒之一呀！」

阿關點點頭，老土豆指著順德宮繼續講：「這廟裡還有地下密室，你母親就被關在那裡。」

「要怎樣才能救出我媽？」

「這……雖然說順德邪神四處征戰，眞身很少待在這裡，但這是他的發跡主廟，平日仍然有邪神在廟裡鎭守。俺費了好大心力，才將這裡的情勢查了個七八分，若是要殺進廟去救人，就不是俺這糟老頭做得到的了。」

「如果翩翩在，加上你跟我，再加上灶君，一起殺進去，可以成功嗎？」阿關這麼問。

老土豆想了想，說：「翩翩仙子是太歲爺手下第一戰將，也是五星部將之中，身手最好的年輕神仙，若是有她在，要把這間廟剷平不是問題。但大人你是要去救人，不是去剷廟。要是那干邪神守衛一見苗頭不對，傷害大人你母親，拚個玉石俱焚，到時就算咱們將邪神們全殺乾淨，也挽不回你母親的性命呀！」

阿關想想也是，愣了半晌，突然想到了什麼，便說：「老土豆，你說迎神法會那天，順德大帝會浩浩蕩蕩地搬家，那這兒的守衛力量就會相對減弱……」

老土豆摸摸鬍子說：「大人真聰明，俺也這麼想，翩翩仙子也這麼想，咱們可以在法會那天，兵分二路，一邊救出你母親，再趕去法會助陣，鬧他個天翻地覆。」

「好！」阿關興奮地說，計畫已定，車頭一轉，便騎遠了。

06 老人院大戰

這間老人院位在某個寧靜社區裡，是棟三層樓高的透天公寓，外頭還有一座小庭院。

老人院的一樓是活動中心，讓院裡的老人們平時泡茶閒聊；二樓有個大客廳，以及老人院梁院長的個人臥房和書房；三樓則隔成一間間小臥房，供院裡的老人們居住。

梁院長沒有多餘的錢聘請護理人員，院裡大小事情都由他一手打理。也因此，這間老人院裡住的老人們，都是能夠自己打理生活起居、身體堪稱硬朗的老人。大門外雖掛著老人安養院的招牌，但實際上更像是老人雅房分租。而房客也只有四個，全是無依無靠的獨身爺爺。

梁院長和六婆是舊識，答應讓他祖孫二人暫時棲身幾天，等找著了落腳地方再搬出去。

阿泰將一包包行李搬進房間，他捧著那座木頭雕成的小廟，上頭還貼了一張符。他將這木雕小廟放進六婆的房間。

六婆則將許久沒用的桃木劍、黃符、硃砂等各式法器，都帶入這間老人院，一包一包搬入房裡。

「我來跟你們介紹，這位女士叫作阿梅，我都當她是我妹子！」梁院長開心地向其他爺爺們介紹起六婆。「阿梅有事情來我們這兒住幾天，介紹給大家認識認識！」

六婆沒好氣地說：「唉喲，叫我六婆就行啦，七老八十了，還女士、阿梅的！」

幾個老人互相寒暄一番，除了梁院長和六婆，院裡還有胖胖的退休公務員老黃，種了一輩子田、黑黑瘦瘦的陳伯，粗壯的退伍老兵王爺爺，對國術、書法都有所鑽研的李爺爺。阿泰累得滿頭汗，待在院子裡抽菸乘涼，正盤算著晚上要去賴在哪個女人家裡過夜。

晚上吃飯時，幾個老頭喋喋不休，討論著政治時事。陳伯和老王在這方面的見解可說是水火不容，逮到機會就辯論一番。

「你們不嫌累啊，吃個飯也嘰嘰喳喳！嫌我做的菜不好吃嗎？」六婆忍不住發了脾氣。

「讓他們吵啊，這樣才熱鬧，時常腦力激盪才不會癡呆。」梁院長哈哈一笑：「我們都習慣了！」

陳伯瞪了梁院長一眼：「你才癡呆！」

「阿梅啊，妳命好，還有個孝順的孫子。我們這些老男人，除了這間老人院可以遮遮風、避避雨，就只剩下一條命囉！」退休公務員老黃感慨地說。

六婆搖頭反駁：「我那隻小猴孫子也好不到哪去！就會惹是生非，好在他最近安安分分地做起生意……」

一旁的阿泰聽一票老人聊天，只覺得渾身不對勁，他和這些老頭完全沒有話題可聊。

「啊，時候不早了，我還要去幫阿關的忙……」阿泰大口把湯喝下，嚷著要走。

「好好，你走吧，快點去，不要讓阿關一個人忙不過來！」六婆這麼說著。

打完招呼，阿泰跨上機車，心裡五味雜陳。想到方才六婆一說起自己正在做正經生意時，那副謝天謝地的神情，讓他心裡愧疚、惶恐不安，要是阿嬤知道自己在吹牛，仍是遊手好閒，會是什麼反應？

「幹，正經生意，要是眞的就好了。」阿泰望了望清冷的街燈，催起油門駛離這寧靜社區。

阿泰沒有六婆的道行，也沒有阿關的太歲力，因此他並沒有察覺到一旁電線桿上佇著兩隻奇異小人。那奇異小人身型約莫三十公分高，正鬼鬼祟祟地往老人院裡張望。

「總……算……找……到……了……快……去……稟……報……阿……姑……」滿臉暗紅色的奇異小人伸出了舌頭，舔舐著嘴唇，和另一個同伴吱喳說話，跟著跳著走了。

□

「不好了、不好了！阿關大人你醒醒！」

阿關窩在床邊地板，縮在毯子裡正睡得香甜，卻讓這陣著急喊叫給吵醒了。他揉揉眼睛，見到老土豆站在他身邊又叫又跳。

老土豆神情著急，拿著拐杖不停亂揮，在翩翩床上拍出一個又一個紅色光圈。

「啊，別碰那張床！」阿關連忙阻止，問：「你冷靜點，發生了什麼事？」

老土豆這才回了神，看看床鋪，一臉疑惑：「阿關大人，爲什麼你有床不睡，要睡地板呢？咦？這床怎麼這麼有趣？」

「因……爲……」阿關摸摸鼻子，一臉尷尬，不知道該怎麼解釋。

「哈哈哈，好奇，好奇妙！爲什麼一碰就有紅圈圈呀？」老土豆發覺床上那些讓他碰出的紅色圈圈，好奇地跳上床，踩來踩去，將整張床弄得亂糟糟，踩出數十個大大小小的紅色光圈。

「快下來！」阿關一把將老土豆揪了下床，望著那紅殷殷的床鋪，苦惱地說：「慘了……」他揉揉眉心，呼了口氣，轉頭問老土豆：「你到底有什麼事？」

老土豆這才又慌張起來，比手劃腳地說：「昨天那個老太婆聽了灶君的話，搬去一家老人院，你知道怎麼來著？那順德邪神的手下竟找到了她！還發下命令，召集一堆鬼怪，要在今晚去那老人院大開殺戒！」

「什麼！」阿關驚訝地問：「你怎麼知道的？爲什麼順德大帝要對六婆趕盡殺絕？六婆只是個普通人不是嗎？」

「一定是昨晚打鬥時，讓一些惡鬼給逃了，回去通風報信！」老土豆解釋：「順德邪神絕不允許自己的勢力範圍內有人反抗他。那老太婆是廟祝，又身負異術，本來就已是順德邪神欲網羅的目標，那些下壇將軍咬死了順德邪神的手下，自然連帶讓那老太婆變成順德邪神的眼中釘呀！」

「灶君受那老太婆供養多年，也很感念這老太婆，隨著他們去了那養老院，想不到今個清晨就出了事呀。」老土豆這麼說。

「這樣不行，我們得去幫忙！」阿關胡亂洗了把臉，整備一番。

經過昨晚一戰，只剩下三十幾張白焰符，他將白焰符放入伏靈布袋，匆匆忙忙地下樓。

老土豆領著阿關，一路趕來老人院，只見到院子外冷冷清清。

阿關正猶豫該不該按鈴進去，要以什麼身分進去時，他瞥到院子外頭停著一輛機車，正是阿泰的機車，原來阿泰也在老人院裡。他正想喊阿泰，便見到阿泰連滾帶爬地跑了出來，手忙腳亂地替阿關開門。

阿關見阿泰鼻青臉腫、一副狼狽樣，便驚訝地問：「你怎麼了？」

「你真的來了！灶君託夢給阿嬤，說你會來幫忙！」阿泰邊說，邊拉著阿關奔進了老人院。

兩人一進大廳，只見到一個滿臉青筋的老頭，嘴裡還冒著青色的泡沫，身旁幾個老人合力抓著他。六婆正拿著一條紅繩，使勁纏著那老頭的右手，在手指上打了個結。

「鬼上身！」阿關和老土豆不約而同地喊出聲。

老土豆拐杖一起，一道黃光衝向那老頭，只聽見老頭一聲低嗚，身子軟了下來，癱在地上。

「老梁！」

「阿梁，你沒事吧！」

原來讓鬼上身的老頭就是梁院長，幾個老人們七手八腳抬起梁院長，將他抬到一張椅子上。梁院長雖然無法動彈，但仍一臉猙獰，像是要咬人一樣，嗚嗚吼著。

六婆將紅繩一圈圈繞上梁院長身子，嘴裡還唸著咒，幾個老人則累癱了，阿關和阿泰連忙去攙扶。

老土豆還不時對著梁院長揮舞著拐杖施法，跺腳怪叫：「這鬼厲害！竟不怕俺的拐杖！」

六婆坐倒在地上，滿頭大汗，喘吁吁地說：「何止……我這紅繩用了一整捆……也綁不住他……」六婆喝了幾口水，望著阿關。「灶君神託夢給我，說今夜會有一場大劫，還說阿關你會來幫助我們……囝仔，你到底是何方神聖吶？」

阿關抓抓頭，想了想說：「六婆，這……我不知道要怎麼向您解釋，但其實我也懂得一些治鬼的法術，我想我可以幫得上忙。」

六婆一臉驚訝地說：「什麼？眞看不出來哩！你不是跟我的小猴孫在賣臭豆腐嗎？怎麼你也會抓鬼？」

「對、對！」阿泰連忙打岔：「白天抓鬼，晚上賣臭豆腐！」

「亂講話！白天抓什麼鬼？」六婆斥道。

阿泰趕緊改口：「呃！不！是晚上賣臭豆腐，半夜抓鬼。至於白天……白天得畫符，不然半夜就沒符可以用啦。」

「對，白天畫符。」阿關幫忙圓謊。

一旁的陳伯忍不住打岔，「那你們還眞忙，不用睡覺啦？」

六婆仍一臉狐疑，阿泰趕緊轉移話題說：「阿嬤，阿關眞的很有一套，他騎腳踏車騎得比摩托車還快！」

老土豆也跟著起鬨說：「對呀，咱阿關大人吶，最厲害了！」

「啊你又是什麼人？」六婆望著老土豆。

「俺是……」老土豆還沒說完，阿關便搶著說：「他就是教我符法的老師，我的捉鬼法術都是跟他學的。」

六婆還是一副難以置信的神情，但是灶君託夢，阿關也眞的來了，而且也說要幫忙，她又如何不信？

「你、們、全、都、得、死……」梁院長用怪腔怪調，猙獰地說。

幾個老人見梁院長又開始掙扎，連忙將他壓住，但梁院長力氣奇大，四個老人合力也壓不住他。

老土豆跳上前去，拐杖一伸，壓在梁院長胸前，拐杖泛起黃光，這才將梁院長壓了下去。

「順、德、大、帝、神、威、蓋、世，降、服、者、生、不、降、者、死……」梁院長邊吐著青色的泡沫邊說著。

六婆來到梁院長面前，憤怒斥罵：「混帳！什麼順德大帝，不降就要死，這是哪間鬼廟？是哪個鬼在冒充神明？」

「褻、瀆、順、德、大、帝，萬、劫、不、復……」梁院長：「今、晚、你、們、全、都、得、死……」

六婆一怒，咬破了手指，在梁院長額頭上畫了符，老土豆也拿著拐杖對梁院長比劃一番，終於將梁院長體內的惡鬼壓住，梁院長又閉上了眼睛，沉沉睡去。

阿關對著六婆說：「你們今晚得再找地方避避，不然一定會出事……」

六婆指著梁院長。「阿梁怎麼辦，總要救他啊。」

老土豆插口：「俺只能暫時壓住他身子裡的惡鬼，卻驅不出來……」

阿關轉身對著老爺爺們說：「到了晚上，這裡會很危險，你們還是快請家人先將你們接走，等過陣子再回來，好嗎？」

「家人？要是有家人，我們還賴這兒幹嘛？我們幾個都孑然一身！」老王大聲說。

「我那不肖子跟他老婆搬出國囉，早忘了他還有個老爸！」老陳答腔。

「老梁他也是獨身，他這間老人院實際上根本沒賺什麼錢，咱們幾個每月只付他一點錢，吃他、住他，這樣過了好多年，現在他變這樣子，我們怎能說走就走？」李爺爺望了望梁院長。

「帶著這老頭，去別的地方避難總行吧。」阿泰提議。

「俺認為沒用……惡鬼附在他身上，不管上哪兒去，順德邪神都能感應得到。」老土豆搖搖頭。

「說那麼多！大不了跟那些鬼拚了，什麼順德臭鬼，你祖嬤抓鬼抓一輩子，只有鬼聽了我就跑，哪有我聽了鬼要跑？晚上要來，就讓他們來，看看是誰死！」

「說得好！」退伍老兵老王大聲一叫，跳上一張椅子大聲嚷嚷：「想當年，俺南征北討，也就這麼過來的！有一次，咱們一整連的兄弟給圍在個小村子，四周都是敵人，還不讓咱給殺出去了……」

「又在講古！死老芋仔你講過八百多遍了！」陳伯第一個聽不下去。

老王怒斥：「有講那麼多遍嗎？」

老黃點點頭說：「有。」

李爺爺搖頭。「我看不只！」

「別囉唆了！大家快去準備，我要幾樣東西作法！」六婆吩咐眾人：「找個人去市場買雞蛋，越多越好！再找個人去買圖畫紙，跟報紙一樣大張的圖畫紙，要白色的，其他顏色不要。」六婆一聲令下，大夥七手八腳忙碌起來。

不一會兒，阿關搬回第一箱雞蛋，六婆拿了幾顆雞蛋出來，在手裡秤秤，點點頭。她在老人院大廳起了壇，壇上擺滿法器，都是廟裡帶出來的。

六婆拿著筆蘸了蘸硃砂，在蛋上畫了道小符咒，符咒的正中，有個「雷」字。

其餘人繼續準備，老爺爺們兵分多路，前往附近超商、賣場採購雞蛋。阿關則騎著石火輪在各大賣場、超商間穿梭接應，將一批批的雞蛋往老人院裡送。

阿泰抱著一大捆全開的白紙回到老人院。

六婆拿著毛筆，在紙上畫了個等身大小的人形，嘴裡唸唸有詞，跟著握燭的手一揮，燭油滴到那紙上人形，人形的輪廓線竟燃了起來。一會兒，燃出一個完整的人形。六婆唸了句咒語，那人形竟蹦了起來，手舞足蹈。幾個老人看得目瞪口呆，老土豆則樂得合不攏嘴，拉著那紙人跳起了舞。

大夥兒簡單吃了午餐，又開始忙碌地備戰。

土地公老土豆在整棟老人院的牆上比劃下咒，使鬼怪無法穿牆而入，只能透過門窗進屋。

紙人。

法，只要寫法正確，就有效力。

阿泰連連甩手，他已經在近千顆雞蛋上畫下六婆教他的符，畫符用的硃砂經過六婆作法，只要寫法正確，就有效力。

練國術的李爺爺也擅長國畫書法，幫忙在白紙上畫出人形，再讓六婆施法，燃出會動的紙人。

到了傍晚，一夥人累得癱了，原本六婆還要大家準備更多的道具，但一想不對，若光是備戰就耗盡了體力，那這場仗也別打了。

大夥聚在二樓客廳吃著晚餐，討論著下一步行動。阿關覺得腦袋暈眩不適，走到陽台外透透氣，才剛出陽台，就驚呼了一聲。

其他人聽見阿關的呼叫，趕緊出來，嚷嚷問著發生了什麼事。

阿關指著外頭，老人院外的巷子裡已經聚集著許多惡鬼，有些掛在街燈上、有些四處遊蕩，光是外頭巷子，至少就有五、六十隻惡鬼。惡鬼們見了阿關，有的默默發著呆、有的傻笑著，眼色妖異駭人，有五隻眼睛的、也有兩個頭的。

天色暗了下來，密雲在空中捲動，看起來鮮紅艷紫，幾陣風吹過，飄下了雨，氣氛妖異詭譎。

「沒看到啊！我什麼也沒看到……啊呀！我看見了，那是什麼？」陳伯怪叫著，吵著自己什麼都沒看見。六婆在一旁拿著符，替大家開了眼，就能隨心所欲地見到鬼怪。

大家朝陳伯指的方向看去，在另一個方向的巷子裡，也聚集著好多、好多的怪小人，那些奇異小人身高還不到五十公分。一、兩百隻的小人聚集在巷子兩側，無神地望著老人院。

「那裡也有！」

「後頭也有！」

從不同的窗子看出去，老人院四周的巷子竟都擠滿了惡鬼和奇怪的小人。

順德邪神派來的兵力，遠遠超出眾人原先預期。天上的雲更顯腥紅，四周詭譎氣氛更重了。

「這狗邪神，這鬼邪神，竟然大軍壓境呀！」老土豆連連跺腳，將阿關拉到一旁，低聲地問：「阿關大人，我看這場仗很難打，如果你同意，俺去搬救兵……」

「我當然同意！為什麼不同意呢？有救兵當然好！」阿關這麼說。

「但是……現在外頭被圍得水洩不通，俺得提心留神、遁地逃亡，恐怕會花上好些時間，你們撐得下去嗎？」老土豆說。

「我們會盡量拖延時間，你快點回來就是了！」阿關點頭。

「我一定會回來的。」老土豆點點頭，倏地化成一陣黃煙，鑽進地下去了。

「咦？你師父呢？剛剛還看到他，怎麼一轉眼就不見了？」阿泰訝異地問。

「他……我師父他去搬救兵了，只要我們挺住，救兵就會趕到，大家有信心嗎？」阿關苦笑說。

「當然有！」老王又叫了起來，氣沖沖地說：「哼！就這一點點妖魔鬼怪，俺才不放在眼裡！來一隻殺一隻，來兩隻殺一雙！」他一面說，還一面揮揚著手裡一把軍刀。那是他收藏多年的寶貝，現在特地拿出來，讓六婆在上頭畫了符咒，準備決一死戰。

「想當年！咱們一整連的弟兄被困在小村子裡，敵人也像現在這般把村子圍得密密麻麻，咱們彈盡援絕，但最後還是……」老王站在椅子上，高舉著軍刀呼喊。

「死老芋仔，你到底要講幾次？」

「這段你講過了！」

「快下來，別講了！」

老王抓抓頭，遲疑地問：「講過了嗎？」

「講過了，上午就講過了，以前也講過很多次了。」

「聽到我都會演了！」

老人們鼓譟著，將老王拉下椅子。

時間一分一秒過去，鐘上的指針漸漸指向午夜。

阿關和阿泰負責守備一樓大廳，阿泰不停地講著他和許多女人們的風流韻事，聽得阿關臉紅心跳、口乾舌燥。

阿關起身想去上個廁所，走上樓梯，見到守在樓梯口的老黃和李爺爺正下著棋，但顯得沒精打采；老王和陳伯坐在二樓客廳看重播新聞，連吵嘴的力氣都沒了；就連六婆也靠在椅背上打盹。

阿關漸漸感到不安，今夜即將和他一同並肩作戰的，可不是什麼天兵天將，而是一群上了年紀的老人家。

他進廁所洗了把臉，對著鏡子發愁，四周的邪氣讓他渾身不自在，腦袋微微疼痛，也令他有些反胃。

「幹！殺進來了！」一聲驚吼自樓下傳上來，是阿泰的聲音，阿關衝出廁所。而老爺爺們全聚集在陽台上，指著樓下院子驚慌叫嚷。

只見到老人院外不遠處，不知何時多了一面暗黑色的牆，將老人院和院外的街道完全阻隔起來。數以百計的小妖人潮水般地湧進院子，直衝老人院大門。

阿關連忙趕下樓，只見一票怪異小妖人吱吱嘎嘎地將鐵捲門往上抬，將鐵捲門掀起一個大缺口。

阿關趕忙掏出兩張白焰符，對著往大廳衝的小妖人放出白焰，將那些想往門裡鑽的小妖人們炸得雞飛狗跳。

「這是什麼法術？」阿泰又驚又喜：「你果然有一套！」

阿泰邊說，邊將被小妖人們合力舉開的鐵捲門再次關緊，跟著又在鐵捲門上補上幾道符。只聽見小妖人們在外頭嘎嘎叫，不得其門而入。

二、三樓陽台外的鐵窗也貼著符咒，院子裡擠滿了惡鬼和小妖人，更後頭有幾個怪模怪樣的乩童合力抬著一座花轎來到院子裡。四周仍然不斷有小妖人及惡鬼穿過黑牆，往院子中央聚集。

花轎裡的人將簾子拉開了些，六婆從陽台往下望，看不清花轎裡頭坐著的是什麼人，只微微見到兩隻泛著紅光的眼睛。

「忤逆大帝……只有死路一條……」一個蒼老沙啞的聲音，自底下那花轎傳上來。

「我就知道是妳這死老太婆！」六婆哼了一聲，對著底下院子大罵：「邪魔歪道也自稱是神明，看我今天怎麼跟妳鬥法！」

守衛一樓的阿關也聽見院子裡傳出的那蒼老聲音，一聽就知是阿姑。

「哇！什麼東西？」阿泰跳了起來，大腿上竟被一隻小妖人抱著猛咬，他拿著掃把打那小妖人，掃把上貼著符，他將那小妖人打得落在地上吱嘎亂叫、東蹦西跳。

「哪裡來的？」阿關大吃一驚，又有幾隻小妖人自廚房跳了出來。

「是後門！後門被打開了！」阿泰大叫，廚房的後門老舊，雖貼了符，但還是被小妖人給破壞。兩人還沒反應過來，小妖人土石流似地從廚房湧進大廳。

「哇！」兩人拿著掃把，拚命打著小妖人。掃把上頭貼了六婆畫的符，打在小妖人身上，發出一陣陣紅光，將小妖人打得怪叫連連。

樓上六婆聽了底下動靜，知道敵兵已經殺進大廳，大喝一聲唸動咒語，埋伏在一樓的十幾隻紙人們唰唰地全站了起來。

那些紙人們手舞足蹈，抓住小妖人就是一陣摔打。紙人力大，有些還硬生生將小妖人的腦袋給摘了下來。

小妖人們讓紙人部隊衝散，在大廳裡四處跳著、怪嚷怪叫。廚房那方向突然響起一陣鼓譟，一隻墨綠色的巨鬼從廚房方向走入大廳，巨鬼抓住一隻紙人，張開大口竟咕嚕一口將紙人吞進肚子。

阿關連忙放出一道白焰，炸得那巨鬼肚皮開花，倒了下去。被巨鬼吞下肚子裡的紙人竟又從開花的肚子跳了出來，身子卻已爛糟糟的了。

騷亂鼓動持續，又有兩、三隻巨鬼從廚房方向殺進大廳，鐵捲門也傳來轟隆隆的聲響，外頭幾個巨鬼合力將捲門往上抬，再次將捲門抬出好大的縫，更多的小妖人從門縫鑽了進來。

阿關和阿泰眼見腹背受敵，難以抵敵，只好往二樓撤。

一樓的紙人隊被如海潮般湧入大廳的小妖人們咬得碎爛，剩下幾隻斷手斷腳的紙人護衛著兩人撤退上樓。

阿泰哇地喊叫一聲，他的腳被一隻巨鬼伸手抓住。阿關回頭，幫忙踢踹那巨鬼，踹了兩腳，也被巨鬼一手抓住了腳踝。

小妖人們行軍蟻一般順著樓梯爬上，有些抱著兩人張口就咬，有些跨過了兩人身子，直奔樓上。

阿關和阿泰給小妖人們咬得哇哇大叫，阿關甚至沒辦法空出手來拿符，突地他懷裡一陣抖動，蒼白色鬼手暴竄而出，捏碎了一隻小妖人的腦袋，接著抓住那握著阿關腳踝的巨鬼手腕喀吱折斷。

「這是什麼？」阿泰讓阿關懷裡伸出的蒼白鬼手嚇得鬼吼鬼叫：「幹！你怎麼有三隻手？」

突然兩人眼前一陣霹靂，藍光、青光炸了開來，兩人嚇了一大跳，卻不覺得疼。睜眼一看，纏著兩人的鬼怪都碎了一地，兩人連忙掙扎起來，退上二樓。

二樓家具已被清空，老爺爺們在梁院長房間前用沙發圍成一道防線，全都守在沙發後頭，每人手裡都拿著兩、三顆雞蛋。

「快過來！」王爺爺喊著，阿關和阿泰連滾帶爬地往沙發圍成的防線撤退。

樓下的小妖人們再度集結，瘋狂穿過樓梯，殺上二樓，緊追在兩人身後。

「攻——擊——」王爺爺大喊一聲，領著其他爺爺一齊扔出手上雞蛋，十幾顆雞蛋在空中劃出一條條弧線，劃過阿關和阿泰的頭頂，砸在追上來的小妖人堆裡，炸出陣陣光芒，把衝上來的小妖人全炸碎了。

「哈哈！這雞蛋眞的這麼厲害！」老爺爺們都哈哈大笑。

阿關和阿泰退入沙發防線裡，也拿了幾顆雞蛋，上頭有的寫著「雷」、有的寫著「火」。阿關擲出一顆寫著「火」的雞蛋，炸在小妖人堆裡，炸出一陣橙紅紅的火光。

小妖人們退下樓，靜了半晌，再次攻上二樓。這時衝上來的，不但有小妖人，還有許多惡鬼，那些惡鬼臉都黑青青的，臉上都烙上了「順德」兩字，似乎是順德大帝強徵來的鬼卒。

雷火蛋畢竟是凡人咒術，對這批更加凶悍的惡鬼傷害較不顯著，只能在惡鬼身上炸出一片焦黑而已。

六婆一聲令下，身後又站起十幾隻紙人，紙人列隊殺出沙發防線，和衝來的惡鬼展開纏鬥，其他人則在防線後頭扔擲雷火雞蛋助陣。

阿關揉著腦門，頭痛讓他心浮氣躁，但相較之下，此時不適的感覺已經沒有以往那麼強烈了。

窗外又傳來了眾鬼嗚吼：「你們全都得死！忤逆大帝者死無葬身之地！」

阿泰對著窗外大罵：「順德大帝全家死光光！」

「順德大帝吃屎！」

「順德大帝下十八層地獄！」老爺爺們也樂得一齊回罵。

外頭鬼怪聽了阿泰等人的回罵，更加憤恨，連連怒吼，一隻隻惡鬼和小妖人爬上鐵窗，用力搖動鐵窗。鐵窗上的符雖炸落了不少鬼怪，但鬼怪們前仆後繼，不一會兒，鐵窗上的符就消耗殆盡了。身體較小的小妖人從鐵窗的縫鑽了進來，樓梯口也不斷擁上惡鬼和小妖人。

「他奶奶的！用鬼海戰術！」老王大罵：「我看雞蛋不夠用！」

阿關望了望「儲備彈藥」，確實如王爺爺所說，才開打十幾分鐘，就用掉幾百顆蛋，四處蒐購來的兩千顆雞蛋，恐怕支撐不了多久。

「幹！我的手好痠！」阿泰怪叫著，他在兩千顆蛋上畫符，這時反而沒力氣扔蛋了。

惡鬼和小妖人越來越多，一步步進逼。六婆大喝一聲捏了張符，手裡泛出紅光，手一撒，撒出一張光網，光網蓋住了幾隻惡鬼，惡鬼在網裡頭嚎叫。

「兵來將擋，水來土掩！」六婆大叫一聲，伸手揭下了身旁那小木廟的符咒。

陣陣虎吼將房子都震得抖動起來。

數十隻出閘猛虎狂暴竄出木頭小廟，撲進了小妖人堆裡，或撕或咬、或抓或扯。虎爺們飢餓啃噬著惡鬼，剎那間，整間屋子滿是飛竄殘肢。

「好啊！」大夥兒興奮喊叫著替虎爺們打氣，且不時扔出雷火雞蛋助陣。老王最是慷慨激昂，一會兒說應該分派兩隻虎爺守樓梯口，一會兒又嚷嚷陽台需要加派兵力支援。

虎爺大殺一陣，清光這批惡鬼，擋下這一波的攻擊。

老黃清點一下雞蛋，還剩一半左右。老人們靠著牆喘氣，六婆召回虎爺，在沙發前圍列成陣，守著沙發防線。

突然，樓下一陣喧鬧，樓梯口傳來「咚、咚、咚、咚」的腳步聲。

小妖人們發出吱吱嘎嘎的怪叫，上來了兩個身穿甲冑、一紅一青的將軍。

「邪神！」阿關覺得腦袋一陣麻癢，心一慌，後退兩步。

「厲害的來了嗎？不怕！」六婆哼了一聲，從包袱裡拿出了尊小神像擺在壇上，點了炷香唸起咒語，比手劃腳著。

阿關心裡暗叫不妙。

六婆唸了好幾遍咒語，卻一點反應也沒有，急得直跺腳。

而阿關心知肚明，那小神像就是六婆廟裡那尊邪化的金甲神，早被虎爺們五馬分屍了，就算六婆唸咒唸破了嘴，神像也不會有反應。

上樓的兩隻邪神，身上甲冑都破破爛爛的，一隻全身棗紅，雙目泛綠；一隻渾身發青，兩眼墨黑，一前一後地往沙發防線逼來。

幾隻虎爺們撲了上去，棗紅色邪神一拳打落了一隻虎爺，跟著一刀斬下，將那虎爺的腦袋砍了下來。

青色邪神沒拿武器，雙手骨節暴凸，指甲又厚又長。一把抓住了一隻虎爺，用力擠著虎爺的軀體，擠得那虎爺不住哀號。

「竟敢欺負我小虎仔呀！」六婆怪叫一聲，拿著符就要衝上去和邪神拚命，給阿泰一把抱住：「阿嬤妳幹嘛？」

六婆平時無依無靠，唯一的孫子總是在外頭鬼混，年紀大了，往日的街坊也少了聯絡。自從虎爺們一隻隻聚集到廟裡，六婆便將這些虎爺們當成自己的小寵物來照顧，虎爺是訓練有素的神前兵將，不但聽話，更不會惹是生非，比那個愛作怪的不肖猴孫要乖巧多了。

六婆見到自己的小虎爺讓邪神舉手便殺死兩隻，登時火冒三丈，怒氣沖天。

阿關眼見邪神殺來，便也硬著頭皮跳出沙發防線，抓握著符，連唸了幾次白焰咒語，都因爲緊張而失敗，好不容易才放出一道白焰，卻又射偏了。

邪神身後幾隻惡鬼撲了上來，抓住阿關的手腳，死命拉扯。

「阿關！」阿泰拿著掃把衝出防線助陣，老王大喝一聲，提著軍刀也趕去救援，練國術的李爺爺拿著寶劍，種田的陳伯拿著鋤頭，也跟著殺了上去，有心臟病的老黃沒那麼神勇，只能幫忙丟雞蛋掩護。

「殺呀——」

阿泰衝到阿關身旁，拿著掃把打退了幾隻惡鬼，卻被其中一隻惡鬼一把抓住，擲了回去，摔在沙發背再彈在地上，痛得爬不起來。

老爺爺們反而沒這麼狼狽，他們身上都穿著畫上了符的襯衫，手上、腳上、臉上都貼著符。符咒一接近鬼怪們，都發出紅光，刺得那些惡鬼睜不開眼。

老王揮舞著軍刀，將兩隻摀著眼睛的惡鬼給斬了；李爺爺平時練國術的劍也左右突刺，刺倒了不少小妖人。這些兵器上頭都畫了符，殺起鬼怪來一點也不含糊。

「唉呀！」陳伯大叫一聲，一隻小妖人朝他撲了上來，老王在一旁手起刀落，一刀將那小妖人給斬成兩段。

「哈哈！你這種田的給俺滾回後頭去扔雞蛋，別來礙手礙腳，老子打過仗，什麼陣仗俺沒見過……」老王得意地喊，沒注意身旁一隻小妖人抱上了他的脖子。

「死老芋仔，就只知道吹牛！」陳伯往前一跨，一鋤頭打落了那小妖人，又補了兩、三下，將小妖人打成灰燼，鋤頭上也畫了符。「一人一次，誰也不欠誰！」

三個老人背靠著背，更多的惡鬼圍了上來，陳伯氣喘連連：「死老芋仔……我殺了三隻，你呢？你快累死了對不對？哈哈……」

老王氣得大罵：「俺殺了五隻！俺要是死了，你也活不成，死種田的……」

「是啊，誰都不能死啊！」李爺爺哈哈一笑：「齊心合力，一起殺鬼吧！」

還沒說完，身旁白光乍現，是阿關蹦了起來，連放好幾道白焰，還擲出了個東西——伏靈布袋。

布袋在空中打轉，泛動黑氣，看來窮凶極惡。

蒼白鬼手探出袋口，連同布袋如鷹爪般地凌空抓下，一把將幾隻惡鬼的臉給抓碎。布袋飛旋得更快，墨黑巨手也伸了出來，巨大的拳頭轟隆隆地搥爆許多惡鬼腦袋。

虎爺們一擁而上，掩護著阿關和老爺爺們退回防線。老爺爺們扶著牆喘氣，似乎沒力再戰了。

站在棗紅色邪神面前的，是那最大隻的虎爺——阿火，他惡狠狠地瞪著那殺了他幾隻同伴的紅邪神，暴吼一聲，撲了上去。

棗紅色邪神身子一避，躲開阿火的撲擊，卻讓另一隻野犬大小、黑身紅紋的虎爺一口咬住左手，還沒反應過來，又讓一隻綠身藍紋的虎爺躍起咬住右手。

而另一隻邪神則被一群虎爺圍住，帶頭的是一隻黃身黑紋的虎爺。那黃身虎爺也是野犬大小，動作敏捷，張開了口，血紅紅一嘴牙好不嚇人。

黑、黃、綠加上全身赤紅的阿火，是六婆陣中最強悍的四隻虎爺。

棗紅色邪神兩手一甩，將兩隻虎爺甩飛，雙腳又被其他虎爺撲上咬住。氣得舉刀一斬，又將眼前一隻虎爺攔腰斬斷。

紅邪神舉刀正要再砍，阿火已然撲上，大口咬住邪神握刀那手，喀吱一聲，將邪神的手給咬了下來。

棗紅邪神發出憤怒吼叫，身後更多的惡鬼擁了上來。

阿火殺紅了眼，口裡泛著火光，嘯出震天虎吼，率領著虎爺們和惡鬼邪神作戰。老爺爺們扔光了雞蛋，六婆也用盡了紙人和符咒，阿泰方才讓惡鬼一摔，扭傷了腰，躲在防線後觀戰。

阿關站在沙發上，伏靈布袋擋在他前頭，一人一袋死守著沙發防線。許多惡鬼抓著布袋手就咬，三隻布袋鬼手紛紛將惡鬼抓進布袋，有些來不及抓進布袋，便往遠處扔砸。

一陣廝殺之後，黑色虎爺咬住了紅邪神的脖子不放，綠色虎爺則咬住了紅邪神的腳踝，使勁一扯，將紅邪神的腳踝部位給咬斷了。紅邪神一倒下，圍攻的虎爺全都撲了上去，將這紅邪神咬成一塊塊。

黃身虎爺也不甘示弱，跳上青邪神的背，咬住青邪神半邊臉，黃色虎爺帶領的虎爺們，也一隻隻撲上那青邪神的身子，一口一口地咬。青邪神怨怒地再掐死一隻虎爺，卻無力再戰，也倒了下去，被擁上的虎爺們咬斷咽喉，化成青煙消散。惡鬼與小妖人們見狀，紛紛退下了樓。

六婆召回虎爺，將受傷較重的虎爺趕回木頭小廟裡，算一算，竟有十來隻虎爺戰死，另外二十來隻受了傷躲回木頭小廟，守在防線前的，只剩下不到三十隻。

「順、德、大、帝、澤、被、蒼、生、哈哈哈哈！」眾人一驚，身後傳來了這怪聲，大夥擠進院長室一看，被綁在床上的梁院長，正張大了眼睛，呵呵笑著。他身子不住地掙扎，綁著他的繩子已經有些鬆動。

老爺爺們連忙上前按住了他，老黃慌亂喊著：「沒有新的鬼怪上來了嗎？鬼怪都退了嗎？」

阿關回頭看看，聽見樓下再次騷動起來，登時心冷了半截。

小妖人和惡鬼們再次地蜂擁上來，跟在後頭的是一隻更壯大的邪神，頭幾乎要頂到天花板。那邪神全身墨黑，兩隻手臂和伏靈袋裡的黑色巨手差不多粗。

黑甲神雙眼是白色的，全身披著黑色戰甲。

虎爺們又撲了上去，和那黑邪神展開死鬥，幾隻布袋鬼手都受了傷，小妖人和惡鬼們的攻勢已經殺到了防線之外。

阿關揮著兩支掃把抵擋著惡鬼，他腳下那幼貓大小的灰紋小虎爺，先前一直被六婆捧在手裡，這時趁六婆退到院長室時，也跳出吼著要殺敵。

小虎爺跳了老高，將惡鬼們抓了個花臉，或咬下他們的鼻子、耳朵，和阿關一同死守沙發防線。

黑甲神比先前兩隻邪神更加強悍，三兩下便打死好幾隻虎爺。六婆見狀大叫一聲，又要衝出去，老爺爺們抓著六婆，傻愣愣看著門外死鬥，說不出話來。

阿火撲向黑甲神，黑甲神巨手一伸，抓住了阿火前臂兩肩，用力一扯。只聽見阿火一聲嚎叫，雙肩發出「喀喀喀」的聲響，像是骨碎的聲音。

六婆大駭，倒吸了一口冷氣，竟昏了過去。

「阿梅！」「阿梅！」老爺爺們一陣慌亂，搖著六婆。這時老黃臉一白，也倒了下去。

「哎呀，老黃心臟病發作了！」陳伯急忙大喊，一邊將老黃拖到一角，替他鬆開衣領，按摩他的胸口。

阿關看看身後、又看看前頭，不知道該去哪邊幫忙。又聽見阿火發出一聲嚎叫，只見黑甲神一手掐著阿火一肩，另一手握成斗大拳頭，一拳一拳打在阿火身上。

其餘的虎爺讓數不清的鬼怪死纏爛打，也沒辦法分身來救。

阿關掏出所有的白焰符，數了數，只剩八張。他心一橫，上前一把抓住伏靈布袋，往那黑甲邪神衝去。暗暗想著至少得救出阿火，以免虎爺群龍無首。

阿關衝到黑甲邪神面前，扔出了伏靈布袋。袋裡的大黑鬼手像是早準備好了一般，蹦出袋口，朝著黑甲邪神揮出一拳。黑甲邪神也不甘示弱，揚臂打來一拳。

兩隻差不多大小，也差不多黑的拳頭打在一起，磅地撞出好大一聲。

黑甲邪神退了兩步，拳頭還冒著黑煙；布袋大黑鬼手卻像是骨碎一般，癱軟下來。

阿關連發白焰咒，八張符放出六道白焰，打在黑甲邪神身上，將他逼退幾步。黑甲邪神怒吼了幾聲，轉向朝阿關殺來。

被那黑甲邪神抓在手上的阿火，此時突然瞪大雙眼，用盡力氣，虎口一張朝黑甲邪神的頭臉吼出一團紅色火焰。

這黑甲邪神料想不到阿火竟然還會吐火，防備不及，整個上半身讓火焰籠罩。他怪叫著，扔下阿火，用巨大的雙手拍打著頭臉上的紅色火焰。

阿關連忙上前，將阿火拖回防線附近，只見阿火口裡還冒著火光，本來銳利的眼睛此時黯淡無光，無力再戰了。

那頭，黑甲邪神拍滅了臉上的火，眼睛才張開，只見到伏靈布袋早已飛竄在他臉前，還沒看清楚，新娘鬼手已經凶狠竄出，食指插進了黑邪神的右眼。

蒼白鬼手同時竄了出來，直直插進黑甲邪神心口。那黑甲邪神發出了打雷般的惡吼聲，不斷後退著，退到了樓梯口，連同伏靈布袋一齊摔下樓。

這頭，一隻惡鬼撲倒了阿關。阿關用完了符，方才拿的掃把也在救援阿火時丟到一旁了，沒有武器的他，連一般惡鬼也對付不了。這隻惡鬼的手伸得僵直，指甲又尖又長。阿關抓住他的雙手死命撐著，才能勉強不讓惡鬼的尖長指甲插入自己心窩。

阿關想起前幾天翩翩讓自己與惡鬼比鬥時，也常常出現這樣的情景，這時似乎輕鬆了許多，是這隻惡鬼的力氣較小，還是自己的力氣變大了？

阿關奮力一甩，將惡鬼甩開，他才剛剛爬起，又被一隻更加凶惡的惡鬼撲倒在地，掐住他的脖子。頸部的劇痛讓阿關覺得在窒息之前，自己的脖子會先折斷。

虎爺們都讓持續湧進來的惡鬼和小妖人圍攻，受傷較重的都漸漸不支倒下。

「阿關！」阿泰正要衝出去幫忙，身後又傳來一陣騷動。

梁院長身子彈了起來，將壓著他的老人通通打倒。陳伯一頭撞在櫃子上，暈了過去；老王也撞在牆上，疼得倒坐下地。

梁院長跳下椅子，一把提起阿泰，怪笑著：「忤、逆、大、帝、者、死、死、死！」

李爺爺拚了老命上前緊抓住梁院長的手，大喊：「放手啊，阿梁！你要勒死他了！來幫忙啊，老王！」

老王眼神空洞，摀著右手癱在地上，聽到李爺爺的叫喚，才回神過來。他掙扎了兩下，卻站不起來，剛剛這麼一摔，腳也扭得嚴重。

阿關覺得意識漸漸模糊，耳邊只聽見小妖人的嬉鬧聲，和梁院長的怪笑，就連虎爺的吼聲都聽不太到了。

一隻虎爺才撲上來要救，就讓十幾隻小妖人團團圍住。

阿關使出吃奶的力氣，朝掐著自己的惡鬼臉上猛打了幾拳，打得惡鬼鬆開手，再一腳踢開他。

「不要放棄啊！好不容易打死了黑邪神，再撐一會兒……」阿關奮力站起大喊，還沒喊完，又讓兩隻惡鬼前後抱住。

一隻惡鬼張大了口，一口咬住他的肩頭，另一隻鬼一口往他脖子咬來。阿關伸手抵住那惡鬼下巴，白森森的牙齒離他頸動脈只不到五公分。

這時樓下又傳來一陣騷動，「咚、咚、咚、咚」的腳步聲撞擊著樓梯，一聲一聲敲進所有人的心坎。

上來的是兩個手持巨斧，頭戴金銀盔，身穿金銀甲的將軍。

「天吶。」阿關感到一陣絕望。

金甲神快步走到阿關眼前，高高舉起大斧。

「哇——」阿關心一橫，奮力用腦袋頂撞那咬著他肩膀的惡鬼，他的雙腳也讓幾隻小妖人緊緊抱住，動彈不得。

「阿關！」阿泰被梁院長高高舉起，見了外頭的情形，忍不住大喊。

金甲神的斧頭轟然劈下，砍出好大一聲響。

「啊啊啊！」阿關張大了嘴，看著那要咬他脖子的惡鬼，上半身整個沒了，只剩兩隻斷手還抓著自己脖子。

阿關嚇了一跳，扔下斷手，踢開那半截身子。

幾隻惡鬼撲了上來，金甲神巨斧一揮，惡鬼全都成了兩截。

阿關這才聽清楚，樓下傳來的騷動，不像是方才小妖人們迎接邪神的歡呼聲，更像是廝殺聲。

樓梯口閃起幾陣五彩的光，阿關兩眼瞪得老大，不知哪來的力氣，將另一隻咬住他肩膀的惡鬼一把揪住，掄起拳頭猛搥那惡鬼的鼻子。

「翩翩！」阿關一面毆打惡鬼，一面喊著。他一見那五彩光芒，就知道是翩翩來了。

一陣一陣的五彩光芒不停閃耀，惡鬼們的殘骸在樓梯口飛濺著。翩翩一身白色毛衣、黑色長裙，握著雙月短刀，徐徐走上二樓。

惡鬼發狂似地撲了上去，翩翩右手一晃，靛月短刀發出一陣陣五彩光圈，將撲來的惡鬼全都砍成了碎片。

翩翩身後還跟著一個矮胖人影，是氣喘吁吁的老土豆，老土豆身後，還跟著四個金銀甲神。

「老土豆！你這麼慢！」阿關扔下那被他搥得七葷八素的惡鬼，奔跑到翩翩面前，高興地大叫：「翩翩！妳終於來了，我一直在等妳！」

「哪來這麼多下壇將軍？」翩翩看著四周的虎爺，抱起那隻幼貓大小、白體灰紋的小虎爺。那小虎爺戰得渾身是傷，在翩翩懷裡閉著眼睛發抖。

翩翩的手指在小虎爺頭上劃了個圓，淡淡白光覆上他的身子。小虎爺睜開眼睛，精神好了些，抬了頭四處張望，嗅嗅翩翩的手，耳朵動了動。

金銀甲神一陣砍殺，將二樓的惡鬼殺了個精光。

阿關帶著翩翩趕進院長室，梁院長一臉驚恐，放下阿泰，阿泰早已讓梁院長勒得昏死過去。翩翩手一揮，一陣閃亮，李爺爺和老王都軟倒下地，發出一陣陣鼾聲。

阿關大驚地問：「翩翩！妳幹什麼？這些爺爺不是敵人。」

「這是睡眠咒，我讓他們先睡著，省得礙手礙腳。」翩翩邊說邊看著梁院長，冷冷地說：「你是要自個兒出來，還是要我把你揪出來？」

梁院長臉色忽青忽白，突然身子一抖，軟了下去，一陣綠煙從他的口鼻洩出，綠煙在空中旋轉，唰一聲就要飛出門外。

翩翩手一指，放出一陣光，罩住那團綠煙，綠煙慢慢消散，現出一隻蝙蝠大小的妖怪。

小妖怪動彈不得，滿臉猙獰地說：「你……你們好大的膽子！敢對大帝座前神兵如此不敬！大帝會把你們通通……」

小妖怪還沒說完，一記光圈飛快閃過，小妖怪的頭和身子已經分了家。

翩翩收起雙刀，回頭對著天將下令：「將這些凡人都送去據點二療傷。其餘的下壇將軍們全在院子集合。」

深夜，院子外頭的黑色大牆已經消失，巷道一片寧靜。

翩翩清點著眼前的虎爺，大大小小一共四十六隻。虎爺們乖乖列隊伏在地上，身上的傷已讓翩翩用治傷咒治好了七、八分。

方才一戰，超過二十隻虎爺戰死。

老土豆拉著阿關，拉哩拉雜地解釋著自己出去求救的經過。原來阿姑在老人院四周布下結界，老土豆用盡九牛二虎之力才逃出結界，卻被邪神發現。

幾隻邪神追殺著老土豆，老土豆的神力僅能對付幾隻惡鬼，根本不是邪神的對手，只好施展土遁法，東逃西竄，卻怎麼也擺脫不了兩隻邪神的追殺。

雖說如此，卻也誤打誤撞地分散了攻打老人院的兵力，引走了三隻邪神。

情急之下，老土豆想起灶君清晨與他聯繫後，便回到六婆小廟，死守在六婆那間舊廟，於是趕過去找灶君幫忙。還沒到廟裡，就見到舊廟上方籠罩著一團黑氣，原來是順德邪神一面攻打老人院，一面攻打舊廟，灶君獨力難敵，早已戰死在廟裡。

老土豆繼續繞路逃跑，他仗著地利，最後還是成功逃到了正神位於北部的一處據點，將備位太歲身陷險境的消息，報告鎮守當地的神仙。

「其實在那之前我就收到了消息。」翩翩接口說：「土地神可不只一位，順德邪神派出如此陣仗來攻打一間老人院，早已驚動四方土地，一道道急令報上來。這老土豆趕到據點二時，我已經點了幾名天將，準備北上救援了。」

翩翩瞪了老土豆一眼，繼續說：「誰知我到了據點二，老土豆竟然又不知死去哪了，也不來給我帶路。」

「俺是想溜回來看看阿關大人的情況，看看需不需要幫忙……」老土豆小聲辯解：「誰知俺回來時，又讓邪神給發現，將俺抓了起來。幸好翩翩仙子及時趕到，將俺救了出來。」

「原來如此……」阿關點點頭，問：「那阿姑呢？就是那個坐在轎子裡的老太婆，身旁還圍了一群乩童。」

「我遠遠看到她時，她就吆喝著轎子逃了，留下一堆妖魔鬼怪，都讓我們給宰了。」翩翩手一伸，掌心現出一只小巧的白色石雕寶塔，呼喝一聲，虎爺們全都跳進了寶塔，翩翩滿意地笑了笑：「這可眞好，突然多了這麼一支生力軍！」

「妳是說這些虎爺嗎？他們是六婆的。」阿關說。

「這些下壇將軍都是天界指派下凡的部將，怎麼會屬於凡人？」翩翩咦了一聲。

「可是……六婆把他們當作掌心肉來養，妳突然全部帶走……這……」阿關有些遲疑。

「這你就不用擔心了，我有辦法說服那婆婆。」翩翩轉身對著老土豆說：「老土豆，你可以先走了，有事我會再召你。」

老土豆向阿關和翩翩道了別，一溜煙鑽入了地底。

兩人在深夜的街上走著，阿關牽著石火輪，一手拿著伏靈布袋，往裡頭看了看，什麼也沒有。他在樓梯上撿回這布袋，布袋一點動靜也沒有，他有些擔心布袋裡的鬼手都讓那黑甲邪神弄死了。

一路上，阿關將這兩天發生的事大略和翩翩講了一遍。講著講著，已經回到了套房。

翩翩取出鑰匙打開門，唉呀一聲。

床鋪上有一百多個紅色光圈，被子、枕頭縐巴巴地亂成一團。

「這不關我的事，是老土豆弄的！」阿關連忙解釋：「我一下都沒碰！」

翩翩瞪了他一眼。「我說過，只要出現記號，全都當是你碰的。」

「我明明沒有碰！」

翩翩走到床邊，手一揮，紅色光圈通通消失，她哼了一聲，將枕頭被子拍了拍，說：「你明天沒午飯吃了。」

阿關還想抗議，翩翩已經坐上床沿，對他說：「快休息吧，明天還有事要做。」

阿關發出嘖嘖的聲音，表示不滿。他拿了些換洗衣服，回頭看看翩翩，見到翩翩坐在床上，撥開窗簾，望著窗外。

「妳好像從來沒洗過澡。」

「我不需要洗澡。」

「嗯？不洗澡不會發臭嗎？」

「你才會發臭，我並不會！」翩翩惱怒地瞪了阿關一眼。

「喔……」阿關呵呵笑著，捧著衣服進廁所，梳洗一番。

回到床邊躺進地上的毯子裡，阿關左翻右翻就是睡不著。他一閉上眼睛，惡鬼和虎爺搏鬥的畫面就浮上腦海，經過一場驚險的激鬥，他的心情還無法平復。

翻覆半晌，阿關忍不住坐了起來，看向身旁的床鋪，翩翩已側身睡著。

阿關盯著翩翩的睡臉看得入迷，索性將下巴靠在床上發呆。他聞到床鋪傳來的香氣，不禁如癡如醉，心裡暗暗想著仙女果真和凡人不同，不洗澡也不會臭。

想著、想著，翩翩突然睜開了眼，和阿關四目相對。

「哇！」阿關嚇了一跳，往後一退，撞在茶几上。

「你不睡覺在幹嘛？」翩翩看著阿關，窗外的光微微映入昏暗的房間，側臥在床上的翩翩，雙眸看來格外水靈動人。

「我、我……我睡不著……」

「睡不著？」翩翩抬起手，伸出食指，對著阿關比了個「過來」的手勢。

阿關先是一愣，情不自禁地湊近過去。

「再過來一點。」翩翩低聲說著。

阿關漲紅了臉，更靠近了一些，此時兩人的臉已相距不到三十公分。阿關不敢張口，深怕一張口，心臟就會從口裡蹦了出來。

翩翩微微一笑，舉起的食指在空中畫了個小漩渦。

「睡眠咒……」阿關這才會意，身子已經一軟，倒了下去，打起呼來。

「眞麻煩的小子。」翩翩轉過身子，又閉眼睡去。

阿關醒來時，已經接近中午。他睡了個好覺，覺得精神飽滿，身旁的茶几上擺著飯菜，翩翩又端來一小鍋湯，看阿關醒來，便說：「快去刷牙洗臉，來吃東西。」

阿關盥洗完畢，坐在茶几前，看著一桌菜餚，不知該先吃哪樣，突然問：「妳昨天不是說不准我吃午餐嗎？怎麼又讓我吃了？」

翩翩沒理他，自顧自地吃了起來。

阿關又問了一次、再問了一次。

「你煩不煩？」翩翩瞪了他一眼。「現在還沒十一點，桌上擺著的是早餐，又不是午餐。你再囉哩囉唆，一過十二點，我就把飯菜通通倒給狗吃。」

阿關聽翩翩這麼說，趕緊扒起飯，連吃三碗，打了個飽嗝。

飯後，翩翩帶著阿關下了樓，阿關跨上石火輪，翩翩側坐在石火輪後頭的置物架上，阿關照著翩翩指示的方向騎去。

「太慢了，騎快點。」翩翩不耐地說：「這可是天界工匠替你量身打造的法寶，別當成一般腳踏車來用。」

「我怕騎太快把妳摔下車。」阿關沒好氣地答。

「笑話，如果你能把我摔下車，別說吃午飯了，你要把我當作奴婢使喚也行。」翩翩冷笑著說。

「這妳說的啊！」阿關腳下加快速度，此時巷子裡沒什麼人，只有幾隻野狗。

阿關體內的太歲之力不但讓他體能超出凡人，連反應力、動態視力等也大大增加，只一眨眼工夫，就從巷尾飆出巷口，一路上還從容地閃過兩隻野狗，和一個中年大叔。

很快地，他們抵達一處郊區。

「來這裡幹嘛？」阿關不解地問：「又要練習跟惡鬼打架嗎？」

「我們來招兵買馬，是用來對付順德邪神的。」翩翩答。

「老土豆應該跟你大略提過，三天之後，順德邪神會舉辦一場遷移主廟的法事。」翩翩撥了撥頭髮，微微笑著。「這一次，換我們反擊了。」

07 黑水潭與灰樹林

「這順德邪神會藉由這場法事，號召千人信徒，一同上山進香。美其名是祈福，實際上是想要吸取信徒們的精力。若我們要擊敗他，就要趁那時，否則等他成功吸取千人精氣再想收伏他，就更難了。」

翩翩繼續說著：「順德邪神爪牙極多，光是麾下邪神就有三十來隻，加上還有數不盡的惡鬼供其驅使，要對付他，光憑我們兩個是不行的。」她說到這裡，突然指著路旁一處山坡。「往那裡騎上去。」

「妳說什麼?那裡沒路啊。」阿關看著一旁那片坡度極陡、上頭長滿了雜草和樹的山坡，路和山坡中間，還擋了條一公尺寬的大水溝。

「我叫你騎你就騎。」

「沒路怎麼騎?」

「眞囉唆!」翩翩有些不耐，身子往前靠去，阿關心頭一蕩，只覺得背後襲來一陣軟玉溫香。

翩翩貼著阿關的背，雙手抓住阿關兩隻手腕，向上一抬，將車頭抬了起來，石火輪前輪騰空，跟著後輪也騰了空，飛馬似地躍過了那大水溝而落在山坡上。山坡雖陡，石火輪卻像是生了根，動也不動，穩穩地停著。

「看到沒？這法寶也能這麼用。」翩翩拍拍阿關的頭說：「你說話啊，嚇傻啦？」

「咦？怎麼回事？」阿關這才回過神來，看看腳下。

「什麼怎麼回事，你剛剛都沒注意看嗎？」翩翩皺著眉問。

「我只記得妳往前一靠，然後就停在這裡了……」

翩翩敲了阿關腦袋一下，說：「你拉車頭，它就會跳，我們剛剛就是這麼過來的！」

「原來是這樣。」

阿關繼續騎著，石火輪騎在坡上，像騎在平地上一樣，不論前頭是什麼草木土石，照樣騎得安安穩穩，極其順暢。

阿關低頭看了看，發現輪子和坡面有一、兩公分的間距，原來石火輪在行進時，是騰在空中的，難怪騎來這麼順暢。

他還發現，石火輪輪子轉動時，隱約泛著銀白色的火光。

往上騎了幾十公尺，山坡沒那麼陡了，前頭一棵枯樹傾斜著長，橫擋在前頭，斜樹上一截樹幹有成人手臂那麼粗，離地面只有約五十公分高，正好擋住石火輪的去路。

阿關正想換個方向繞過那橫長樹枝，翩翩卻抓著阿關肩膀一扯，將他連人帶車都往右帶，車身越傾越低，像是機車賽裡過彎時壓低車身一般。石火輪竟以接近水平的壓車姿勢，鑽過了那橫躺枯木。

「嘩！」阿關回頭看了看那枯木，忍不住讚歎：「這車子真是厲害！」

「早跟你說過了，這可是天界的法寶。」翩翩淡淡地說。

又騎了幾分鐘，四周的樹更高了。翩翩要阿關在一處大樹下停下，兩人下了車，將石火輪靠在樹旁。

阿關四顧著，只見這片小樹林幽幽靜靜，瀰漫著青草芬芳，有種說不出的神祕典雅氣息。他注意到腳邊有朵花好大好美，是濃艷的銘黃色，靠近花蕊部分泛著紅橙，一株花就那麼一朵。阿關忍不住蹲了下來，伸手去摸那黃花的花瓣，只見那花抖了抖，竟緩緩變大。

「哇！」阿關嚇了一跳，往後倒坐在地上。

那大黃花變得更大，且化出人形。

「哪來的無禮凡人！」花精指著阿關鼻子喝問：「你竟看得到我？」

翩翩並不理睬後頭阿關和花精的對話，而是自顧自地往前走了幾步，來到一棵樹下，扠著腰高聲喊起：「出來吧，你們應該已經收到土地神的通知了。」

翩翩才剛說完，阿關便覺得臉旁邊有個東西晃了一下，又嚇了一跳。他轉頭去看，見到一旁樹上有隻狐狸從茂密的葉叢中探出頭來，一雙翠綠色眼睛好大、好亮。那狐狸躍下地來，背後的尾巴又大又美，柔柔擺動，動作極其優雅。

較遠處也有棵小樹動了動，樹幹越變越粗，有成人環抱那樣粗，但卻不高；樹幹加上葉子不過僅比老土豆兒高了一些。那樹幹上還睜開一對眼睛，雙眼底下又長出了鼻子和嘴巴，嘴上還生出一嘴白鬍。

另一邊的草叢裡也動了動，跳出一隻野狗那麼大、長著八隻腳的癩蝦蟆。癩蝦蟆全身墨綠，背上長著或大或小的隆起物，他呱呱叫著，嘴裡還冒出了綠色泡泡。

阿關訝異地左顧右盼，只見到一隻隻精怪從四周現身，竟有百來隻之多。

翩翩伸手一翻，手裡泛起一陣光，現出了昨夜收進虎爺的那只白色石雕寶塔「白石寶塔」，對著眾精怪說：「進來吧，和正神一同奮戰，對付邪神。」

精怪們遲疑了一會兒，你看看我、我看看你。

那老樹精開了口：「仙子啊，土地神的通知是收到了，但咱們可沒答應要參戰啊。」

癩蝦蟆在地上跳著嚷嚷：「就是、就是！我們什麼時候答應要和正神一同作戰了？」跟著後頭也有幾隻精怪起著鬨：「我們不願捲入神仙之間的紛爭吶。」

「我不想充軍！」

「這是你們神仙之間的糾紛，干我們什麼事？」

老樹精張揚起狀如雙臂的枝幹，示意大家安靜下來，接著緩緩開口：「仙子，咱們這些山中精怪平時悠悠閒閒、自由慣了，正神突然要召集咱們去和邪神打仗，這未免也太強人所難了……」

翩翩淡淡笑著說：「是啊，悠悠閒閒、自由自在、無拘無束，誰不想這樣過日子。可你們知道嗎？要不是天界數千年來一邊抵禦著地底魔界，一邊吸納四方惡念，維持著凡間安寧，你們這些小精小怪又如何能夠這樣長樂久安？太歲鼎裡的惡念，也有一部分是你們貢獻出來的。現在天界、凡間逢此巨劫，你們怎能擺出一副事不關己的模樣？」

老樹精擺著手說：「仙子妳這麼講就不對了，凡人放出來的惡念遠遠超過我們精怪，要充軍也該先抓凡人充軍，怎麼會輪到我們精怪？」

癩蝦蟆在一旁幫腔：「對呀！對呀！凡人比蟲還多、比鬼還壞，抓他們去充軍，讓他們死一大票，這樣惡念也會減少啊，豈不是一舉數得，呱呱！」

翩翩搖頭說：「不，大部分的凡人根本沒有和邪神作戰的能力，讓他們去送死，只會無端增加一堆冤魂惡鬼，反倒成了邪神的兵馬爪牙，豈不是更麻煩？」

「更何況，在各地的確已經有一些凡人加入正神陣營，例如這位備位太歲，他昨晚就和幾位凡人朋友，齊心擊退了順德邪神的壓境大軍。」翩翩指著阿關說。

一下子所有精怪們的目光全集中在阿關身上，讓阿關有些不知所措。

「我不信，呱呱！」

「他是備位太歲？」

「看不出來。」

「橫看豎看，不過是個白白嫩嫩的少年呀！」

精怪們起著鬨。

「我在他身上下了隱靈咒，你們自然感應不到他的靈氣。」翩翩這麼說。

「順德邪神勢力龐大，要我們去跟他作戰，只是讓我們平白犧牲而已啊。」老樹精嘆了口氣。

「的確。」翩翩點點頭，繼續說：「和殘酷狡詐的順德邪神作戰，確實十分危險，但在這非常時刻，你們這些精怪們若想繼續過以往那樣悠閒安樂的日子，除了和正神齊心協力一同對抗邪神，還有更好的辦法嗎？或許在征戰的過程中會有犧牲，但這卻是唯一的辦法。」
翩翩說到這裡，頓了頓，環視四周精怪，繼續說著：「若你們繼續偷安，等到被惡念侵襲，到時不只邪神找你們麻煩，就連正神也要征討你們，處境只會更糟，不是嗎？你們得在『與邪神為敵』和『與正邪神兩方同時為敵』之間，做出一個抉擇。」
精怪們交頭接耳，無話可說，那癩蝦蟆卻跳了跳，一臉不服氣地呱呱叫著：「誰說的，我們還有第三種選擇，就是與邪神為友！」
還沒說完，身後一堆精怪紛紛怪叫斥罵：「死蝦蟆你傻了？我們絕不會與順德邪神為友！」
「你吃錯藥了。」
「昨天他才殺了我哥哥。」
「三天前，順德邪神那些傢伙殺了我好多朋友！」
癩蝦蟆自己的好友前兩天才死於順德大帝的爪牙手下，他會這樣講純粹只是口刁，並非真心，話一出口就後悔了。此時被精怪們一陣批判，更是無地自容，急得在地上打轉，前四隻腳在地上扒呀扒，倒像是想要扒出一個洞，好讓自己躲進去。
阿關看那癩蝦蟆這滑稽樣子，忍不住笑出了聲。
癩蝦蟆一聽見阿關的笑聲，更是惱羞成怒，一躍跳上阿關胸前，伸出又黏又滑的八隻腳緊緊抱住阿關。
「哇！幹嘛？」阿關嚇了一大跳，伸手推著癩蝦蟆。

癩蝦蟆緊抓不放，張口罵著：「呱呱，我才不信這小白臉是什麼備位太歲，我看分明是妳這小女娃兒的情人！仙女私會凡人要受罰的，我要稟告上……」

「笨蝦蟆，閉嘴！」老樹精急忙開口阻止。

一道碧光筆直射出，正中癩蝦蟆右肩，將他射得飛了起來，釘在一棵樹幹上。

阿關回頭一看，癩蝦蟆肩上插著的，是翩翩那把青月小刀。

只見白影一閃，翩翩落在癩蝦蟆眼前，右手握著靛月，架在癩蝦蟆脖子上，白嫩的臉蛋上透著淡淡暈紅，像是強壓著怒氣，冷冷笑著說：「你當然可以選擇與邪神爲友、與正神爲敵。你眼前的敵人，已經把刀子架在你的脖子上，有沒有遺言要交代？」

「呱呱呱……」癩蝦蟆嚇出一身冷汗，不住發著抖，大氣也不敢吭一聲。

「仙子妳饒了癩蝦蟆啊……」

「臭蝦蟆只是嘴壞，他並不是眞的站在邪神那邊啊！」眾精怪紛紛替癩蝦蟆求情。

翩翩哼了一聲，將小刀拔下。癩蝦蟆摔在地上打了個滾，摀著傷口退到樹旁，低著頭數手指、撥玩地上的小野菇，再也不敢回嘴了。

綠眼狐狸站了出來，苦笑著說：「仙子，妳也得體諒我們的心情吶，順德邪神的爪牙三天兩頭便上山找咱們麻煩，若是有一點不合他們的意，他們便大開殺戒，我們這些精怪也嘗盡他的苦頭，恨不得那些邪神通通去死。但他們勢力如此龐大，手下邪神惡鬼如此之多，要咱們這些雜牌軍和邪神作戰，豈不等於要咱們去送死。所以大夥們寧願苟且偷生，能躲一天是一天。」

翩翩搖著頭說：「躲得了一時，也躲不了一世，要是眞讓邪神們佔領整個凡間，你們哪也沒地方躲——不過……」翩翩撥撥頭髮，繼續講著：「我倒是知道有個地方，在那裡不會受到惡念的侵襲、不會有邪神惡鬼的威脅，甚至不會有正神們的嘮叨干涉，那才是眞正無拘無束，是所有凡間精怪都夢寐以求的地方。」

「那個地方、那個地方……」老樹精張大了口問：「仙子，妳說的那地方，可是傳說中精怪們的聖地仙境——『洞天』？」

「我聽說過那地方！」

「洞天！」

「那是個好地方啊！」

眾精怪們起了一陣不小的騷動。

「是啊，是洞天沒錯。」翩翩點點頭。

「那究竟是什麼地方？」

「爲何能不受惡念侵襲？」幾隻較年幼的精怪提出了這樣的疑問。

「讓我來說好了。」綠眼狐狸清了清嗓子，長篇大論起來：「洞天，洞裡別有天地。很久很久以前，凡間除了人蟲鳥獸之外，還有數之不盡的精怪。人和精怪爭地，不斷發生大大小小的衝突，天神總是護著凡人，我們精怪也只好不斷退讓。在千年之前，精怪之中一位萬年樹仙了解到，凡間終究將屬於凡人，便聯合幾位天神，協力在凡間與天界的交會點，創造出一個仙境，取名『洞天』。那時，許許多多的精怪都隨著樹仙搬離人間，也有些不願離開的精怪留在凡世。千百年來，那些去了洞天的精怪，偶爾回來人間探探老朋友，有時是受天神委託，幫忙處理些事情。同時，也順道帶來了關於洞天的傳說。」

百來隻精怪都凝神地聽著綠眼狐狸說話。綠眼狐狸繼續說：「我聽我那九尾爺爺提過，洞天是個極其美麗的地方，有吃不完的美果、有飲不盡的瓊漿；花永不凋零、草始終青翠。在那裡才是眞正的無憂無慮，過得比神仙還舒服。」

「仙子呀，洞天眞的有綠眼狐狸說的那麼好嗎——」那些沒聽過洞天傳聞的精怪們，狐疑地望著翩翩。

「包括我在內的這批天界新生神仙，就是天界煉神官專程前往洞天，與洞天長老們合力煉出來的。」翩翩現出了背後那對雪白蝶翅，泛著微微光芒，說：「洞天是我的故鄉，我就是在洞天長大的，那兒的美好難以用言語來形容，我許多年沒回去了，直到現在，都還時時夢見洞天裡的一切，十分懷念。綠眼狐狸對洞天的形容，連百分之一都不及呢。」

「只不過……」綠眼狐狸望著翩翩，問：「據我所知，洞天裡的精怪，可以自在地在人間和洞天兩地悠遊，但人間的精怪卻非得經過層層考驗和審核，才能進入洞天。千年以來，甚少有凡間精怪能被允許進入洞天，卻不知道爲何？」

翩翩嗯了一聲，答：「千年前，精怪們放棄了與人爭地，花費許多心血才打造出洞天這個世外仙境，在洞天裡頭沒有紛爭、沒有戰禍，洞天裡的精怪們比起人世間的精怪更加純樸天眞。若是門戶大開，任何凡世精怪都能自由進出，難免要將凡人惡習惡狀帶入洞天，甚至是邪魔歪道也有可能趁機混入，那洞天就不是洞天了。因此千年以來，若非經過數位天神和洞天女王『樹神』同時首肯，尋常精怪是不能進入洞天的。」

翩翩見眾精怪們露出失望的神情，便又說：「但在這非常時期，天界和洞天有如唇齒，正神最終若是不敵邪神，那麼洞天終究難逃劫難，樹神同意了天界的提議——願意隨著正神征討邪神的凡世精怪們，都能入洞天，成為洞天的永久住民。」

「哇！」眾精怪又是一陣騷動，個個議論紛紛，交頭接耳。其中有些早聽說過洞天美好的精怪們，一聽翩翩開出這條件，便迫不及待地圍上來，嚷著要加入這支義勇軍。

老樹精看了看綠眼狐狸，問：「你覺得如何？」

「這蝶兒仙子一手拿刀、一手提肉，不加入的便要與正神為敵，加入的能進洞天，你說，咱們有選擇嗎？」綠眼狐狸呵呵一笑，跟著靜默半晌，正經地說：「在我很小的時候，就聽爺爺說過洞天裡頭許多事情，那兒是他一心嚮往，卻始終不得其門而入的仙境。若是我能活著進入洞天，那也算是代我爺爺完成了他的願望。」

「拿著。」翩翩將白石寶塔遞給阿關，又拿出一只兩吋大小的金色印章，在一隻排在前頭的花精額上印了印。花精額上放出一陣光，多了個金黃色的烙印，花精好奇地摸摸額頭。翩翩對著她說：「妳可以進寶塔了。」花精看看阿關手上的寶塔，跟著咻的一聲，就飛進了寶塔。

「我也要！」「我也要！」精怪們爭先恐後地搶著報名，讓翩翩印下義勇軍的印記，前仆後繼地進入白石寶塔。

在身上印下這印記，平時看不出來，卻能發出淡淡靈氣，好讓精怪們互相辨識對方是敵是友。

方才那八腳癩蝦蟆不知何時，悄悄地來到阿關身旁，拉了拉阿關的褲角，瞪大了眼睛望著他。阿關看癩蝦蟆一臉誠懇，便對翩翩說：「翩翩，幫他也蓋個印吧。」

翩翩便也在癩蝦蟆的腦袋上蓋了個印，癩蝦蟆這才露出微笑。旁邊一隻小松鼠精呵呵笑著，問那癩蝦蟆：「臭蝦蟆，你不是最怕死？怎麼也想加入義勇軍？」

「呱呱，你懂什麼，我聽說洞天裡頭有千種美味至極的野果，都是凡世吃不到的珍饈美味，我一想到就要流口水咧。到頭來總要選一邊站，那不如搏一搏，你搏不搏？」癩蝦蟆淌著口水說。

「搏！當然搏！」松鼠精跳著嚷嚷，讓翩翩在腦袋上蓋了印，和癩蝦蟆一前一後跳進了寶塔。

不一會兒，百來隻精怪有七八成都進了寶塔，剩下來的，有些說要考慮考慮，有些死也不肯加入。翩翩也不勉強，而是講了幾處地方，那是天界在人間的據點，要他們再仔細想想，隨時都可以去報名。

接著，翩翩收起白石寶塔，滿意地笑著說：「走，我們再去其他的地方。」

石火輪順著小徑騎，冬日午後的陽光曬來格外舒服。

坐在後座的翩翩，看著前方一棵小樹迎面而來，便順手摘了樹上的花。石火輪飛也似地快，翩翩才摘下花，小樹就落後在幾十公尺遠的身後了。

突然，阿關將車子向右一傾，翩翩本來面對左邊側坐，等於整個人往後仰倒。她先是一愣，瞬間反應過來，一手還拈著花，一手撫著長髮，背部幾乎碰到地，卻裝作沒事一樣。

「這樣也摔不了妳。」阿關哼了一聲，心裡暗中盤算其他方法。

翩翩說過，只要他有能耐將她摔下石火輪，不但從此再也不責罰自己，就算要將她當作奴婢使喚也行。

「你在偷笑什麼？」翩翩隨口問。

「我在想到時候要怎麼使喚我的奴婢。」阿關答。

「你不用白費力氣了，想把我摔下車，再練十年吧。」翩翩哼了哼。

騎出了小徑，前面是一條橋，橋下是河。

正騎到橋上，翩翩背後泛出一陣白光，現出一對半透明的雪白蝶翅。她飛騰起來，還抓住阿關雙手，將他連人帶車拎到了半空中。

「哇！幹嘛啊？」阿關還沒說完，竟讓翩翩扔下了橋。

「啊啊啊啊啊！」阿關連人帶車向下墜落，落勢極快，眼看就要砸進水裡。

然而石火輪卻在離水面三十公分時突然減緩了墜勢，像是落在棉花團上，有一股柔和的力量從腳底湧上，像綿密的網子般，保護著阿關，使他連人帶車安然地停在水面上方。

阿關緊握著石火輪龍頭手把，雙腳不由得打著顫。

翩翩呵呵笑地飛到阿關身旁，說：「這法寶不但跑得快，也能保護你不會因爲墜落而受傷，且還能夠在水上騎呢。」

「妳為什麼要惡作劇！」阿關總算回了神，不禁有些惱怒。

「我只是讓你多學點這法寶的用處而已，誰教你剛剛想把我摔下車。」翩翩哼哼笑著。

水勢湍急，騎在水上的石火輪卻像在平地般順暢向前。阿關依著翩翩的指示繼續往上游騎去，翩翩則在他身旁飛繞，不時還伸手抓起水裡的魚放進阿關的衣服裡。

「哇！妳做什麼！」阿關大叫，將魚扔回水裡。

他一手握著手把驅車前進，壓低身子用另一手撥水灑向翩翩，以示報復。

兩人打鬧了一陣，石火輪已騎到了上游。這裡的水勢較為平靜，四周相當寬闊，河的一邊是山壁，一邊是坡地，阿關放慢了速度，欣賞著四周山色。

坡上的樹迎著風舞動，配著藍天白雲，令人神清氣爽。

或許是招兵的行動順利，翩翩顯得十分愉悅。阿關見翩翩開心，也跟著開心。

河面越來越寬闊，阿關覺得奇怪，百公尺前還是清澈的水，此時看來卻是一片深沉的墨綠。繼續騎過了幾個彎道，前頭是一處寬闊的大水潭，這裡的水色已經接近黑色。

廣闊的墨黑色潭水，配著上頭的藍天、四周的綠樹顯得十分突兀。阿關看著腳下的黑水，越騎越小心，甚至不敢讓水濺到腳上。

「這水是怎麼回事？」阿關終於忍不住問。

「我們來晚了一步……」翩翩神色凝重，嘆了口氣。

翩翩還沒說完，阿關只覺得有股麻癢的感覺衝上腦門，趕忙緊張看著四周。水面風平浪靜，卻瀰漫起一股異樣的氣氛。

翩翩手一翻，現出一柄黑色短劍，短劍劍身大約一呎長，劍柄則約四吋長。

阿關見那柄短劍和翩翩之前用的雙月小刀大不相同，便好奇地問：「咦？妳換武器了嗎？」

「這是給你用的。」翩翩搖搖頭，將短劍遞給阿關。

阿關接過那劍，打量了一下，短劍的模樣十分詭異，黝黑色的劍身，布滿一些凹凸不平的紋路，像是上古時代的石劍。那些凹凸紋路，仔細一看，竟是一堆人臉，人臉樣子像是在哭，數了數，大大小小的人臉有十來個之多。他嚇了一跳，問：「爲什麼有一堆人臉？」

「那不是人臉，是鬼的臉。你可不要小看它，這是一把神劍，專剋妖魔鬼怪。」翩翩雙手一翻，慣用的雙月刀已現出手中。「這把劍原本是太歲爺在用的，太歲爺要我交給你，當作你的近戰武器。劍上的鬼臉，是太歲以前收伏的十三隻惡鬼，每隻惡鬼都窮凶極惡、作惡多端。」

「太歲爺把劍給我，那他拿什麼對付邪神？」阿關問。

「呵，傻瓜，太歲爺用的武器可多著了，這柄劍雖然厲害，但太歲爺嫌它不夠威風，所以很少使用，一直都當作收藏品。」翩翩笑著說。

「是啊，的確不夠威風，又黑又短，不曉得威力夠不夠……這把劍有名字嗎？」阿關翻看著這柄短劍，同時感應到四周的邪氣更爲加重，他掛在胸前的伏靈布袋也因此蠢蠢欲動，連手中的短劍似乎也感應到了四周邪氣，發出幾聲極其細微的哭聲。

「劍身是用以前打造太歲鼎剩餘的材料造的，附在劍上的惡鬼以惡念爲食，他們終日哭嚎嘶吼，只想貪婪地吸取惡念，太歲爺便把這把劍取名為『鬼哭』。」翩翩解釋。

阿關不可思議地看著手裡的鬼哭劍。同時，他發現石火輪底下的水色，與他處的水色又有些不同。輪下水色似乎淡了些，沒那麼黑了。再仔細一看，這較淡的水色範圍有兩、三公尺寬，長度則看不清楚。

阿關發現，這巨大的淡色區域似乎跟著自己游動，像是有生命一般。

「水裡有怪獸！」阿關加快了石火輪的速度，那大影卻緊緊跟在後頭。

「小心！」翩翩叫喚一聲。

阿關只覺得眼前天翻地覆，聽見轟隆一陣巨響，整個水面高高隆起。阿關連忙將車頭一轉，騎得老遠，回頭一看，一條巨影筆直竄出水面，伸了老高，是條巨蟒。

巨蟒揚在水面上的身子就有三層樓高，光是一顆頭就有兩輛巴士併起來那麼大，蛇身是墨綠底色帶著五色斑紋，眼睛是一紅一紫。

巨蟒張大了口，紫色的蛇信一吸一吐，吐出團團紫氣，跟著以極快的速度撲蓋下來。

阿關感到一陣天搖地動，黑色的潭水濺了滿天，墨綠色的大黑影朝他壓蓋下來，眼看巨蟒就要吃下阿關了。

突然幾個光圈落雷般地打在巨蟒身上，將他的撲勢打偏了些，阿關也得以勉強駕著石火輪閃過這撲擊。

翩翩在空中飛旋，又打出了幾道光圈掩護底下的阿關。巨蟒發出了尖銳的嘶聲，鑽進了水裡。

四周的水沸騰般地激烈翻動著。阿關覺得恐怖透頂，四周都是黑水，巨大的怪蟒就在四周水底亂竄，像是電影裡的大海怪一般。

巨蟒不斷竄出水面，再竄進水裡，四周一隆一隆的突起物，都是巨蟒扭動的身軀。

阿關緊握鬼哭劍的手正發著抖，他騎著石火輪躲避著巨蟒的追擊。

「別只顧著逃，還不快用劍刺他！」翩翩在空中叫喊，一邊朝巨蟒射出光圈。

阿關努力控制著石火輪，朝著五公尺的前方一處隆起的巨蟒身軀飆去，在那截巨蟒身軀上劃出一道口子。

只見那截巨蟒身軀猛然潛入水裡，震起好大一片黑浪。

幾十公尺外，巨蟒又竄出幾十公尺高，像被鬼哭劍激怒似的，雙色眼都放著異光，蛇信吐了吐，筆直朝阿關撲來。

巨蟒這麼一撲，海嘯般的大浪轟了過來，阿關掉轉車頭閃過黑色巨浪，巨浪打在身後的山壁上，轟得震天響，濺起漫天黑雨。

巨蟒又竄到阿關眼前，石火輪飛快，阿關再次閃過巨蟒撲擊。巨蟒撲進水裡，竄起；又撲進水裡，又竄起；再撲進水裡，再竄起。阿關接二連三地躲過了巨蟒的撲擊，但翻騰的水面令他頭暈目眩。阿關還沒回神，巨蟒再次在他身後竄起，張開血盆巨口就要咬下。

翩翩身子一旋，舞動雙月，劈出數十道五彩光圈，連珠炮似地砍在巨蟒身上，濺出漫天紫血，硬是將巨蟒打進水裡。

在翩翩的空中掩護下，阿關順利騎遠，接著再轉向繞竄，趁機在一處隆出水面上的巨蟒身軀上再刺一劍。他這才看了清楚，巨蟒身軀上讓鬼哭劍刺中的傷口，竟冒出滾滾黑煙。

巨蟒嘗著了苦頭，在水底下游繞一會兒，潛得更深，不再浮出水面攻擊阿關了。

阿關騎上岸，下了車，坐在岸邊大石上喘氣，握著鬼哭劍，緊張地看著黑色水潭。

翩翩落在阿關旁邊，隱去背後蝶翅，嘆了口氣。「這兒本來有條蛇精，平時不但不害人，有時還會救助溺水的人，想不到受了惡念侵襲，竟然變得這麼凶惡。」

翩翩還沒說完，阿關突然站了起來，他的後腦發出一陣麻癢，感應到身後傳來一陣邪氣。兩人回頭一看，十幾頭奇形怪狀的野狼，正從身後的草叢裡慢慢走出。

「連他們也邪化了。」翩翩搖搖頭，一臉無奈地說：「這些狼精本來與世無爭，不但不傷人，有時還會幫著驅趕惡鬼。」

「能召他們加入義勇軍嗎？」阿關問。

「讓惡念侵襲的精怪，當然不能加入義勇軍。」翩翩搖搖頭說：「要是太歲爺在，或許還能將這些狼精體內的惡念驅出，但現在太歲爺不在，這些邪化的狼精隨時都會失控傷人，留不得了。」

「嗯……」阿關點了點頭，握著鬼哭劍，凝神看著眼前的惡狼群。

從樹林裡現身的惡狼越來越多，大都是灰白色，身上皮毛落了不少，有些還帶著爛瘡。仔細一看，這灰林更深處的花草樹木顏色都暗沉沉的，像是圖畫褪了顏色，樹葉、樹幹連著草皮，都是陰慘慘的灰色。

有隻體型和水牛一樣大的惡狼，是狼群裡的頭頭，狼王兩眼上方竟還長了個更大的眼睛，等於有三隻眼，頭上還有幾支犄角，樣子十分奇怪。

狼王高仰起脖子，尖嚎一聲，聲音極為慘烈，其他的狼精也跟著嚎叫起來。

「小心了……」翩翩還沒說完，狼群已經撲了上來。

翩翩一揚手，兩道光圈飛快打去，將一隻惡狼攔腰斬成兩半。「這些狼精入魔未深，應該不難對付。」

阿關嗯了一聲，躲過一隻惡狼撲擊，順勢在其肚子上劃了一劍。那惡狼立時在地上打起滾，夾著尾巴往後退，卻讓狼王凶狠地惡吼一聲，嚇得在原地打轉，傷口還冒著煙，進也不是，退也不是。

又有兩隻惡狼撲向阿關，阿關亂揮鬼哭劍，逼得惡狼近不了身。

「讓我練練兵。」翩翩手一抬，召出白石寶塔，對著寶塔下令：「下壇將軍，出來殺敵。」

只聽見一陣轟天虎吼，虎爺們一隻隻竄了出來，在翩翩身前排成一排，不等翩翩下令，全殺了出去。

一時之間，惡狼和虎爺殺成一團、激烈撕咬。虎爺們的平均身材比惡狼群略小些，只有野狗大小，惡狼精們則大都有獵犬那麼大，數量也比虎爺們多出一倍有餘；但虎爺的凶猛善戰卻是大大勝過這些惡狼群，一陣廝殺，殺得狼群哀號不止、四處竄逃。

那隻白體灰紋的小虎爺，體型雖然只有幼貓大小，但他的凶猛絲毫不遜於其他大虎爺，此時正與一隻大灰狼放單對戰。小虎爺左蹦右跳，靈巧飛快，倏地撲上那大灰狼後背，緊咬住灰狼頸子不放，大灰狼凶狠甩頭，怎麼也甩不下頸子上的小虎爺。

阿關扔出伏靈布袋，三隻布袋鬼爪接連伸出，左右亂扒，將狼精一隻隻抓進布袋裡，足足抓了二、三十頭野狼精進袋子裡。

紅色大虎爺阿火低吼一聲，跳到狼王眼前，狼王、虎王捉對廝殺。狼王體型比阿火更加壯碩，一嘴利牙十分駭人，一開始佔了上風，在阿火身上噬出一片片的齒痕，跟著一個飛撲將阿火壓倒在地。

阿關見阿火讓狼王撲倒，急得喊其他虎爺去救援，但隨即聽狼王發出一聲怪嗥，只見阿火一口咬著了狼王的右前爪，嘎吱一聲，將狼王右前足整個咬斷。

狼王哀號著彈開，打了個滾，阿火已經翻身撲上，紅口一張，緊緊咬住狼王咽喉。

阿火怒眼一瞪，口鼻冒出烈火，那火竟順著狼王的咽喉，自狼王的口鼻燒出。狼王給燒得七竅噴火，讓阿火壓在地上掙扎了半晌，動也不動了。

一時間群狼無首，死的死、逃的逃，虎爺們分頭追殺一陣，聽了翩翩號令，這才紛紛回到翩翩身前伏下。

翩翩清點著虎爺，大都只受了些輕傷。

□

回程路上，翩翩滿意地對阿關說：「你的體能已經增強不少，白焰符也用熟了，再加上石火輪、鬼哭劍、伏靈布袋這些厲害法寶，應該足以自保，一般小妖、小怪不會危害到你的生命了。」

「我有個疑問……妳說等我在陽世間的壽命終結，就會變成神仙，繼任太歲的職位。那假如我被惡鬼殺死，不就等於提前成神了嗎？」阿關不解地問。

「傻瓜，你體內的太歲之力會在你活著的時候不停成長，一直到你壽終正寢爲止。要是你死於非命，例如病死、戰死等，就沒辦法擁有完整的太歲之力，到時候就算變成神仙，也是個幫不上忙的九流神仙。」翩翩這麼回答，跟著又補充：「現在你有太歲力護體，一般的疾病、意外都不會使你喪命，但和惡鬼邪神作戰就難說了，所以太歲爺才要我鍛鍊你，讓你變強。」

「我從來都沒想過自己有一天會變成神仙……」阿關看看天空，愣愣地說：「不過要等我老死，還有很長一段時間啊。還是妳比較好，我倒希望像妳。」阿關說到這裡，回頭看了看翩翩。

「嗯？爲什麼？」

「妳一出生就是神仙，永遠都是年輕貌美的仙女，要是等我老死了，就成了老神仙，和老土豆一樣，拿著拐杖，講話嗯嗯啊啊的……」阿關這麼說。

「……其實……也不是這樣，你說得不對……」翩翩笑了笑。

「我哪裡說得不對了？那不然是怎樣？」阿關問。

風輕吹著、落葉紛飛，翩翩臉上泛著淡淡紅暈，並沒有回答。

「明明就是這樣，我一定會變成老神仙……俺要去看大貓追狗，狗兒蹦蹦跳……」阿關學著老土豆的聲音講話，逗得翩翩笑了起來。

此時已是黃昏，河水早已褪去黑色，在夕陽照耀下，閃動著橙紅色的瑩光。

08 盛大迎神法會

接下來的兩天裡，翩翩的招兵行動並不順利。順德大帝要舉行盛大法會的消息傳遍了四方，精怪們大都害怕地躲了起來。

而今天，正是順德大帝舉行祈福法會的日子。

「你上哪去了？」翩翩坐在速食店裡靠窗的位置，瞪著遲遲才來的阿關。

「我去買了一個很重要的東西。」阿關揚了揚手裡那個大水壺，和另外一大瓶可樂。他仔細地將可樂倒進水壺裡。

「一般邪神若非已經擁有強大勢力，通常都不會太過招搖，深怕成為正神首先剷除的目標，大都低調地偷偷發展勢力。只有這順德邪神天不怕、地不怕，公然率領鬼怪四處挑釁爭鬥就算了，還敢堂而皇之地搞千人法會。」翩翩望著速食店外，對街那處順德廟，外頭聚集著幾個信徒，正忙碌地將一些供品、法器之類的東西，搬上一輛小發財車。

「他自大嘛。」阿關咬了口漢堡。

「自大是吧，今天就讓他好看！」翩翩哼哼地說。

「嗯，讓他好看。」阿關摸摸口袋裡那一大把白焰符，安心不少，這些白焰符都是阿泰寫的。

六婆和阿泰在老人院一戰之後，被送進天界北部據點二療養。據點二表面上是一間醫院，還有個平凡的名字——「文新醫院」。裡頭駐紮著天兵天將和天界醫官。

在醫官的照料下，老爺爺們、六婆和阿泰很快就恢復元氣了。

翩翩藉著託夢遊說六婆，徵用那些虎爺作為征戰兵馬。幹了一輩子廟祝、有著虔誠信仰的六婆，哪裡還需要遊說，在夢裡就義不容辭地應允了翩翩的要求，且還嚷著自個兒也要加入義勇軍，一同對抗邪魔鬼怪。

翩翩顧及六婆年邁，便安排她在文新醫院當義工，負責一些後勤工作。阿泰自然也成了義工，那些老爺爺們在老人院一戰裡大戰順德邪神派出的鬼卒爪牙，都害怕一到外頭，又變成鬼怪們的狙擊目標，便也自願留在醫院當義工。

然而他們名義上是義工，但天界醫官私底下還是會發給他們酬勞，這比一般工作還要優渥的高額薪餉，當然也是讓阿泰和老爺爺們義不容辭的另一誘因了。

於是，文新醫院裡便多了個「特別事務部」，六婆理所當然地成了特別事務部的主管。

阿泰在六婆的逼問下，承認自己其實並沒有在賣臭豆腐，聲稱那些錢是向阿關借的。除了遭到六婆一陣毒打之外，也被逼著每天練習寫符。

阿泰本便寫得一手好字，在六婆嚴格督促下，倒也將幾種符籙寫法練得滾瓜爛熟。於是他的工作之一，就是提供阿關源源不絕的白焰符。

這兩天裡，阿關和翩翩白天騎著石火輪四處招兵，到了晚上，便回到文新醫院，和天兵天將、精怪們進行沙盤推演，討論著法會當天兵分二路，一路攻打順德大帝，一路救援阿關媽媽的計畫。

翩翩清點了兵力，一共有四十六隻虎爺，以及八十七隻精怪；翩翩另外也從文新醫院調來了六位天兵天將，這是他們這次行動中所有的兵力。

而另一方面，在老土豆的暗中查訪下，大致拼湊出順德大帝這場法事的流程——法會當天，各地順德廟都會有信徒參與，人數大約千人上下，信徒們會各自從不同的路線前進，最後在通往山上大廟的道路會合成一條隊伍，浩浩蕩蕩地上山。接著便是連續三天的祈福法會，每天入夜之後，就是順德邪神吸取信徒精氣的時刻。

「我們一定要在今晚之前擊敗順德，要是讓他吸了千人精氣，再想收他，就十分困難了！」翩翩對阿關說。

□

到了下午，兩人按照計畫僞裝成信徒，找了一間看起來較容易混入的順德廟，和廟裡信眾寒暄了幾句，要來兩面順德大帝的旗幟插在石火輪上。這間順德廟裡的人並不認識阿關，兩人跟著這間廟的車隊往山上前進，翩翩坐在石火輪後座，心不甘情不願地搖著順德大帝的旗幟。

從市區抵達郊外山下，自各地而來的信徒們越聚越多。許多乩童模樣的少年站在貨車上，在寒風中赤裸著上身，使勁打著鼓，氣勢豪邁。也有三五成群的婦人，攜家帶眷，提著大包小包供品，夾雜在人潮車陣中前進。

阿關隨著大批信徒浩浩蕩蕩地上山，來到半山腰，終於見到那間順德大廟。大廟樓高四層，布置得富麗堂皇，外頭有好大一片廣場，廣場上已經擺出一張張供桌，供桌上除了鮮花素果，還有一罐罐黑色符水。

一陣喧鬧之後，山路上的信徒們歡欣鼓舞地往兩邊退開，讓出了一條路。幾個乩童抬著一座黃金轎子，前後左右都圍著裝扮特殊的侍者，威風凜凜地走來。轎子裡頭擺著一尊神像，正是順德大帝。

而阿關和翩翩則心知肚明，那轎裡坐著的不過是尊冰冷冷的雕像罷了。他們見到眞正的順德大帝坐在另一座華美金轎子上，由一大群邪神惡鬼護衛著，跟在雕像後方幾十公尺處的空中。

順德大帝一身黃袍，還戴著頂金冠，深褐色的臉滿布皺紋，露在黃袍外的手又枯又瘦，也是深褐色的。當然，底下的信徒們自然是看不到空中的順德大帝眞身。

阿關和翩翩也下了石火輪，與其他信徒一樣跪在路邊，不時偷瞄著正從上空經過的順德大帝眞身。阿關隱約覺得順德大帝在經過自己頭頂上空時，似乎朝自己看了一眼，神情彷彿在笑。

接著轎子隊伍進了廟前廣場，廣場裡極其熱鬧，大夥們都七手八腳地幫忙將帶來的供品堆疊在供桌上。

阿關將石火輪停在廣場前的停車場，跟著走進廣場，在裡頭四處晃。

他走著走著，到了一張供桌旁，桌上疊著一座小塔，仔細一看，是些方形的糕餅，糕餅烏漆抹黑，瀰漫出類似漆黑符水的奇怪臭味；在那糕餅小塔旁的另一張桌子，擺著瓶瓶罐罐的黑色符水。

「順德大帝的靈糕，吃了百病不侵；順德大帝的符水，喝了延年益壽！」一群信徒圍在桌邊，每人手裡端著一只裝著符水的玻璃杯，還拿著一塊糕餅。只見他們一口符水，一口糕餅，彷彿在品嚐著高級紅茶和美味蛋糕。

「眞是有病……」阿關強忍著笑，低聲唾罵。

幾個信徒走了過來，向阿關舉起杯子，阿關也舉起手中杯子，笑著嚐了幾口。

「哼，你這傢伙……」翩翩白了阿關一眼，她兩手空空，顯得有些突兀。

「嗯，味道不錯，喝了符水，神功護體、刀槍不入！」阿關學著信徒的樣子，讚歎地品嚐杯中漆黑飲料。

不同的是，他杯子裡裝著的漆黑飲料，卻是先前準備的可樂。

翩翩也拿了個空杯子，搶過阿關背包裡的水壺，倒出一些可樂，免得讓人發現只有她沒喝符水。

「算你機靈，竟然想到這招。」翩翩喝了一小口可樂，瞅著阿關笑。

「我喝過那符水，比屎還臭……」阿關悄聲對翩翩講，又拿出手機，撥了通電話。

□

巷子裡一片沉靜，只有幾隻野貓在路上遊蕩。

囚著月娥的那間順德廟，廟門緊閉，方才大隊人馬已經浩浩蕩蕩地出發，剩下兩、三個年邁信徒留駐看守。

阿泰在巷口轉角等候許久，一直沒有動靜，此時手機響起，是阿關打來的。

「你們已經到了嗎？我這邊的白癡信徒已經出發了，現在很冷清啊，沒什麼人……」阿泰和阿關又講了幾句，掛上電話，朝後方那停在路邊的廂型車比了個手勢。

車門打開，六婆跳下車，老土豆、綠眼狐狸和兩隻鳥精也先後下了車，車裡還有一位醫官待命。

大夥兒魚貫前進，來到順德廟門口，老土豆領著精怪先行潛入進廟裡探路，阿泰則是「碰碰磅磅」地敲起門來，好半晌才有一個老邁信徒打開廟門。

「你們做什麼？」老信徒問。

「我們來上香啦。」阿泰不客氣地答。

「今天我們不開放喲，你們改天再來喲……」

「啊，囉唆，閃開啦！」阿泰大力推抵廟門，想要硬闖。

那老信徒吃了一驚，本來要出聲喊叫，突然眼前一黑，暈了過去。原來是綠眼狐狸在後頭對那老信徒施了迷魂術。

「你這猴孫，就知道亂來！」六婆唸了阿泰一句，祖孫兩人走入廟裡，小心翼翼將廟門關上。

廟裡供桌前，也有兩個躺倒的信徒，都是讓綠眼狐狸施術迷倒的。

「妖魔鬼怪，邪裡邪氣！」六婆看著四周貼著滿牆黑符，桌上一罈罈詭異黑符水，忍不住咒罵起來。

阿泰走著走著，手指沿著牆壁摸，摸到一張順德大帝畫像，便順手撕了，樂得呵呵笑說：「眞是歹勢喲……」他邊笑，又撕去幾張黑符、踹倒一張椅子，直到六婆怒瞪他一眼，這才安分下來。

「這邊、這邊！」老土豆在廟堂裡一扇小門前，向阿泰招手。

那小門藏在供桌右後方極隱密處，附近堆滿雜物，小門上頭還垂下一張紅巾遮著，若不仔細找，極難發現。

老土豆用拐杖一敲，小門上的鎖喀啷一聲鬆落。老土豆打開小門，往裡頭走，兩隻鳥精緊跟在老土豆身後，阿泰、六婆接著進去，最後才是綠眼狐狸斷後。

小木門後頭接著一條樓梯，往下便是這順德廟的地下密室。

地下密室不大，隔成幾間房間，裡頭暗暗紅紅，十分詭異嚇人。

阿泰和六婆逐一敲著房門，裡頭大都空著。阿泰摸著其中一間房門門把，發現是鎖上的，趕緊敲著門：「有沒有人啊？」

「誰啊……」裡頭傳出月娥微弱的聲音。

「是阿關他媽……啊！幹！」阿泰怪叫一聲，那門把上方竟伸出一隻手，緊緊箍住阿泰手腕。

「鬼法術！」一旁六婆大聲喝斥，從隨身手袋裡掏出一張符，唸了咒語就往鬼手上按。只見紅光一閃，那鬼手縮了回去。

老土豆揮杖敲開木門，大夥兒這才見到月娥端坐在床沿，腳上給鎖上腳鐐。

「你們是誰？」月娥只能見到阿泰和六婆，神情迷惑茫然地問。

綠眼狐狸二話不說，上前迷昏了月娥，再施術將她腳鐐打開，兩隻鳥精托著月娥走出這小牢房。

「好大的膽子！」門外傳來一聲尖叫，一隻紅臉野鬼從牆上探出頭來，又一隻綠臉野鬼從天花板躍下：「什麼傢伙敢闖進順德大帝府來搶人！」

「被發現啦！」老土豆怪叫嚷嚷，舉著拐杖就跟野鬼打了起來。另一面牆上又有兩隻野鬼鑽出，樓梯口也跳下兩隻野鬼。

綠眼狐狸在前頭開路，他是百年狐精，有些道行，尋常野鬼可不是他的對手，但此時四面殺來的野鬼卻越來越多。

「孽障，滾開！」六婆從提袋裡拿出一把符，朝天一撒，符咒閃耀著紅光，野鬼們全摀著眼睛嚷嚷叫起。綠眼狐狸趁勢衝殺，和老土豆協力開路，引領著大夥兒上樓。

一行人出了地底密室，見到順德廟的廳堂裡也聚著一批野鬼。在那二樓的樓梯口，站著一個駝背老太婆，正是阿姑。

「老妖怪出現了！」阿泰大叫著，抓著幾張符對準阿姑，唸著六婆教他的驅魔咒，發出幾道紅光往阿姑打去。阿姑只是眼睛一瞪，那些紅光便彈了開來。

阿姑一步步往樓下走，惡狠狠地說：「你們好大狗膽，敢趁我不注意，進來搶人……」

「你們用邪術蠱惑人心，天理不容！」六婆斥罵。

阿姑不再回話，而是吐了口口水在地上，立刻變化出一個黑色圓坑，一隻野鬼自那黑坑爬出。同時，四周牆壁也有更多野鬼竄出。

「妳以爲只有妳有幫手？我也有！」六婆大喝一聲，從提袋裡掏出一疊白紙，朝天空一撒，同時大聲唸咒。

十幾隻紙人落下地來，圍成一圈，擋下了四面攻來的惡鬼。

「這凡人肉身讓惡鬼佔了，別跟她打，快走！」老土豆急急催促。

綠眼狐狸鼓起嘴巴一吹，吹出一陣紫霧籠罩住整間順德廟，迷住了那些惡鬼。綠眼狐狸在前頭領路，將阿泰一夥帶出了廟。

阿泰攙扶著六婆，兩隻鳥精抬著月娥，頭也不回地跑向停在巷口的廂型車。大夥兒剛上車，便見到後方阿姑猙獰地領著鬼怪殺出那順德廟。

阿泰發動車子，開往大路。

□

法會上的節目一場接著一場，都是些舞獅、放鞭炮、傳道之類的戲碼。

廣場上人聲鼎沸，四周的供品堆成一座座小山，還有些乩童模樣的廟眾跳著奇怪的舞蹈，來回穿梭巡視。

阿關抬頭看看，四周天空都有邪神站崗守衛，像是在防範其他的邪神勢力趁機搗亂。

阿關搖了搖水壺，裡頭的可樂早已空了。他問翩翩：「如果眞的要妳喝符水，妳喝嗎？」

「不喝。」翩翩想也不想。

「空了。不喝會露出馬腳。」阿關揚了揚水壺。

「如果有人要我們喝，你就替我擋下，幫我喝吧。」翩翩這麼說。

「又不是敬酒，怎麼擋？妳不喝會惹人起疑的。」阿關哭笑不得。

「那換作是你，你喝嗎？」翩翩問。

「嗯，不喝。」阿關同樣想也不想地答。

手機響了起來，是阿泰打來的電話。

「他們救出媽媽了！」阿關高興跳了起來，和手機那頭的阿泰問了幾句，高興地向翩翩報喜：「阿泰說他們車子正往這裡開，要與我們會合。」

「差不多是時候了，既然我們都不喝那臭水，那就準備翻臉動手了。」翩翩看看天色，又見到有信徒舉杯朝他們走來，便拉著阿關要往廟裡去。

此時廟門前燃放起了鞭炮，一陣奇異音樂悠然響起。

信徒們聽到音樂，全跪了下來，阿關和翩翩也跟著跪下。阿關湊近翩翩耳際，指著一旁信徒說：「還好我們沒喝符水，妳看。」

翩翩看看身旁，信徒們全都雙眼無神，一臉癡呆，身子不停發著抖。從廟裡奔出十幾個乩童模樣的人，排成了兩列，舞著詭異的步伐，朝天撒起了紙花。紙花一落地，瀰漫出淡淡的煙霧和奇異的香味，信徒們更是如癡如醉。

「小心，準備照計畫行動。」翩翩用手肘頂了頂阿關。

隨著乩童舞到了廣場，信徒們跪在地上慢慢挪移身子，讓出一條通道。廟裡發出一陣光，四隻邪神抬著一頂轎子從廟裡騰空飛出，信徒們瘋了似地哭喊著、磕著頭。

「順德公降世啦——」四周的信徒臉上都掛滿了淚，感動虔誠地磕頭哭喊。

「顯靈啦！」阿關也跟著揮舞雙手，咿咿啊啊地裝哭。

翩翩用手肘撞了阿關一下，皺著眉低聲喝斥：「你別玩了！」

那大轎飛到人群上空，打起轉來，一陣金光乍起，轎子幻化成蓮花座，坐在蓮花上的，正是順德大帝。只見順德大帝換上一身白袍，戴著金冠，盤腿坐在蓮花座上，背後還綻放出金色光芒。

「新學的符術沒忘記吧？」翩翩推了推阿關。

「沒忘，我練得很熟。」阿關伸手掏符。

順德大帝緩緩站起，雙手一張，開口說話：「我的子民……」他一句話還沒說完，兩道藍綠光圈迎面打來，正中順德大帝那張黑臉，炸出好大一片火光。

所有的信徒霎時清醒，驚訝地看著天空。

翩翩竄飛老高，一躍到了順德大帝蓮花座前。順德大帝雙手摀著臉，彎著的腰還沒挺直，翩翩已舞動雙月刀，揮出十幾道光圈，一道道劈打在順德大帝身上。

「是敵人！」順德周圍的四隻護衛邪神這才反應過來，揮動手中兵器，憤怒吼叫著殺向翩翩。

四隻邪神將翩翩團團圍住。一隻長髮大眼、身披黑袍，拿著鋼鐵令牌；一隻白面丹鳳眼，穿著灰色道袍，拿著一柄拂塵，渾身上下露出妖異邪氣；一隻全身披著戰甲，威風凜凜，扛了柄大砍刀，頭盔幾乎覆蓋住整張臉；最後一隻則是個不知打哪兒來的小山神，矮矮胖胖、提著個葫蘆。

翩翩雙手一翻，原本小巧的雙月刀身亮起兩道刀形光芒，一藍一綠，看來就像握著兩把大刀。

她舞動兩道光刀，與圍上來的四邪神展開大戰。一眨眼，這頭白面丹鳳眼的邪神一條胳臂被翩翩斬斷，手中拂塵也斷成兩截；又一眨眼，那頭矮胖邪神的葫蘆也給砍得四分五裂，連帶一條腿落了下來。

身披戰甲的邪神舉刀大砍，翩翩接了三刀，反擊一刀，在那戰甲邪神胸口劃出好大一條口子，黑血噴上天際。

後頭那長髮黑袍邪神正驚愕著，拿著鋼鐵令牌不停畫圓，畫出陣陣奇異黑圈，打向翩翩。翩翩翻身閃過那些黑圈，跟著急飛竄去，一刀將這黑袍邪神腦袋斬下。

另一邊，順德大帝的蓮花座冒出煙霧，緩緩落下。底下的阿關早已抽出兩張符，對準蓮花座急急唸咒，手裡顯現一陣金光。

兩張金黃色的光網筆直射向順德大帝，光網罩住蓮花座，只聽見順德大帝一聲嘶吼，扯著光網想往外逃，卻逃不了。

這是阿關兩天來苦練的新符術——「捆仙咒」。

蓮花座墜地，砸起一片灰，阿關奔搶上前，掏出一把白焰符，對著那蓮花座連續發放白焰，一道一道的白焰，將那邪術幻化而出的蓮花座轟得支離破碎。

此時信徒們大都還搞不清楚發生了什麼事，還以爲又是法會安排的節目之一。

這時守在順德大廟四周的邪神紛紛趕來支援，將翩翩團團圍住。翩翩手一揮，召出白石寶塔，還沒說話，寶塔一震，六名手持大斧、身穿金銀甲的天將已然現身，揮舞著巨斧和第一波殺來的邪神們展開一場大戰。

邪神們其中有些擅長妖術，接連放著綠煙紫煙，翩翩隨即破解；天將們則是身穿重甲、手執巨斧，和邪神們硬拚硬打。一時之間，刀斧相交聲不絕於耳，一道道符術邪法此起彼落，正神、邪神在空中殺得地暗天昏。

白石寶塔又是一震，精怪們一隻隻跳躍下地，每隻精怪手裡都拿了一把符，符還冒出白煙，這批精怪們分頭向廣場四周跑去。

騷動中的信徒們一接觸到白煙，都躺倒下來，呼呼大睡。這符是睡眠咒，目的是在最短的時間內讓信徒睡倒，將騷動減至最低。

不一會兒，圍攻翩翩的這批邪神給殺得節節敗退，有些讓天將斬了，有些則逃回廟裡。翩翩落了地，六名天將跟在後頭。

阿關興奮地跑到翩翩身旁，指著那炸成黑灰的蓮花座說：「哈哈，妳看，我把順德公炸成灰了……」

「廟裡還有許多邪神，他們現在群龍無首，我們殺進去！」翩翩手一招，三名銀甲神在左，三名金甲神在右，領著阿關和眾精怪們浩浩蕩蕩地殺進廟裡。

那些在廟裡幫忙的信徒們起了一陣騷動，兵荒馬亂間，一個個讓精怪們手裡的睡眠符咒迷倒，再被扔出廟外。

大廟正廳有些空曠，才布置到一半，許多畫像和神像都擺在兩旁長桌上，而正殿中央，有一張已經布置好了的神桌，看來氣勢非凡。後頭一尊兩公尺高的順德大帝金身，前頭幾十尊小神像則按大小排列，一盤盤鮮果擺了滿桌，大神桌前還有許多張長桌，全都排滿了鮮果和符水。

「衝啊！」阿關一聲令下，精怪們哈哈笑著，見了東西就砸，拿起水果就吃。

「黑黑的不要吃，會吐！一罐罐的不要砸，很臭！」阿關大聲指揮，他跳上大神壇，一腳一腳地將那些神像全踹下桌，又使勁搬動那兩公尺高的順德大帝鍍金神像。

「好重啊！」阿關漲紅了臉，才將這神像推開了一點，癩蝦蟆和一隻小猴子精上來幫忙，合力將這順德大神像推翻下桌，砸得稀爛。

「太好玩了，應該讓阿泰也來玩玩！」阿關哈哈笑著，似乎還不過癮，左右找看看還有沒有可以砸的。

一樓都是些神像和供品，和一般廟宇並無不同。在正殿後頭，有通往二樓的樓梯，翩翩揮著手，六名天將立時上前開路，大夥兒往二樓殺去。

上了二樓，也有幾間大房，裡頭也有神壇和神像，另外還有幾間雜物室，堆滿了供品和金銀紙錢。途中遇上零星惡鬼，都讓翩翩順手斬了。

「他們在上面！」大軍殺上三樓，三樓有一間大廳和幾間茶水室，是作爲信徒交流談天之用的，此時幾百隻惡鬼在裡頭亂竄。翩翩一聲令下，天將和精怪們全殺上三樓。

惡鬼們哪裡是天將和精怪們的對手，被殺得東逃西竄。老樹精領著十來隻精怪打頭陣，他的雙手時而化成長藤，時而化成枯枝，刺穿了鬼怪們的身子。

癩蝦蟆則是吐出一團團的黏液，鬼怪一碰到黏液，嘎嘎都怪叫著，黏液讓他們的皮肉感到一陣刺痛。幾隻狐狸精現出原形，蹦跳、撕咬著鬼怪。鳥精們飛上空中，從上空夾擊，啄破許多鬼怪的腦袋。小猴子精揮動一支鐵棒，掄得虎虎生風，一棒一棒地將惡鬼腦袋砸了個稀爛。

阿關唸動咒語，召出鬼哭劍，揮動幾下，正想要耀武揚威，卻發現惡鬼們根本近不了身，就都讓精怪們殺光了。

「你們還挺厲害的。」阿關對著老樹精說。

「當然啦，大人。我們都是百年以上的老妖精，那些惡鬼則頂多十來年道行，哪及得上我們？」老樹精邊說，邊揚起枯藤一揮，又揮死一隻惡鬼。

遠遠四、五隻邪神一看見天將，就嚇得往四樓奔逃。

翩翩領著全軍，殺上四樓，四樓空空蕩蕩，有幾根大梁柱抵著天花板，地上鋪著地毯，是順德大廟的集體傳道場。

道場空蕩蕩的，什麼也沒有。

「呱呱哈哈哈！順德邪神的手下全跑光了！」癩蝦蟆興高采烈地跳著，嘴裡還吐著綠色的泡泡。

翩翩卻皺了皺眉，望著窗外斜陽，歪頭想了想，說：「不太對勁，剛剛在外頭殺了幾隻邪神，進到廟裡也只見到五、六隻邪神。我記得上山時，看到的邪神不只這個數目。」

阿關走到窗邊，外頭天際紫紅雲彩飛揚，像是在慶祝勝利一般，卻又顯得詭異莫名。他突然腦袋一麻，感到面前那道牆壁猛然襲來好強烈的邪氣，不禁喊叫起來：「哇——」

轟隆一聲，牆壁竄出兩隻大怪手，一把抓住了他的腰和胳臂。

窗外紅影一閃，一隻身型瘦長的紅色邪神現身在窗外，挺著手上那柄滾動著墨綠煙霧的長矛，迅雷般地破窗刺向阿關。

千鈞一髮之際，後頭撲來的翩翩死命一扯，將阿關身子扯了個偏，刺來的長矛劃過阿關胸口，刺進翩翩右肩。

「啊呀！」翩翩哀號一聲，反手一刀砍斷了長矛，卻拔不出插在肩上的矛頭，肩上傷口滾動著墨綠黑煙。

窗外那紅色邪神扔了斷柄，拔出腰刀，破窗而入，追斬翩翩。翩翩則奮力揮動左手青月，和那紅色邪神死戰，將他逼出窗外。

「翩翩！」阿關在慌亂中召出鬼哭劍，胡亂劈砍著抓著他的兩隻怪手，將怪手砍出一道道裂口。怪手被鬼哭劍砍過的傷處冒出陣陣黑煙，才放開阿關縮回牆壁裡。

兩名天將趕來救援，掩護著阿關和翩翩後退。翩翩的右肩腫脹，一股青氣在全身蔓延開來，她口唇發白、身子顫抖，不停淌落冷汗，知道那矛上附有凶毒邪咒。

四周響起陣陣笑聲，一隻隻邪神從窗戶爬入。阿關望著窗外，只見外頭天際飛蕩著大批惡鬼，個個面目猙獰。

「我們中計了……」翩翩懊惱憤恨地說。

十來隻邪神挺著手中兵器，將阿關等團團圍住。其中一名看似地位較高的邪神，有一張紫臉，披著一襲長袍，望著翩翩緩緩開口：「妳這黃毛丫頭，未免太小看我們順德大帝，這些日子你們四處招兵買馬，消息早傳開來了。」

「大帝英明神武，算準了你們會來法會搗亂，早已做好準備。」紫臉邪神用尖銳的語調說著：「妳這支兵馬倒還有點看頭，識相點，投降吧，歸順我們順德大帝，還能免去一死；我看妳這小丫頭長得挺標緻，說不定大帝還會納妳做妾呢，哈哈哈！」

「閉嘴！」翩翩怒極，身子一竄，猶如一道白色閃電。那紫臉邪神猶自呵呵怪笑，右邊腦袋竟已落了下來。

翩翩一刀斬去了紫臉邪神半邊腦袋，再補一刀將他的身子攔腰斬成兩段。

「喝！」邪神們盡皆駭然，一股腦地全殺了上來，天將和精怪們也只好奮力禦敵，與邪神惡鬼們展開死戰。

翩翩耗盡力氣誅殺了紫臉邪神，此時她身上毒咒發作、搖搖欲墜，阿關連忙上前扶住她的身子，拉著她向後退。

翩翩舉起白石寶塔，頓時虎吼聲大作，出來應戰的是幾十隻剽悍虎爺。

但這道場裡頭有十幾隻邪神帶領眾多惡鬼，六名天將加上虎爺和精怪們，仍然難以抵敵眾邪神們的圍攻，僅能勉強殺開一條血路，往樓下退。

阿關看著四周戰情，心中駭然，只覺得彷彿又回到老人院一戰時的慘況。他揮了幾劍，砍死一隻撲來的惡鬼。

翩翩強耐著肩頭傷處劇痛，奮力指揮著兵馬邊打邊退，退下了三樓。

底下也聚著滿滿惡鬼，阿關帶頭衝下，擲出伏靈布袋開路，精怪虎爺奮勇向前，天將斷後，又是一陣惡鬥。好不容易退到了一樓正廳，廟門已緊緊關閉。

正廳中央站著幾個邪神，居中的邪神，一身黃袍、頭戴金冠，正是順德大帝。

翩翩一方已有三名天將戰死，精怪、虎爺們傷得重的也都躲回了寶塔裡。大夥兒佇在樓梯口，只見到正廳四周擠滿凶狠惡鬼，順德大帝邪氣縱橫，後頭追來的邪神們早已將後路團團圍死，進退無路，精怪們全都嚇得不敢出聲、哆嗦發抖。

「順我者生，逆我者亡，你們投降，跟我一起打天下，到時天下少不了你們一份。」順德大帝口音和藹，緩慢地說著。

「可惡……我還以為炸死你了，原來只是你的替身。」阿關恨恨地說。

翩翩皺著眉頭，全身打顫，只覺得肩上傷處那邪咒極其凶毒，身上力氣幾乎盡失，身子疲軟且疼痛難熬。她咬著牙說：「哼……總算見著你了，你不過是個小神，何德何能自稱大帝？」

順德大帝哈哈笑了起來，說：「太歲鼎崩壞，三界大亂，我順德挺身而出，不過是趁勢而為。勝為王、敗成寇，我有實力，自然可以稱帝。到時我平定了亂局，四方諸神野鬼群魔蒼生，哪個不稱我順德為大帝？」

「這倒也是，看現在局勢，你的確佔了優勢。」翩翩長長吁了口氣，勉強擠出笑臉，手一抬，白石寶塔晃了晃，將精怪虎爺和天將們全都收了進去。

翩翩望著順德，悄聲問阿關：「你的石火輪呢？」

阿關想了想，答：「停在外頭大廟的廣場，跟那些信徒的車子擺在一塊。」

「召它進來……」

阿關愣了愣問：「召？妳教過我召喚鬼哭劍，可是沒教過我召喚石火輪……」

「你只要專心一致，想著石火輪，它就能感應到，你是它的主人。」

阿關點了點頭，閉上了眼，專心召喚著石火輪。

「天庭的叛軍在天界自相殘殺，爭奪首位；人間正神的主力大多集中在南部掃蕩叛軍，無暇顧及北部，這確實是你的大好機會。等你一統北部，凡間正神和天庭叛軍們的戰力，早因為互相征戰和自相殘殺而大大削弱。到那時候，你的確有機會擊敗他們，成為三界之主。」

翩翩望著順德大帝說。

順德大帝挑了挑眉，露出得意的神情。

「不過我認為，你一統三界的計畫還差了個關鍵。」翩翩微微笑著說。

「什麼關鍵？」順德大帝慈眉善目地說。

「你先回答我一件事。我不明白，到目前爲止，至少正神仍然保有一定兵力，大多叛軍爲了延後變成被正神主力掃蕩的目標，大都暗地裡發展勢力。你這樣大張旗鼓，除了增加被正神全力征討的風險之外，到底有什麼好處？即便你吸得了千人精氣，倘若我們傾全力攻你，你現在的勢力仍然難以抵敵。你不會不知道這一點，卻仍然如此猖狂，到底爲什麼？」翩翩苦笑著問。

「小丫頭，妳我都是神仙，天界的情勢，妳知，我會不知？你們在南部投入大部分兵力保護新太歲鼎，受那西王母和十殿閻王大軍牽制，如陷泥沼。就算我再囂張，你們也未必敢分散主力，新太歲鼎若有什麼閃失，剿滅我順德，又有何用？我抓的正是這機會。」順德大帝笑著說。

「再來，本尊大張旗鼓只是表面，爲的只是一個『快』字，現在多的是想要當大王的傢伙，但如妳所說，其他傢伙只敢鴨子划水、暗暗發展。但本尊就是大張旗鼓、四處征戰、辦盛大法會、收千人信徒。這不就快了人家一步嗎？」

翩翩默然半晌，笑著點點頭說：「我明白了，北部另兩大邪神，一個是五星之一，一個是大廟主神，你卻只是個小廟偏神，若是穩紮穩打、慢慢發展勢力，未必快得過他們。所以你爲了一舉成王，寧可走偏鋒、下險棋，使別人不敢使的手段，這是你想要稱王當大帝唯一的辦法。」

「現在證明，本尊的手段確然成功，這就是『大帝』和『土霸王』的差別。」順德大帝哼哼笑著。

「但不論如何，走偏鋒、下險棋，仍不免有風險。古今以來，不論賭技再高明的賭徒，『萬無一失』這四個字，都是說不出口的。」翩翩微笑地說。

順德大帝哈哈大笑：「這個自然，本尊倒不敢說這種手段萬無一失，但本尊卻敢說，不這麼搏，肯定是萬無一得。」

「我倒有個方法，保你萬無一失。」翩翩說。

「是嗎？」順德大帝嗯了一聲。

阿關在一旁用力召喚著石火輪，額頭都擠出了汗，卻一點動靜也沒有。

「備位太歲。」翩翩說。

「我聽說過。」順德大帝眼裡泛出光芒。

「太歲爺的手段你是聽過了的，要是他親自征討你，不要說稱帝，能決定自個兒的死法，就是萬幸了。」翩翩哼哼地說。

順德大帝默然不語，看來還是對這七曜大神太歲爺有所顧忌。

「但若是你手上有備位太歲，你想會如何？」翩翩吸了口氣，保持微笑，指著身旁的阿關。「他就是備位太歲。」

順德大帝眼中瞬間精光暴露，卻又很快消褪，頓了頓，笑說：「妳這麼說，我就會信了嗎？」

「我現在就解開他的隱靈咒，你自個兒判斷。」翩翩邊說，邊在阿關脖子上捏了捏、拍了拍。

「眞是備位太歲！」順德大帝雙眼圓瞪，背後金光大現，喃喃地說：「這小子靈氣亦正亦邪，果然和那歲星一個樣子！」

「要是你有備位太歲在手，便能使正神投鼠忌器，無法盡全力攻打你，你能夠更加安穩地發展勢力。更重要的是，備位太歲能夠操縱太歲鼎，如此一來……」翩翩微笑地說。

「如此一來，我順德要成王稱帝，就是眞正的『萬無一失』了！」順德大帝大笑幾聲，望著翩翩。「丫頭，我聽說過妳，妳是太歲手下最得意的門將，妳現在的意思，是願意歸順我順德了？」

翩翩恭敬地點了點頭，說：「只要您接受我們投降，這備位太歲連人帶車，都當作獻給大帝的禮物。」

「啊?什麼!」阿關聽翩翩這麼說，駭然地睜開眼睛，一臉無法置信。

「連人帶車?什麼車?」順德大帝愣了愣。

砰的一聲，石火輪破窗而入，撞倒兩隻邪神，停在阿關面前。

「別慌！」翩翩看那些邪神個個要撲來一般，連忙說：「這車可是天界法寶，快如電光石火、日行千萬里，是要一併送給大帝的！」

順德大帝手一招，惡鬼們又將整間廟圍得水洩不通，將所有門戶窗子全部堵住。

「既然妳要降，我當然接受。」順德大帝神色陰晴不定，對翩翩說：「丫頭，按照慣例，本尊會將降將囚禁幾天，以防有詐，妳可不要見怪。」

「不，這是應該的。」翩翩點點頭。

順德大帝揚手一招，一名邪神拿出鐵鍊，走向翩翩和阿關。翩翩舉起雙手，待邪神來綁。阿關則呢喃地問：「翩翩……妳眞的要投降？」

那邪神拿著鐵鍊就要捆綁翩翩手腕，只見藍光乍現，邪神的兩隻手都掉到了地上。

「上車！」翩翩又揮出一道光圈，將那邪神斬成兩半。

阿關連忙跳上石火輪，一手握著手把，一手召出鬼哭劍。翩翩也跟著跨上後座，身子像癱了似地伏在阿關背上，低喘著氣說：「我還以爲你召不動石火輪，正在想如何哄他使喚手下去替你牽車呢……」

幾個邪神紛紛指著兩人喝斥：「你們做什麼？」

「不是要降？」

「突然又不想降了！」阿關揮揚鬼哭劍，高聲大叫。

邪神們舉起兵器，凶惡殺上。

順德大帝連忙下令：「賤丫頭可殺！備位太歲捉活的！千萬記住捉活的！」

石火輪飛快，在廟裡亂竄，順德大帝要抓活的，但阿關可承受不了邪神一刀，邪神們因此打得綁手綁腳，沒人敢拚全力廝殺。阿關更仗此只攻不守，翩翩在後座不斷放出光圈。兩人亂衝亂殺，所到之處，邪神惡鬼們不是讓鬼哭劍刺中，就是讓光圈劈中，一下子殺倒了好多邪神。

好不容易，三隻邪神將石火輪逼到角落，全撲了上來。阿關連忙停下車大叫：「降了！我投降！」

三個邪神一怔，急忙止住攻勢，回頭觀望順德大帝的意思。

翩翩才不等順德反應，一揚手就是好幾道五色光圈，射在那三隻邪神身上。阿關趁機重新踩動石火輪，一劍一個，刺倒那三隻邪神。接著又開始在廟裡亂竄，這邊刺一劍、那邊刺一劍。

「好奇怪，爲什麼一下子想降，一下子又不想降呢？」阿關邊刺邊喊。

「敢戲弄本尊！」順德大帝金光乍起，氣得雙眼噴煙，飛撲過來助陣，怒吼著：「不活捉了！通通殺光！」

阿關見順德氣得連眼睛都噴出了煙霧，忍不住笑了，他回頭看看翩翩：「看來我這回眞的要成神了！」

「這順德其實也不過如此，要不是我中了邪術，力氣盡失，否則早把他斬成碎塊了……」翩翩氣若游絲，恨恨地說：「都是我的錯，我太大意了，要是換了秋草妹子，她一定不會犯這錯誤……」

「什麼話，這次戰術是大家一起討論出來的，要怪就怪那順德邪神老奸巨猾！」阿關大聲反駁。

「放心，我不會讓你死的……」翩翩微微一笑。

順德大帝揮舞大袖，左揮一陣金光，右揮一陣黑霧，接著吐出一團黑氣，鋪天蓋地朝著阿關殺來。

眼看順德大帝就要攔下石火輪，翩翩急忙扔出白石寶塔，鼓足全力現出背後蝶翅，抱著阿關飛了起來，將阿關連人帶車都拉進了白石寶塔。

09 八家將和官將首

阿泰駕著廂型車急速駛上山，要與阿關等人會合。

醫官捏著月娥手腕診視半晌後說：「她中了邪咒，十幾種的邪咒。近來醫院裡有好多這種病人，都是順德邪神為了控制信徒施下的邪咒。」

「夭壽死邪神、狗邪神，作惡多端！」六婆聽了，忍不住痛罵順德大帝。她也曾在順德手下金甲神的施術下，被惡鬼附身，此時更是恨得牙癢癢。

「啊！老妖婆追來了——」阿泰看了後照鏡，嚇得哇哇大叫，踩足了油門往前衝。

六婆從車後的窗看去，果然看到後頭幾個乩童，抬著一頂轎子騰空而來。轎子上的簾子敞開著，裡頭坐著的正是阿姑。

阿姑臉色漠然，泛著一股綠氣。

「哇？那是什麼？八家將？」阿泰看了看阿姑轎子身旁那陣頭，一行大約十來個，個個青臉獠牙，手裡拿著各式法器，是大家熟悉的廟會陣頭。

「不，有牙的，」六婆搖搖頭說：「是官將首……」

「是官將首沒錯，全是邪了的官將首！」老土豆點頭附和。

「那死老太婆帶著這麼多惡煞來追我們，你祖嬤才不怕！」六婆這麼說著，一邊從包袱裡拿出紙人和符籙備戰。

阿泰踩足了油門，阿姑的轎子卻更是快得如同飛毯一樣。抬著轎子的官將首們，腳在空中踩踏，看似動作緩慢，但每一步都跨得極大。

幾名搶在前頭的官將首們拿著虎牌、鐐銬等法器，一下子追到了廂型車後頭，揮動法器，轟隆隆擊打著車廂尾端。

「哎呀！」阿泰緊握著方向盤，試圖穩住車子。

一名拿著虎牌的官將首，碰的一聲，打破車尾後窗，左手突地伸長，竄入車廂裡，抓住月娥的腳就要往外拖。六婆大喝一聲，唸了咒，拋出兩隻紙人。

一隻紙人抱住官將首伸入車中的長手，另一隻紙人則將官將首指頭一根根扳開，這才救回月娥。兩隻紙人力氣也大，硬是將官將首推出窗外，再自破窗爬出，撲上那官將首，扭打成一片。

後頭又有四個官將首踩踏著雲霧飛追而來，六婆接連拋出紙人，紙人們爬出窗戶，爬上車頂，護衛著行進中的廂型車，迎戰四面追來的官將首們。這些紙人終究不是官將首們的對手，一下子就被拿著怪異法器的官將首給撕爛了，阿姑那頂紅轎子逼得更近了。

六婆還要扔紙人，老土豆則搶在前頭，伸出拐杖朝著車外一指，車後地上隆起好大一柱土石，一隻官將首閃避不及，撞上土石柱。老土豆操縱著四周土石，阻礙官將首追殺的腳步。

兩名官將首飛得高，一個拿著枷鎖、一個拿著金光鎚，殺上車頂，打飛幾隻紙人，跟著猛地搥擊車頂。阿泰驚駭之中緊急煞車，廂型車打了個轉，橫停在路中，差點翻覆。

阿泰驚魂未定，重新發動車子，但此時官將首們已經飛掠過廂型車，攔在前方，擋住了上山去路。阿泰只得將車掉頭，往山下開。

「怎麼辦！」阿泰怪叫，左右轉著方向盤，閃避在兩旁飛竄游擊的官將首們。

「轉進那條岔路！」醫官指著山道上一條岔路。

阿泰照著醫官吩咐轉入岔路，官將首們依然緊追不捨。阿姑則是乘著轎子，不疾不徐地追在後頭，並不急迫，像似在玩弄著阿泰。

拿著金光鎚的官將首又跳上車，幾記重搥將車頂搥出一個大洞，還從洞外往裡頭窺視，讓車裡的鳥精逮著機會，一嘴啄掉了一隻眼睛，痛得滾下了車。

綠眼狐狸也探頭出窗外，鼓嘴吹出一片紫霧，車後頓時一片深紫，什麼也看不見。

只聽見後方轎子裡的阿姑發出了沙啞的笑聲，跟著射來幾陣金光吹散了紫霧。好幾個官將首全撲上了車，有的擊打車身，有的硬揭車窗。

老土豆揮動拐杖抵擋，醫官手裡既沒有兵器，也不是專職作戰的神仙，只好緊緊抓著官將首伸進來的兵器，與對方拔河。

六婆拿著一把符咒，對著車尾的官將首放出好大一陣紅光，將那官將首震下了車。但那被震下車的官將首，打了個滾又飛追上來，身上一點傷也沒有。

「好厲害的邪魔，我的符一點用也沒有！」六婆氣得大喊。

「怎麼辦？」阿泰驚慌叫著。

醫官好不容易將一個官將首踢下車，肩頭卻也吃了一刀，轉頭向老土豆問：「老土豆，這條路能通到山上順德廟嗎？」

老土豆一邊以拐杖應戰，一邊想著：「這兒？能是能，但是得拐好大一個彎，可能到不了！」

「那能逃回據點二嗎？」醫官問。

「據點二？文新醫院？那不是更遠嗎，不可能撐到那！」阿泰怪叫。

醫官嘆了口氣問：「那……這附近還有其他正神嗎？」

老土豆皺起眉頭，想了想，答：「這一帶……全都是順德邪神的勢力範圍，沒有其他正神啊！」

「啊呀，往前頭右邊那條小路鑽進去！」老土豆突然尖叫著：「從那條路進去，附近有個失聯已久的城隍神！」

阿泰緊急轉了個彎，轉進老土豆指的那條小徑。

醫官皺了皺眉，有些擔憂地說：「失聯了的城隍？那大多是邪化了的！」

「俺前些日子看到他時，他說現在時局紛亂，所以帶著部將避避風頭！俺看他樣子好好的，不像邪神啊！」老土豆答。

「哪有這種事！不是邪神怎麼會和正神失聯？怎麼不出來幫忙抵擋邪神！」醫官連連搖頭。

一聲巨響，一名官將首將廂型車車尾後門整個扯了下來。

六婆唸了咒，車裡最後四個紙人猛然站起，抵擋著官將首的攻擊。

這小徑極窄，好幾次車子不是要撞進左側路旁竹林，就是差點撞上右側山壁，車子上還掛著幾個官將首，一下一下地敲擊車身。

「老土豆，你說的那城隍到底在哪？」阿泰奮力轉動方向盤，擺動車身，試圖逼開車身旁的官將首們。

「就在前面。」老土豆指著前方。

「快掉頭，城隍一定變成邪神了！」醫官大聲喊著。

「俺覺得還是試試看好。」老土豆拐杖冒出幾條枯藤，纏著一隻官將首。

「要是再碰上邪神就完了！」醫官驚慌說。

「現在沒辦法回頭啊，老妖婆就在後頭！」阿泰看看後視鏡，阿姑從容地坐著轎子追在後方，十幾個官將首似乎胸有成竹，輪流飛奔追趕，像是貓兒戲鼠一般。

「有新的邪氣！」醫官駭然大驚地喊：「老土豆啊，你說的城隍果然變邪神了！」

還沒說完，四周竹林颳起了風，發出響亮的樹葉撲拍聲。

阿泰怪叫一聲，他見到在前方小徑不遠處站了個身穿紅袍、滿臉橫肉的黑臉大漢。大漢後頭，站著十幾個大花臉，外觀看來和阿姑帶著的官將首們如出一轍。

「媽呀！長得一模一樣！果然是邪神！」阿泰絕望地大叫，趕緊轉動方向盤，將車子開進竹林，撞倒許多竹子，這才停了下來。

「城隍——」老土豆跳下車，向城隍跑了過去。

「別去！」醫官大喊著：「那是邪神啊！」

城隍發出怒吼：「別過來，土地神！」

「你怎了？不認得俺了嗎？」老土豆噫噫呀呀地說。

「我不是說過，我要避避風頭，要你別來找我嗎？」城隍的眼神銳利駭人。

「俺……俺不是特意要來找你的，俺被邪神追殺……不得不來向你求救啊！」老土豆可憐兮兮地說。

「老土豆！回來！他是邪神吶！」醫官大喊。

城隍怒喝一聲，震來一圈紅光，將那醫官震得七葷八素。

紅轎子追入竹林，一批官將首們全退回阿姑身邊，等著阿姑下令。阿姑微笑不語，臉上泛起奇異神色，似乎對這支城隍陣頭很感興趣。

「不是吧，城隍！你是那麼正義、那麼盡忠職守，你不會也變成了邪神，和順德邪神同流合污吧？」老土豆嚷嚷問著。

城隍看看那批官將首陣頭，哼了一聲說：「和順德同流合污？我不屑！」

阿姑拉下了臉，終於開口：「聽說有處城隍也邪化了，手下還有一支兵馬，原來躲在這兒……」

城隍朝著阿姑怒喝：「回去告訴妳那主子順德，我就算邪化了，就算殺盡凡人，也不會加入順德那條狗賊的陣營！」此話一出，官將首們個個瞪起眼、憤恨尖叫，長長的獠牙發著異光。

「這些日子你應該聽聞過我們大帝的威名，不歸順者，只有死路一條！」阿姑哈哈大笑。

「妳這惡鬼，附在一個已經死去的凡人身上，膽敢如此囂張！那順德算什麼東西，以前的位階比我還低，只比土地神高些，妳叫他親自來見我再說！」城隍也大笑。

「冥頑不靈的傢伙，看我今天就收了你，回去領功！」阿姑大喝一聲，身後十三個官將首全都殺了上去。

「妳有官將首，我有家將團！」城隍也不甘示弱，猛吼一聲：「家將，上！」

城隍身後那家將團陣頭，也殺了上去。

小小一片竹林頓時殺聲震天，竹葉雨一般地落了下來。

十三隻家將大戰十三隻將首，個個捉對廝殺。

城隍一把抓起老土豆，怒瞪著他。

老土豆唯唯諾諾地問：「城隍，你眞的……眞的………」

城隍回答：「老土豆！我的確在邪化，邪化到一半，我的家將們大都完全邪化了，現在他們只聽我的，我不願讓他們被正神征討，只得帶著他們藏匿起來，能藏多久是多久，我們已經沒救了！我幫你一次，幫完了你就滾，再也不要來找我！」城隍說完，將老土豆往廂型車一拋，跟著自己也跳了起來，撲進戰局裡。

「我靠！長得都一樣，我們要幫哪邊啊？」阿泰跳下車，扶起老土豆。

老土豆發著抖說：「不……不一樣，老妖婆帶著的是官將首，城隍爺的則是家將團，就是你們說的八家將。」

「八家將！」阿泰張大了口。

民間信仰中，官將首是神明們四方收伏來的惡鬼，作爲廟中主神的護衛部將；家將團則是城隍爺收伏的山賊，升格成爲部將。這兩路神將的職責皆是掃蕩妖魔鬼怪、護佑鄉里百姓。

綠眼狐狸領著兩隻鳥精跳下了車，想要幫忙，卻認不出哪個是八家將、哪個是官將首。

「他們長得好像！」綠眼狐狸大叫。

老土豆則嚷著：「看他們的嘴，長獠牙的是官將首！」

大夥兒仔細一看，果然官將首嘴邊都伸出兩支獠牙，踮著腳尖蹦跳，步伐詭異卻又異常凶猛；家將團的步伐則顯得陰柔飄逸許多。

「不需要你們幫忙！」城隍怒喊一聲，喝得綠眼狐狸和兩隻鳥精動也不敢動。

城隍拔出大刀，親身指揮作戰。家將團裡有拿著枷鎖的什役、拿著令牌的文差、武差；使著戒棍的甘爺、柳爺；拿著的方牌和魚枷的范謝將軍；後頭的春夏秋冬四季神，則分別拿了木桶、火盆、瓜錘和蛇棒；文武判官則各自拿著毛筆和大鐧，一共十三位。

官將首們則由拿著三尖槍的綠臉損將軍，和拿著長令牌的紅臉增將軍帶頭大戰。然而家將和將首各都是十三名，但城隍親身作戰，阿姑卻仍坐在轎子上，等於十四打十三。

城隍暴喝一聲，揮動大刀帶頭衝殺，家將團士氣高昂，漸漸把官將首陣頭往後逼退。端坐在轎子上的阿姑神色陰晴不定，兩隻眼睛閃動著青光。

「你看那老妖婆動也不動，原來她不能打啊。」阿泰拍拍身旁的老土豆說：「擒賊先擒王，我們去偷襲她！」

「好啊好，俺最喜歡偷襲了！」老土豆嘿嘿地笑，和兩隻鳥精使了個眼色，指指阿姑，隨即打了個轉，鑽入土裡。

精怪們互看一眼，以極快的氣勢，朝阿姑撲去。

阿姑像是早有防備，手一伸，幾道金光乍起，將兩隻鳥精和狐精震飛老遠，後頭抓著一塊石頭衝來的阿泰則嚇得愣在原地，手裡的石塊不知該扔還是不該扔。

阿姑一揚手，朝著阿泰打來一道金光，阿泰身後則竄來兩道紅光，擋下那金光。

「老妖婆，妳忘了還有我啊。」六婆跳下車，手裡還抓著一把符，氣憤罵著：「妳敢打我的猴孫，我跟妳拚了！」

「老妖婆去死！」阿泰扔出手裡的石塊，阿姑大喝一聲，放出金光打落石塊。

突然轎子下方一震，幾截枯木游蛇般竄出，纏上轎子。跟著又是一陣黃光，老土豆從土裡衝出，一拐杖打在阿姑頭上。

阿姑怪叫一聲，掌心上金光乍現，正要攻擊老土豆，六婆已放來紅光驅魔咒，朝著阿姑手上打去，打散了阿姑放出的金光。

官將首們一聽後頭阿姑怪叫，紛紛回頭趕來救援，慌亂之際，被城隍指揮著家將團追在後頭大殺一陣，被打得遍體鱗傷。

阿姑連連怪叫，從轎子裡飛竄到了天空，打了幾個轉，咻的一聲飛出老遠，官將首們也跟著一齊撤退。

「我靠！原來老妖婆會飛啊，還裝模作樣坐什麼轎子。」阿泰朝天空丟了顆石頭，恨恨地罵著。

10 雙星齊臨

「哇啊……」阿關揉著摔疼的手肘，掙扎起身。他見到倒臥在地上一動也不動的翩翩，趕緊上前扶起她，輕輕拍了拍她的臉，慌亂地喊：「翩翩、翩翩！」

阿關環顧四周，這地方周圍是一片廣場，遠處有幾處涼亭、有幾處假山、有小橋流水、有草木花園。更遠處是白色的牆，一共有八面，圍成了一個八角形空間，自己就在這八角形的廣大空間裡。他抬頭一看，就連天花板也是白色的。

大廣場的遠處有條樓梯，樓梯上一陣騷動，天將們奔了下來，後頭還跟著精怪和虎爺們。

「這裡是白石寶塔裡頭？」阿關有些驚訝。翩翩前兩天才教過他如何替精怪下印，將他們召進寶塔，但他卻不知道就連自己也能夠進入這寶塔。

阿關指著翩翩，急忙大喊：「翩翩受傷了，快來看看她！」

「情況不妙……」金甲天將來到阿關身前，看了看翩翩的模樣，從身上拿出一瓶治傷藥，倒在翩翩腫脹的肩頭上。「仙子中了很厲害的邪咒呀。」

老樹精搶上前看看，看不出什麼東西，幾隻精怪也湊過來看，其中一隻花精吐出幾口唾液，抹在翩翩肩上。

「喇叭花，妳做什麼？」

「妳幹嘛把妳的口水抹在仙子身上？」幾隻精怪起著鬨。

「你們懂什麼，我的唾液有療傷的功效啊。」花精扠腰反駁。

「那有什麼了不起，我也會，我也會啊。」

「我也會！」其他精怪都擠了上來，有些也吐了口水、有些拔下幾片腦袋上長的葉子，紛紛要往翩翩肩頭上抹。

「喂！住手——」阿關急得大喊：「你們別鬧了！」

「別胡鬧！」金甲天將擋下那些熱心的精怪，「翩翩仙子身上中的不知道是什麼邪咒，怎麼由得你們這樣胡搞瞎搞！」

「備位太歲大人，我看情況不太樂觀吶……翩翩仙子臉色發青，最多……最多只能撐一個時辰，要是兩個時辰之內不能送回據點治療，恐怕……恐怕……」

「一個時辰就是兩個小時……」阿關算了算時間，看看四周問：「要是邪神殺進來怎麼辦？」

「大人你可放心，這寶塔是翩翩仙子的好寶物，不論邪神用什麼方法，不管用火燒、用水淹，都傷不了寶塔；不管外頭如何地動天搖，寶塔裡頭也安穩如常。」

「剛剛讓順德大帝逼進了寶塔，現在外頭是什麼情形也不知道了，要怎麼逃回文新醫院呢？」阿關懊惱地說。

「大人你先別急，我們上去看看外頭情況再說。」老樹精插嘴。

「咦！這裡看得到外頭？」阿關有些驚訝。

「呱呱，看得到啊，這寶塔可大得呢！」癩蝦蟆跳著說。

老樹精在前頭帶路，往那樓梯走去，一面回頭向阿關說明：「這寶塔共有九層，大人剛剛進來的地方是第一層……」

眾精怪也紛紛七嘴八舌地講解這寶塔的構造。

白石寶塔共有九層，第一層是庭院，第二層是食堂，第三層到第七層是房舍，第八層是會議室，第九層是天台。

來到天台，阿關嚇了好大一跳，差點跌下樓梯。天台是由八根梁柱撐著塔頂，塔外有對紅色大眼，正盯著天台。

「大人別驚慌！邪神看不到我們的！」老樹精扶住阿關，說：「白石寶塔從外頭看，只是一尊石雕而已，若是沒有仙子的咒語，外人是進不來的。」

那邪神提著白石寶塔走，邊走邊看幾眼，似乎也看不出什麼。寶塔外頭，還立了一根根金黃色柱子，卻不知是什麼。

「如果要出去的話……」阿關走到塔邊，望著那邪神。

「如果要出去，只要跳過這護欄，就能竄出塔外了。」癩蝦蟆拍著塔邊護欄。

「那好，我們殺出去！」阿關唸了咒，召出鬼哭劍，一手抓著伏靈布袋，就要往塔外跳。

「哎呀，萬萬不可呀！」老樹精抱住阿關，幾名天將也攔住阿關。

「大人你看，外頭那是什麼？」老樹精指指塔外，阿關看去，只見到塔外那些金黃色柱子，愣了愣，說：「那些……不就是柱子嗎？」

金甲天將答著：「大人，剛剛你們跳進塔後，我們在天台，將接下來的情形看得一清二楚，順德邪神拿起這寶塔端倪了一番，隨即用一只金籠子，將寶塔鎖了起來。」

「你看外頭那些金色柱子，其實就是金籠上的條柱，從這兒向外看去，像是相距很遠的柱子，但實際上金籠子只比寶塔大一些而已，要是大人你跳了出去，身子立時變回原來大小，會被小而堅硬的金籠子擠壓得四分五裂的。」

「對喔，那豈不變成絞肉機絞出來的肉屑了，我竟然沒想到。但是……翩翩她……」阿關這才冷靜下來，跟著他靈光一閃，像是想到了什麼，樓梯口的精怪們發出一陣騷動，石火輪飄了上來。

「這次聽話多了，要你來就來。」阿關牽過石火輪：「那金籠雖然堅固，但要是把石火輪給扔出去，會怎樣？」

「這車……是天工神器……」老樹精想了想：「可能會把金籠擠碎，但也可能被金籠擠碎。」

「那好……」阿關環顧四周，問：「這裡還有沒有堅固的東西呢？」

三名天將們互看了看，解下身上的巨斧，說：「大人，我們用的斧頭應該挺堅固。」

老樹精對著身後精怪說：「大家來幫幫忙，趕緊把塔裡堅硬的東西全都搬來，咱們準備反攻了！」

精怪們一聲歡呼，在寶塔裡四處翻找，搬來一張張石椅、石桌，連庭院裡裝飾用的大鼎也搬過來了。

「啊！這個鼎好，應該撐得破金籠！」阿關拍了拍那大鼎，大鼎足足有兩公尺高、兩公尺寬，材質是類似青銅的金屬。

計畫底定，阿關呼了口氣，看著寶塔外頭，那邪神托著白石寶塔走出順德大廟，轉往大廟後方一處小屋。這間小屋看來像是儲物室，但地板上有塊大鐵板，上面還有個握柄，邪神拉著握柄將鐵板拉起，底下竟然是條樓梯，通往地下室。

「順德就是順德，就愛搞一些密室，做一些見不得光的事！」阿關哼了哼。

邪神提著金籠來到地下室，裡頭空間不大，隔成許多間，牆壁上都寫滿了密密麻麻的咒文。

「這地方幹什麼用的啊？」

「那些咒文好奇怪、好詭異啊！」

寶塔裡頭精怪交頭接耳著，都在討論著詭異地下室。

「這裡應該是牢房，用來囚禁四處征戰而得來的降兵敗將，牆上那些咒文，應該是用來防止邪神惡鬼以邪術破壞牆壁。」天將答。

寶塔裡頭討論熱烈，外頭的邪神已經提著裝有白石寶塔的小金籠進入其中一間小牢房。那牢房裡空空蕩蕩的，邪神一時也不知該將小金籠往哪兒擺，便又提起金籠，好奇地端倪金籠裡頭的白石寶塔。

「要出去就趁現在，別讓邪神把門鎖上。」老樹精提醒。

「好！只要能逃出地下室，騎著石火輪一定逃得掉！」阿關連忙下令：「就是現在，把鼎扔出去！」

幾名精怪合力將那青銅大鼎拋出塔外，轟隆一聲巨響。巨鼎一出塔外，瞬間回復原本大小，果真被金籠條柱切割成千萬條麵條般的細銅條。

儘管如此，金籠瞬間遭到巨力撐擠，底部也出現損壞，幾根金柱被撐離了底座。

而那邪神則讓瞬間炸開來的銅條轟飛老遠，雖然沒受什麼傷，但是也嚇了一大跳。一見這小小的密室地上堆滿了細長的銅條，還不知道發生了什麼事，只得趕緊在銅條堆裡翻找著重要的金籠。

突然又一陣陣巨響自那金籠轟出，原來塔裡的精怪們見那堅固大鼎竟擠不壞金籠，便紛紛將石椅、石桌也扔了出去。

「磅磅磅」的連串巨響，小牢房裡碎石飛揚，炸出來的碎石全打在那邪神身上。邪神驚訝錯愕，卻還是翻找著碎石堆，好不容易翻出了金籠子，卻見到那金籠子沒了底座，籠子上的黃金細條柱七零八落地散開。

邪神慌張地繼續翻找，終於找著寶塔，他瞪大眼搔搔頭，像是不知該如何向順德大帝稟報眼前發生的事。突然眼前黑影一晃，竟是阿關抓著鬼哭劍往寶塔外刺，正中邪神額心。阿關從塔裡跳了出來，跟著是金甲天將。

邪神的腦袋噴出黑煙，手腳還在掙扎著，金甲天將一斧劈下，斬下了邪神的腦袋。

阿關拿著白石寶塔，躡手躡腳地走出密室，外頭長廊空空蕩蕩，除了滿牆咒文外，什麼也沒有。

一隻蜜蜂精飛出塔外作爲斥候，縮小身子飛到樓梯口向外探視，回頭向阿關打了暗號。

阿關和天將一前一後上樓，樓梯一片漆黑，阿關摸黑走到樓梯末端，推了推頭頂上那塊鐵板。鐵板十分沉重，一般凡人極難搬動，天將也伸手幫忙，這才將那鐵板推開。

阿關出了地道，蜜蜂精從門縫飛出了儲物室，一會兒又飛回來，飛在阿關耳旁低聲通報：「大人，咱們現在就在大廟後頭的一間小屋裡，外頭沒人，可以出去了。」

阿關點點頭，將天將和蜜蜂精召回寶塔，不忘吩咐著：「我一出去，就把石火輪丟出來。」

阿關輕輕推開門，前頭就是順德大廟的牆壁，阿關沿著大廟牆壁走，只走了幾步，聽見遠處有些騷動，天上幾隻邪神發現了鬼鬼祟祟的阿關，全都俯衝而下。

「大人，快上車！」塔裡的精怪丟出了石火輪，阿關立時跨上車，猛力踩下踏板，石火輪雙輪閃現火光，阿關連人帶車彷彿化作一道銀光，飆過幾棵矮樹，瞬間就飆到廟前廣場。

此時廣場上有一群矮小妖人，像工蟻照料蟻卵般將信徒排成一列列，還蓋上帆布，深怕熟睡中的信徒有什麼不測，大帝就少了一個可以吸取精氣的信徒了。

小妖人還沒看清楚，阿關已經飆過人群，飆向廣場外的山路。

廟裡響起一聲巨吼，順德大帝又驚又怒地竄出廟外，領著幾隻邪神，緊追石火輪。

阿關口袋裡的白石寶塔動了動，冒出一顆頭，竟是癩蝦蟆的頭，他對著追在後頭的順德大帝喊叫：「呱呱呱，狗邪神呀狗邪神，動作慢得像是烏龜爬，追不到呀追不到，你就是追不到，呱！」

順德大帝怒吼一聲，加快速度，卻仍然只能勉強跟在石火輪後頭。

阿關回頭看了看，也笑著罵：「好慢吶，大帝只能聞我的屁，我看改叫順德小帝好了！」

癩蝦蟆原本只是探頭出來解解嘴癢，沒想到備位太歲也跟著自己罵，一下子精神全上來了，清了清嗓子，大聲說：「不好、不好，我覺得應該叫作順德小屁比較貼切。」

「為什麼呢？」阿關問。

「因為這狗屁神品味實在太差了，呱呱！撒泡尿說是符水，拉坨屎說是靈糕，都臭得和狗屎一樣，這麼低級的行為也做得出來，不叫順德小屁怎麼行呢？」

「好像有點道理。」

「小娃敢消遣我！」順德大帝在後頭聽了，怒吼連連，揮出幾團黑氣，都讓阿關閃過。石火輪速度極快，漸漸甩開了順德大帝，急速往山下飆去。

阿關騎到一處岔路，在岔路那端，往這兒走來的正是阿泰和六婆，兩隻鳥精抬著月娥，醫官和土地神跟在後頭，綠眼狐狸則在前頭開路。

「是你們吶！」阿關大吃一驚，連忙停下車。

「我們上來時碰到阿姑，好驚險吶！」阿泰大叫著：「車子撞在竹林裡撞壞了，只好用走的……」

「我們才驚險，差一點都沒命了。」癩蝦蟆呱呱叫著。

「好了好了，全都進寶塔吧！」阿關連忙對阿泰、六婆，還有自己媽媽下了咒印，將他們也召進寶塔，醫官、老土豆、綠眼狐狸和鳥精等也一一進了寶塔。

「啊呀！」癩蝦蟆大叫：「順德小屁又來了！」

阿關回頭，果然見到順德大帝又飛追而來。只見順德大帝滿臉猙獰、七竅都冒出黑煙，阿關趕緊再踩動踏板，石火輪閃現銀光，又向前狂飆。

「給我停下！」順德大帝憤恨怪吼。

「我幹嘛停下？」阿關回頭叫。

「呱呱！順德小屁生氣了，足見他心眼狹小、目光短淺，一個心眼狹小、目光短淺的小屁想要一統天下，我看是癡人說夢啊！」癩蝦蟆呱呱地嚷嚷。

「對啊，死順德根本在作白日夢！」阿關哼哼地罵。

「要是他發現一統天下只是一場空，肯定要氣得哭了。呱呱，他不但哭，還會抱著他的靈糕符水一起哭，邊哭邊吃邊喝呀，狗屁神最愛吃臭屎了。噁心！」癩蝦蟆說完，還回頭噗嗤一聲，吐出好大一團口水。

順德大帝使盡全力來追，正覺得快要追上石火輪，卻沒料到癩蝦蟆罵到一半還轉頭朝他吐口水，一時閃避不及，讓口水噴了滿臉。

「大人你看，順德小屁兄追不上咱們，真的氣哭了！」癩蝦蟆呱呱大笑。

阿關回頭一看，只見到順德大帝滿臉綠色黏液，不禁笑罵：「哭都哭得這麼難看，還想要當大帝！」

「阿關大人說得妙極了，順德一輩子只能當小屁！」癩蝦蟆拍著手說。

「喝！」順德大帝怒得雙眼火紅、口鼻噴煙，差點沒炸裂了胸膛，但即便他鼓動了一百二十分的力氣卻也追不上石火輪，且距離越拉越大。

順德大帝眼見追不上阿關，索性停下，不再追了，他那批邪神手下跟不上他的速度，都遠遠落在後頭。他隻身飛遠，總不免擔心會遭到其他勢力趁機偷襲，只好放棄備位太歲這到口肥羊。

□

深夜，文新醫院病房內，阿關佇在窗邊發呆。翩翩躺在病床上，一張臉又黑又青，右肩頭腫得像碗公一樣大，一動也不動地沉沉昏睡。

剛才，在兩位醫官會診之下，一致認爲翩翩中的這毒咒險惡異常，一時也無法分辨它的底細，非得要順德大帝親自來解才行。但能逃出順德大帝的魔掌已是萬幸，現在要將他活捉，談何容易。

阿關搖搖頭，又否定了一個想法，他絞盡腦汁，想著各種活捉順德的方法，通通都不可行。

這時，傳來門鎖轉動的聲音，阿關回頭一看，進來病房的老者一身黑袍、神情肅穆，正是太歲。

阿關嚇了一跳，連忙上前迎接，只見太歲身後還跟著另一個白髮白鬚白袍的老人。

「小子，我在南部聽說你的情形，你進步很快，比我想像中還快，已經能夠和邪神對壘作戰了。」太歲望著阿關說。

阿關尷尬地笑笑，心中有些慚愧，知道若是沒有翩翩的保護，沒有六婆、老土豆兒、阿泰、虎爺這些夥伴的幫忙，自己早就死不知幾次了。

太歲拍了拍身旁那白袍老人的肩，對阿關說：「小子，給你介紹，這位是太白星。」

阿關先是一愣，趕緊對著一向只出現在神話傳說裡的太白金星，恭敬地點了點頭。

太白星點點頭，回了一個和藹的微笑。

「我們……中了順德大帝的計，翩翩她……」阿關指著病床，神情懊惱。

「我知道，天將已經向我報告過事情的經過了。」太歲走近病床，看著昏睡中的翩翩，皺著眉說：「本來你們的兵力便不如順德那傢伙，為了阻止這場邪毒法會，以卵擊石也莫可奈何。但小娃兒太過托大，以為憑著自己善戰本領，就能將順德一舉成擒，竟沒有事先通報我們這次的行動，沒有與我們商量，她忘了她還帶著你這個備位太歲，要是出了什麼意外，她如何擔當得起？」

「這次的計畫是我們一起想出來的，不能怪翩翩。」阿關搖頭說。

太白星伸手，指尖泛起一片白光，在翩翩腫脹的肩頭觸了觸，一面對阿關說：「蝶兒仙名義上是你的幫手，實際上是你的保姆，這次使你身陷險境，她難辭其咎啊……」太白星說到這裡，收回了手，翩翩肩頭的腫脹看來消退不少。

太歲問：「如何？」

太白星搖搖頭說：「這邪咒厲害得很，是順德那傢伙自個兒煉出來的，非得要他來解。如果讓我們解，可能要花上好幾天的時間來研究破解方法，小娃兒可撐不了那麼久。」

「那好，我現在就去把那順德給揪過來，替小娃解咒。」太歲看向阿關。「你也一起來吧。」

「現在？」阿關愣了愣，問：「現在再去攻打順德大帝一次？」

「怎麼，你怕？」太歲冷冷地問。

「當然不怕！」阿關大聲回答，趕忙跑到窗邊櫃子前，將白石寶塔、伏靈布袋等法寶都帶在身上，拍了拍臉，準備再次出發。

「德標，要不要一同去？」太歲看看太白星。

「我早想瞧瞧那順德究竟是什麼料，何德何能敢自稱大帝？」太白星笑了笑。

□

月光皎潔，像一盞不滅的夜燈。

阿關騎著石火輪，循著老路，很快就來到了順德廟前廣場。

此時廣場前已搭起了棚架，裡頭是打鼾的信徒，每個棚架外頭都有小妖人看守。

順德大帝正在廟裡正中端坐，廟裡也躺臥著幾十名信徒，一樣呼呼大睡著。順德大帝一邊怒罵，手裡還拎著一個信徒，張大嘴巴對他吸著氣。只見到那信徒們眼耳口鼻，都滲泌出流水般的螢光，螢光流動，全給順德大帝吸進口裡。

「哼。」順德大帝氣憤地將手上那臉色蒼白的信徒隨手一扔，立時有小妖人上前抬起那個信徒，扛出正殿。

順德大帝抹抹嘴，又拎起一個沉睡中的信徒，一邊對著一旁的邪神手下埋怨：「那些傢伙可惡至極，這些信徒身上的睡眠咒極難解開，起碼要睡上一天一夜。本來本尊想藉由法會施放惑心術，讓千名信徒同時釋放身上精力，現在這些傢伙睡得和死豬一樣，累得本尊還要一個個吸取，實在可惡透頂！」

邪神見順德大帝發怒，也不敢答話，只能默默點頭，不時揮手使喚小妖人抬入新的信徒，並將被吸取過精力的信徒搬回營帳內安置，待幾天後恢復體力，還可以供順德大帝再次吸取精氣。

外頭幾隻小妖人見阿關闖進廣場，全圍擁上去。阿關二話不說，召出鬼哭劍就是一陣砍殺，腳下踏板一踩，瞬間撞開半掩的廟門，撞進廟裡。

順德大帝一見是阿關，瞪大了眼，顯得有些驚訝。

「你……」順德大帝雙眼一瞪，廟門磅的一聲緊緊關上，幾隻邪神立時圍上，攔在阿關前後左右，防他逃走。

「你膽子眞大，竟然又回來了？」順德大帝一雙眼睛閃爍不停。

「我覺得剛剛罵你罵得不夠過癮，只好折回來，再罵你一頓。」阿關這麼說。

「哈哈哈，初生之犢不畏虎，指的就是像你這樣的小鬼吧。」順德大帝不怒反笑：「你仗著你腳下那車快，料定了本尊拿你沒辦法？哼哼，我告訴你，這次若再讓你逃了，本尊眞要改名『順德小帝』了。」

「不是『小帝』，是『小屁』，你記性不好。」阿關搖搖頭。

「油嘴滑舌的小子！」順德大帝哼了一聲，雙臂一展，身後黑氣騰生，鋪天蓋地地籠罩住正殿四方；一干邪神守著門窗入口，都舉起手中兵刃，惡狠狠地凝神應戰。

「小鬼，你告訴我，現在你腳下的車再快，要怎麼逃出去？」順德大帝一面說，一面緩緩朝阿關進逼。

「我又沒說我要逃。」阿關手一揚，抛出了白石寶塔，霎時滿室金光閃耀，正殿裡的黑氣登時消散。

在閃耀金光之後，凌空落下了兩個人影，是太歲和太白星。

「啊！太歲、太白！」順德大帝一聲尖叫，向後一跳，不敢相信七曜之中的太歲和太白星就站在眼前。

跟著幾十名天將紛紛從塔裡竄出，或持大劍、或持巨斧，站在雙星身後。

四周的邪神見此情形，都傻了眼，互相呆望，不敢輕舉妄動。

太白星看了看那些邪化惡神，嘆了口氣。「你們本都是正神，受了惡念影響，墮落成邪魔，我不怪你們。只要放下手中兵器，隨我們回去，讓澄瀾替你們淨身，或許還有得救。」

有些邪神趕忙扔下武器，伏在地上；有些驚恐地望著順德大帝，不知該如何是好。

順德大帝滿臉猙獰，惡念侵蝕他的一切，要他放棄好不容易打下來的江山，他如何甘心。他呢喃地問：「本尊不明白，太歲……爺，你們一直都在南部守衛太歲鼎，何故突然北上……」

太歲哈哈一笑，說：「哈哈，你還裝蒜，你、你……你！老夫想起來了，我見過你，你本來只是一個小小山神，天界看你做事勤快，安排你入廟，做正神副手，受凡人香火供奉。想不到你現在自稱大帝了，我們再不過來瞧瞧，你大概連玉皇也不放在眼裡了。」

順德大帝靜默半晌，這才開口：「天界逢此巨變，正神四分五裂，本尊不過也只是順應時勢，自據一方，圖個自保而已。」

「自保？聽說你除了自據一方之外，還四處征戰，若你打的淨是邪神也罷，但你還用邪術蠱惑人心，無所不用其極地吸納信徒，這可是其他邪神不敢做的事呀。你吸取凡人精氣來增強自身邪力一事，我們也早有耳聞。只是老夫可萬萬沒想到，你膽子大到聚集千人信徒，公然舉辦法會，還準備大桌、大桌的迷藥毒湯，你當正神們全都瞎了、聾了？」太歲冷冷地說。

順德大帝一雙眼睛轉個不停，青光一閃一滅，不知在想什麼。

太白星手一招，一陣白光，手裡現出一條銀色繩子，說：「你要自個兒束手受縛，還是要我們動手？」

順德大帝看了看四周，大多邪神都伏在地上投降，廟外雖然有不少鬼怪，但怎麼會是兩星和眾天將的對手。樓上還有不少邪神，卻有不少受了傷，都是讓鬼哭劍刺傷的，傷雖不重，但卻難受得緊，讓鬼哭劍刺傷的部分極難癒合，會不斷冒出黑煙。

順德大帝低下頭，嘆了口氣，緩緩走向太歲和太白星，嘴裡喃喃自語：「本尊走偏鋒、下險棋，搏得了這樣大的勢力，到頭來卻還是輸了。」

太白星淡淡一笑，「這個自然，走偏鋒、下險棋，等於是賭。既然是賭，哪有一直贏的？」

順德大帝雙手慢慢舉起，太白星點點頭，正要伸手。只聽見順德大帝突然暴吼，手上不知什麼時候多了把匕首，向太歲猛然刺去。

「啊啊！」阿關連忙大叫，太歲卻像早有防備一般，兩指一伸，在那匕首刺到眼前時將之挾住。

順德大帝駭然，放開匕首，向後一彈，彈了老遠。

太歲手泛黑氣，挾著那匕首左右翻看，只見那匕首上一片墨綠，轉頭對太白星說：「這上頭的邪咒和小娃兒中的邪咒應該一樣。」

太白星望著順德大帝，搖了搖頭，「你傷了太歲手下愛將也就罷了，在受縛之前還要這手段，太歲頭上動土，膽子果然不小。」

順德大帝身子一抖，牙齒都打起了顫，轉身就要逃跑。樓梯口的路早已讓幾名天將守住，其他的天將提著斧頭，都上樓捉拿那些負傷的邪神去了，只聽見樓上傳來陣陣打鬥聲。

順德大帝眼見上不了樓，轉身想要飛逃，才剛縱身躍起，太歲便已攔在他面前。順德大帝一急，兩張枯瘦的大爪狠狠朝太歲抓去，太歲也舉起兩手，和順德大帝一手對著一手，抓了個緊實。

「吼！」順德大帝整張臉鼓脹起來，深褐色的臉慢慢泛出紅色，似乎是把吃奶的力氣也用了出來。

「你吸取這麼多凡人精氣，好像也沒什麼效果……」太歲無動於衷。

順德大帝臉上猙獰扭曲、青筋暴露，他看向自己的右手，見到太歲和他對握的那手手指慢慢掐進了自己手背。

順德大帝發出低吼，深吸好大一口氣，然後朝著太歲臉上吐出一股暗綠色濃霧。那暗綠濃霧漸漸散去，太歲卻老神在在，像是什麼事也沒發生。順德大帝正不可思議，「喀吱」幾聲，左手已被太歲捏碎了。

順德還沒嚷叫出聲，就見到太歲也微微挺胸仰頭，吸足好大一口氣，朝順德臉上吹出一股劇烈黑霧。

「嘎！哇啊——」順德大帝發出哀號，他臉上被太歲黑霧噴到的地方，像讓開水燙著一般，腫起了一顆顆水泡。又是幾聲「喀吱」，順德的右手也被捏碎了。

太歲大聲朗笑說：「如何？老夫這口氣，比你那口氣嗆多了吧，哈哈！」說完，隨手將順德大帝扔向太白星，太白星手一揮，銀色繩子飄然而出，自動捆住了順德大帝。

順德大帝摔落在地，全身讓銀繩子捆得緊實，像是喪家之犬一樣抖個不停，也不知道是劇痛或是懊惱。

廟門打開，太歲和太白星大步走出，阿關跟在後頭，四名天將押著順德大帝。外頭聚集了大批大批的惡鬼和小妖人，嚎叫著都要來救他們的大帝。

太歲回頭看看阿關。「小子，輪到你了，該是你表現的時候了。」

「啊……」阿關愣了一愣，眼看這麼多惡鬼哪裡打得過，但是後頭兩星、天將們這麼多對眼睛看著自己這眾人期待的備位太歲，怎麼好意思說不打？不行也得行，打不過也得打！

阿關一咬牙，召出鬼哭劍，衝進惡鬼陣中就是一陣亂砍，他扔出伏靈布袋，三隻鬼爪暴竄而出。阿關一手以鬼哭劍禦敵，另一手還抽出白焰符亂射，仗著法寶厲害，一下子倒也殺倒大片鬼怪。

兩分鐘不到，阿關漸漸難以對付這麼多鬼怪，鬼怪們發了狂似地撲上來又咬又抓，阿關刺倒一隻，就有兩、三隻撲來。一個站不穩，阿關讓幾隻惡鬼給撲倒在地，他亂揮鬼哭劍，總算將惡鬼砍死，又站起來，狼狽地殺著。

「這是哪門子打法？」太歲皺了皺眉。

「沒辦法，小備位剛拿到鬼哭劍，卻從沒學過劍術……」太白星笑了笑。

一隻惡鬼撲了上來，阿關閃避不及，眼看又要讓惡鬼撲上，突然一陣黑風，惡鬼已成碎塊。

太歲拿著一柄好長的黑色畫戟，上頭還掛了些吊飾，威風凜凜地站在阿關身前。

「小子，我來教你幾招。」太歲還沒說完，惡鬼們就撲了上來。

只見到太歲手一揮，黑色大戟如暴雷一般左右劈砍，原本聚集著密密麻麻鬼怪的廣場，一下子給掃出了大半片空。

阿關看得張大了嘴、熱血沸騰，他甩了甩手，舉起鬼哭劍想要和太歲並肩作戰。但他眼前腳下只有屍塊，活著的惡鬼都離他好遠，惡鬼們一擁來，太歲便揮戟一掃，不是給打飛老遠，就是破裂碎散。

阿關看看手上的鬼哭劍，雖然也十分厲害，但比起太歲手上那大戟，卻顯得小巫見大巫，難怪太歲嫌它不夠威風了。

原本受了惡念侵染、凶狠狂暴得像是瘋了一樣的惡鬼們，讓太歲一陣砍殺，似乎回了神，登時嚇得東逃西竄。太白星手一招，身後的天將出陣就是一陣追殺。

不一會兒，大多惡鬼逃得遠了，天將們也不再追，回頭押起那些投降的邪神們，喝令他們替一批批的信徒解去身上的蠱惑咒術，而信徒們的睡眠咒只要等天一亮，便會漸漸清醒。

11 洞天

這日天候不佳，天空灰濛濛地飄著細雨。

阿關起了個大早，買了些食物水果，到文新醫院去探視翩翩和母親。

月娥還躺在病床上沉沉睡著，昨晚順德大帝讓太歲掐著脖子猛拍腦袋，不得不領著自個兒邪神手下，替廣場上的信徒們解去惑心邪術；回到文新醫院，又替月娥也解了咒。接著替翩翩解咒，但過程並不順利。

「翩翩仙子中的是『綠毒咒』，這是順德邪神自己煉出來的邪咒，咒術窮凶極惡。昨晚太歲爺押著順德來解咒，邪神雖然解去了咒術，讓翩翩仙子身上的綠毒不至於繼續惡化，危害到性命，但是卻會在仙子身上留下一些後遺症……」醫官對阿關解釋著翩翩的病情，這時翩翩已醒了過來，但有些憔悴，臉色青慘，對來探視的阿關不理不睬，側頭凝望著窗外天空。

「後遺症，那是什麼？」阿關著急地問。

「順德邪神說一般神仙妖精，若在沒有獲得救治的情況下，會在幾個時辰內死去，就算經過醫官們救治，也只能勉強維持住性命。而順德邪神解開了綠毒咒的致命猛毒，但卻無法消除留在身上的一些餘毒……那會有一些……後遺症。」

「那到底是什麼後遺症啊？」阿關不解地追問。

「這後遺症就是……中了這綠毒咒，會從傷口開始……開始……」醫官答。

「醫官，你退下吧。」翩翩突然開口：「阿關，你別囉哩囉唆，吵得我不能好好休息。」

「是。」醫官點點頭，轉身退出病房。

「翩翩，妳覺得好點了嗎？」阿關拿了片餅乾遞給翩翩，翩翩搖頭不吃，阿關只好自己吃了。他望著一語不發的翩翩，問：「妳……妳是不是傷口在痛，所以心情不好？」

「不是……」翩翩搖搖頭。

「咦，小娃兒醒了啊。」這時太歲推開門，來到病床前，看看翩翩，再看看阿關，說：

「我正好有件事要跟你們說……」

「這次攻打順德邪神的行動，妳犯了嚴重過失，妳自己應該知道。」太歲搬了張椅子，在翩翩床前坐下。

「我知道，都是我的錯，我太小看順德邪神了。」翩翩臉色鐵青，點點頭。

「這次的事情，消息已經傳回主營，玉帝、紫微、斗姆、維淳等大神大都已經知道了。昨晚我和他們討論了一番，也已有了結果，但老夫還是想聽聽妳的意見。」太歲靜靜地說。

翩翩點點頭，眼眶有些泛紅，她微微開口，卻沒說話。

「在所有同輩神仙中，老夫最看重妳。妳聰慧過人、又驍勇善戰，老夫一直認爲妳才是最好的人選。但其他幾位大神卻有不同的意見，他們認爲妳行事不免躁進，這會令備位身陷險境……我們討論許久，推舉了幾位人選出來，我想聽聽妳對她們的看法。」太歲摸摸鼻子，像是有些難以啓齒。

翩翩靜默半晌，深深吸了一口氣，說：「……秋草妹子不像我這樣魯莽，她冰雪聰明、處事冷靜，又善解人意，她才是最好的人選。」

「的確，在昨晚的討論裡，這小娃也最受大神讚揚。不過，老夫總覺得她城府太深，猜不透她心中在想什麼；再說，她沒有妳的身手，也是一大缺點。」太歲這麼說。

「經過昨天一戰，我明白備位太歲的職責並非作戰，也不需要善戰，秋草妹子若能讓阿關……讓備位太歲大人時時平平安安，專心學習操作太歲鼎，善不善戰，並不是那麼重要。」翩翩淡淡地說。

「其他大神也這麼說，既然妳也這麼說，那……」太歲點點頭。

「太歲爺，不必考慮了，就這麼決定吧。」翩翩閉上了眼。

「好，我會將這件事回報主營。小娃兒，妳這傷可能得拖上好一陣子，一時也幫不上忙，依老夫之見，妳先回洞天休養，等身體康復之後，再來助老夫一臂之力。」太歲拍了拍翩翩的手背。

「我也這麼想。」翩翩看向窗外，若有所思地點了點頭。

「呃，你們說什麼，怎麼我一句也聽不懂……」阿關忍不住問。

太歲咦了一聲，說：「怎麼，小娃兒沒告訴你嗎？你的任務是備位，而她的任務是……」

「太歲爺！」翩翩提高了聲調。「我會跟他說的，讓備位太歲大人也到洞天走一趟，他經過昨天一戰，也需要休息……」

「也好，這事……就讓你們自個兒處理吧。」太歲點點頭，走出病房。

病房裡只剩阿關和翩翩，靜了半晌，阿關總算開口：「之前聽妳說洞天那麼好，我早就想去了！」

翩翩依然看著窗外，沒有答話。

「妳不要這麼難過，妳一定會很快好起來的，我知道有一家餐廳很棒，等妳好了，我帶妳去吃。」阿關呵呵地笑說。

「或許好不了了……」翩翩看著窗外。

「烏鴉嘴！一定會好的，妳要是不回來，我一定在妳的床上亂跳，把妳的棉被枕頭睡得臭臭的。」阿關大聲地說。

翩翩總算笑了，說：「你老是嫌地板硬，睡起來不舒服，以後那房間就是你的了，床讓給你睡，棉被、枕頭都是你的了，要弄臭就弄臭吧。」

「爲什麼這麼說？」阿關有些訝異。

「你還裝傻，剛剛你沒聽我和太歲爺的對話嗎？我犯了錯，又受了傷，備位太歲不能沒人照顧，天界會換另一位仙子來照顧你。」翩翩微微地笑說。

「換另一位……我怕我會不習慣啊。」阿關呆了呆。

「我只會罵你、罰你，那位仙子和我不同，她聰明漂亮，又溫柔體貼、善解人意。很快你就不記得我了，所以根本不用擔心什麼習不習慣。」翩翩望著窗說。

「胡說，我怎麼會忘記妳？妳在橋上把我抓起來扔下河去，我這一輩子也不會忘記。」阿關誇張地說。

翩翩聽他提起那天在河畔招兵時發生的事，也淡淡笑了。

兩名天將走了進來，說：「仙子，我們已經做好前往洞天的準備，可以出發了。」

翩翩點點頭，對阿關說：「準備一下，帶你去見識洞天。」

□

救護車閉著警笛，靜靜開著，上了高速公路，經過幾處田野，不知開了多久。

算一算快兩個小時了。

「……我覺得讓我騎石火輪的話，可以來回跑十幾趟了。」阿關捏捏脖子，連連打著哈欠。

他已習慣了石火輪的飛快速度，此時坐在救護車上，只覺得像是坐在烏龜的背上一樣。

「大人別心急，就快到了。」副駕駛座的那醫官回過頭來說。

二十分鐘後，救護車下了交流道，那是個偏僻的市鎮，道路兩旁大都是些田野，兩、三層樓高的透天樓房單棟、單棟地聳立在田野空曠處，與北部密集樓房景觀截然不同。又過了一會兒，救護車轉進一條山道，往山上開，在一處岔路前停了下來。

「洞天在這裡？」阿關下了車，有些訝異。

醫官帶路，翩翩由兩位天將攙扶走在後頭，阿關走在最後頭。一行人往山坡上走去，這一走又走了二十分鐘。

醫官在山坡路上一片長滿雜草、毫不起眼的山壁前停下腳步。此時他們一行人位於半山腰，阿關環顧四周，一點也不特殊，與一般鄉鎮山坡景觀沒有差別。

翩翩不再讓醫官攙扶，她自個兒賣力走到那山壁前，緩緩舉起手，對著那山壁畫下一道咒印。

彷彿有一陣清風拂過，雜草柔軟地晃了晃，那小片山壁發出了翠綠的光，現出一個光洞。翩翩領頭踏進光裡，阿關在最後頭，張大了口，也跟著大家走進那光洞。

裡頭是一條寬闊隧道，有幾隻奇怪的精怪，像是螢火蟲一般地發著光，飛在隧道裡照著。

「這裡就是洞天？」阿關似乎有些失望。

「傻瓜，你讀過書沒有？『別有洞天』指的是洞裡別有一番天地，我們才來到洞口，還沒見到『天』呢！」翩翩回過頭來，白了阿關一眼。

一會兒，他們走到了隧道底，又見著一堵牆。翩翩將手放在牆上，又唸了咒語，和之前的山壁一樣，牆泛起綠光，一行人走了進去。

阿關哇的一聲，他們穿過了那道綠光，來到一處約莫有兩個足球場大小的圓形谷口，地上鋪著滿滿柔軟芬芳的青草，還有各種顏色的花，那是他從來也沒見過的花。那些花有的嬌豔、有的柔美，花瓣上都泛著淡淡的螢光。

谷口四周的山壁極高，幾乎要頂上了天，抬頭望去，天空只剩下一個圓，只能從那圓口依稀看得出來有些紅紫色的雲緩緩飄過。

儘管如此，這谷口卻不顯得暗，反而十分明亮。

不遠處的草地上，有一些精怪在嬉戲著，有些手上拿著果子大口吃著。

阿關注意到這圓形谷口的對面，似乎還有條通道，一行人往那通道走去。阿關只覺得這兒的草都好軟，走起路來身子飄飄然的，不一會兒就到來谷口對面，走入那漫長通道。通道有四公尺寬，地上鋪著鵝黃色的石板，兩旁山壁依然高聳入天，此時抬頭往上看，天空只剩一條縫。

通道兩旁每隔幾步就有棵樹，樹上結著許多果子。翩翩伸手摘下兩顆果子，給了阿關一顆，只見那剛摘下兩顆果子的地方，又結出兩顆果子，比摘下來的更大些。

阿關張口一咬，只覺得滿嘴玉液瓊漿，說不出的甘甜芬芳，是他從來也沒吃過的味道，說有多好吃，就有多好吃。

翩翩回到了年幼生長的故鄉，心情似乎愉悅許多。天將和醫官也識趣地跟在兩人後頭老遠，任由翩翩帶路。他們在這長長山道裡走著，許多模樣可愛的精怪從樹上、路邊和山壁上的洞裡探過頭來，望著阿關一行人。

阿關接連拔下身旁樹上的果子，大口大口地吃著：「要是那些精怪也能來，一定會樂死了。癩蝦蟆一定高興到哭出來！」

「你看你吃成這樣，有這麼餓嗎？」翩翩淡淡一笑。

走了一會兒，他們終於走到通道的盡頭，回頭一看，這通道將近有五百公尺長。

「哇——」阿關叫了起來，這山壁窄道外頭連接著一片廣闊平台，平台上也鋪滿鵝黃色石板。

而在平台之後，是一片看不見邊際的遼闊大地，底下的平原長滿青翠的草和五彩的花。大平原的遠處有森林、有高山、有溪流、有湖泊，簡直就是另一個世界。

阿關再回頭看，這平台位在一座大山底下，這座高山便是洞天入口，山頂上有個洞，若是朝著這洞口往裡頭看，便能見著方才他們經過的圓形谷口，形狀便好似一座挖空了的火山。

阿關奔下小坡，不斷跑著，下坡時還打了個滾跌進草裡，像摔在棉花堆裡一般，一點也不疼痛，反而十分舒服。阿關索性躺了下來。

這時的洞天是黃昏景色，橘紅色的天空飄著五色斑斕的雲，遠處泛著如同極光的光芒。天空上有一群一群的飛鳥，不時還有幾隻尾巴泛著焰光的鳳凰掠過天際，在天空畫出一道道的長霞。

「怎樣，漂亮吧！」翩翩走到看得呆了的阿關身邊，將他拉起，繼續向前走。

翩翩身旁跟著許多五彩蝴蝶，她伸手摘了幾株地上的花，那些剛被摘下花朵的花莖斷處，立時又長出了新的花朵。

翩翩將花朵在手中擰揉一番，撒向天空，四散的花瓣幻化成五彩螢光，在空中旋繞紛飛，蝴蝶們紛紛飛入那陣花光裡，翩然共舞。

「好美——」阿關猶如身處夢境，覺得若是能在這個地方過日子，便是天地間最美的事。

大平原上不遠處有座村落，裡頭住的全都是精怪。阿關一行人逐漸接近村落，精怪們紛紛圍了上來，有些摸摸阿關的頭、有些捏捏阿關的臉，似乎對這半人半神的備位太歲感到十分好奇。阿關尷尬笑著，任由他們去摸。

阿關一行來到一個大帳篷前，他聽身旁醫官講解，才知道這是精怪們特地為他準備的房間，大帳篷旁還有頂小帳篷，則是為翩翩準備的。

幾個人形模樣、身材姣好、頂著尖尖耳朵和翹挺鼻子的狐狸精，從小帳篷裡走出。

他們扶著翩翩進入那小帳篷，阿關跟在後頭，也想進去，卻讓翩翩一把推了出來，對他說：「裡頭的狐仙姊姊要替我看病，你在外頭等。」

阿關在帳篷外等了半晌，一群精怪對著他指指點點，讓他感到渾身不自在。

「我自己逛逛，待會兒就回來。」阿關對一旁的兩位天將打了聲招呼，自顧自地走出了村落。

走著走著，便發現前頭有條小溪流，寬度只有十來公尺，還有許多兩、三公尺寬的支流，溪水是翠綠色的，極其清澈。

阿關見這溪淺，便脫下鞋、捲起褲管，踩進水裡，溪水只及他的膝蓋。

仔細一看，水底全是銀亮的石頭，水中還有些美麗的魚群和鮮艷的水草。

阿關順著溪水往上游走，只覺得溪水清涼無比。他看看褲管邊緣才被水濺濕，卻又立時變乾。阿關覺得奇怪，便掬起一手水，往胸前一淋，暢快無比，濕了的衣服在十幾秒內也馬上乾了。

阿關一聲歡呼，整個人撲進水裡，游了起來。

來到了上游，有一片高高低低的水潭。這水潭的模樣十分奇特，大大小小的平台堆疊在一起，像是梯田，也像是人工水上樂園。

每個平台裡的水都只到大腿一半而已，而那些平台有的較小，只有十來平方公尺，大的也有到達一平方公里以上的。

由於每片水潭裡的石子顏色不一，映出來的水色也各不同，有銀藍色的水潭、也有紅橙橙的水潭，更有五彩繽紛變幻閃爍的彩色水潭。

阿關讚歎不已，看到身旁有棵直接從水潭裡長出的樹，葉子是火紅色的，樹旁水面漂著一堆紅色落葉。他踩在水中，望了望天上黃昏景色，再瞧瞧四周晶亮水景，好似綺麗夢境一般。

一隻小松鼠精從樹上跳了下來，跳在阿關脖子上，抱著他不放。阿關呵呵笑著，也不趕他，自顧自地潛入水裡，游了起來，小松鼠鬆開了手，也在阿關身旁游。

水雖淺，但浮力奇大，阿關翻身仰泳著，也游得輕鬆自在。那小松鼠跳在阿關胸口上躺著，和阿關一起看著天。

阿關望著天上流雲，游著游著，又游過幾棵樹，其他幾棵樹上的小精怪也跳入水裡，跟著阿關一起游。有些樹長著藍色葉子，有些樹長著紫色葉子，各種顏色的落葉紛紛落下。有些小精怪聚在阿關胸腹上，撿起落葉堆疊起小玩物，或是將一片片落葉往阿關臉上堆，阿關便鼓起嘴吹氣將那些落葉吹上天。

不知過了多久，阿關又漂到了原處，上了岸，甩甩頭、撥撥衣服，穿上鞋子。他的身子立時乾了，一陣風吹來，阿關覺得神清氣爽，衣服似乎比下水前還乾淨。

他回到了村落，那些小動物精怪還抱著阿關不放，兩隻小松鼠精在阿關頭上圍成一團，看起來就像是戴了頂毛帽子。

「大人，翩翩仙子說你可以進去了。」天將對阿關說。

阿關走進小帳篷裡，見到翩翩坐在一張竹製小茶几前，茶几旁另外坐著的，就是替翩翩醫病的狐仙。

那狐仙嫵媚動人，一對鳳眼像是會勾人魂魄，不過頭上長了兩隻狐耳倒十分醒目。

翩翩看了阿關一眼，冷冷地說：「裔彌姊姊已經替我治好了病，你上哪去了？這是什麼樣子？」

「我無聊四處走走……」阿關摸摸鼻子說。

「這位就是備位太歲大人吶，好俊的少年，來來，快來這裡坐。」狐仙裔彌招呼著阿關坐下。

阿關走了過去，經過一旁的鏡子，看見自己身上攀著一堆小精怪，這才覺得尷尬。他屁股上也有隻小精怪抱著不放，無法入座。

「去、去、去，去別邊玩去，我們要談正經事。」裔彌揮著手驅趕那些小精怪。

那些小精怪便紛紛都跳下地，嘰嘰喳喳地叫著，蹦跳離去。只有阿關頭上那兩隻松鼠精，還緊抱著他的腦袋不放。

狐仙朝兩隻松鼠精吹了口氣，阿關只感到一陣香風襲來，小松鼠們跳了下來，吱吱叫了兩聲，也跳出了帳篷外頭。

「狐大仙。」阿關搬了張椅子坐下，向裔彌點了點頭。

「備位大人，你叫我『裔彌』就行了。」裔彌笑著說。

「裔彌姊姊。」阿關點點頭。

翩翩以手輕搗肩頭，低頭不語，臉上的氣色仍然青青慘慘。

「蝶兒仙身上這綠毒咒，真是極其陰險毒辣，順德那邪神應該推出去斬了。」裔彌露出愁容。「這毒咒致命的部分雖然已經化解，但餘毒仍然留在蝶兒仙身上，造成的某些症狀會讓蝶兒仙痛苦不堪。」

「……治得好嗎？」阿關聽裔彌這麼說，皺起了眉頭。

「這我不敢保證，但我一定會盡全力來醫治，待會兒我會動身去採些藥草。」裔彌這麼說：「備位大人，你先歇息吧，晚點樹神會擺出晚宴，特地慰勞你們。」

阿關點了點頭，他看著面無表情的翩翩，覺得有些心疼。

□

天色漸漸轉暗，村落裡的精怪忙碌了起來。在一處空地上，有幾十隻精怪搭起了大帳篷，將一些木頭桌子紛紛搬入。在帳篷外還架著幾頂大爐大鍋，烹煮著東西。另外有些精怪搬著一箱箱的東西，箱裡裝的都是食物。

阿關抬頭看天，天色從橘紅變成紫紅、從紫紅再變成深紫黑。大大小小的星星漸漸冒了出來，便連星星也是五顏六色的。

他看見遠處有一行人馬，安安靜靜地走了過來。

天將招呼了一聲，帶著阿關走進那剛搭好的大帳篷裡，大帳篷裡鋪著深棗色的地毯，精怪們大都席地而坐。

阿關和翩翩也在帳篷一角坐下，阿關只覺得地毯好柔、好軟，坐在上頭，比坐高級沙發還要舒服。

精怪們陸陸續續進了帳篷，似乎都是各個小村落的領頭，大夥兒一進來便隨意找地方坐下。有些精怪會向阿關打個招呼，阿關也點頭回禮；有些精怪則是惋惜地看著翩翩，上前慰問幾句。

又有一群精怪走了進來，帶頭的是十來個妙齡女子模樣的美麗精怪，這些精怪後頭是個灰袍老婆婆。那婆婆年齡看來極老，臉上皺紋密布，一頭銀亮白髮梳了個髻，神情和藹。這婆婆就是洞天的女王——樹神。

阿關聽到一旁天將介紹，想要起身恭迎，卻又不知道精怪之間的用餐禮儀，他轉頭看看翩翩。翩翩抬起頭來，看著緩緩走近的樹神，嘴巴微張想要說些什麼，卻終究沒有開口。

樹神來到阿關和翩翩身旁，也坐了下來。阿關才剛站起，不知是要拱手還是鞠躬，見樹神婆婆大剌剌地盤腿坐下，竟不知所措，只能尷尬笑著，他從來沒有在宴會上和一個女王吃飯的經驗。

「孩子，別拘謹，在這兒不需要在意太多凡人規矩。」樹神呵呵笑著，摸了摸翩翩頭髮，

翩翩眼眶微紅，嘴角動了動。

「小蝶兒仙，我聽說了妳的事情，妳身上那邪惡毒術，我們會想辦法替妳醫好的，妳別擔心，一切都會沒事的。」樹神緩緩說著。

翩翩點了點頭，沒說什麼。

外頭漸漸熱鬧了，更多的精怪聚集而來，大都直接坐在帳篷外頭的草地上。

一聲歡呼自外頭響起，幾十名精怪捧著大簍大簍的食物走入帳篷。

阿關看得十分有趣，那些精怪們抬著的大簍子裡，裝的都是一包一包用大葉子包裹起來的東西，冒出陣陣香味；另一些簍子則各裝了一只大瓶子，每只大瓶子顏色也不同。

一名精怪將那溫熱的大葉子包裹分給每一個精怪，精怪們也一一回禮，連樹神都不例外。翩翩接過了一包食物，也微笑向那分食物的精怪點了點頭。阿關便也有樣學樣，雙手捧過葉子包，點頭致謝。

仔細一看，那葉子很大，有點像是凡世的荷葉，卻又有點不一樣。阿關將葉子掀開，泛起一陣蒸騰香氣，讓他口水都要流出來了。

葉子裡頭包著各式點心，有些菜餚則用更小的葉子包覆成一捆，阿關吃了好幾樣小菜，都讓他讚不絕口。

一隻精怪遞來一只水壺，阿關舉起杯去接，只見那壺中倒出了淡紫色晶亮液體。阿關接

過喝了一口，有些陶醉，他從沒喝過這麼好喝的果汁。

身旁的精怪遞來不同水壺，讓阿關嘗試各種顏色的美味果汁。只見每種果汁顏色迴異，有些果汁上漂浮著小果粒，有些果汁五顏六色地在杯中滾動，卻又不會互相混合。阿關喝得眼花撩亂，只知道這些果汁要是拿到人間販售，必定會造成轟動，成為暢銷飲品。

此時，一個粗壯精怪走進帳篷，阿關看他模樣，身材高大魁梧，臉上塗著暗紅色的圖紋，耳朵垂到下巴，身上穿著藤蔓結成的戰甲，威風凜凜、氣勢不凡。那精怪走到阿關這夥前，盤腿坐下。

樹神指著那精怪，向阿關介紹：「紅耳是洞天第一勇士，兩百年來，一直是洞天最強悍的守護者。」

那叫作「紅耳」的精怪向樹神點了點頭，伸出一隻大手，握了握阿關的手。阿關覺得紅耳的手既粗且厚，十分有力。紅耳摸摸頭，張大了嘴笑著，揭開一包食物大口吃著，一手拿著壺就口喝，一下子就吃完一包食物。外頭朋友喊了他幾聲，他又跑了出去，與朋友吃喝起來。

「洞天第一勇士……」阿關看著紅耳那副豪氣模樣，心裡十分欽佩。

一旁的翩翩卻始終沒有動葉子包裡的菜餚，只是輕輕啜著杯中果汁，愣愣地發著呆。

「孩子，你要好好努力，人間就靠你了。」樹神婆婆吃到一半，突然轉頭對著阿關冒出這句話。

阿關愣了愣，連忙點頭回應：「嗯……我……我一定會好好努力！」

樹神婆婆看了阿關的模樣，呵呵笑了起來，轉身又摸了摸翩翩頭髮：「小蝶兒，妳也要打起精神，事情不會再壞了。不管如何，妳生於洞天，一直是我們的家人，等妳身子好了，凡間大劫過後，別忘了將小蜻蜓、小瓢蟲他們都叫來玩，我也挺想念他們。」

「是……」翩翩勉強擠出笑容答應著。

樹神說完，便站了起來，由幾位精怪攙扶著，先行離開了。

阿關目送樹神婆婆離開，從大葉子包裡抓出一個點心，遞到翩翩口邊說：「這個非常好吃，妳一定會喜歡。」

翩翩搖了搖頭，用手裡的筷子撥了撥大葉子，又放下筷子，一點食慾也無。她嘆了口氣，站了起來，走出帳篷。阿關也連忙跟了出去。

夜晚的洞天更是美艷絕倫，天上星星無數，有些星星大得嚇人，綻放著美麗光芒，還有一團一團形狀特殊的星雲。

草地四周飛舞著彩色螢火蟲，大草原上有些精怪生起了營火，快樂地嬉鬧著。

阿關跟在翩翩身後，一前一後在草原上走著，他們走出了村落，漫步在遼闊的草原上。夜晚的風好清好涼，阿關深吸著氣，覺得整個胸腔都充滿清涼。不一會兒，兩人來到阿關先前玩過的那溪水前，翩翩在溪畔坐了下來，在草地上抱著膝蓋看水。

「妳都不吃東西。」阿關走到翩翩身旁，遞了顆果子給她，是他在樹上順手摘的。

翩翩接下了果子，卻只是輕輕捧著，抬頭看著星空。

「這裡眞美，難怪那些精怪一心想來這裡，我要是精怪，拚了命也要來。」阿關讚歎。

星光映在水上，水底的石頭泛起螢亮光芒，回映上天，在空中映出了閃閃亮亮像是極光一般的景象。

「備位太歲大人，到時新的仙子來照顧你，你可要好好聽她的話。那仙子比我聰明細心，絕不會再讓你被邪神俘擄了。」翩翩突然開口這麼說。

「幹嘛說這個，幹嘛這樣叫我？」阿關聽翩翩叫他「備位太歲大人」，感到渾身不自在。「先前不是說過，這次行動是我們和精怪、天將一起計畫的，怎麼會是妳一人的錯呢？」

阿關頓了頓，正色地說：「當時……要不是妳替我擋下那一刺，我早就死掉了。我感激妳都來不及，等妳康復之後，我們就可以繼續搭檔啊，我還是比較想要妳當我的保姆。」

翩翩望著天空，愣愣地說：「不……若我有幸康復，應該會回到太歲爺麾下，在第一線繼續和邪神作戰。陪伴你的，依然是那位新的仙子，照顧你的任務已經移交到她手上了。」

「什麼意思，我又不是嬰兒，我自己可以照顧自己，既然是太歲接班人，自己挑選搭檔總可以吧。」阿關有些不服氣地說。

「可以啊，等你正式當上太歲就行。至於現在，就是不行。」翩翩淡淡一笑。

「那……以後還能再見到妳嗎？」阿關問。

「或許可以吧……那也要我好得了才行，若好不了……」

「妳一定會好的。」阿關說完這句話，兩人靜了好一會兒。

翩翩低下頭，似乎有些難受。

「怎麼了？」阿關急忙問：「傷口在痛嗎？」

「綠毒咒發作時……痠痛發癢、時冷時熱，十分不舒服……」翩翩按著傷口，露出難受的神情。

阿關扶起了她，走回村落。此時宴會早已結束，村落裡空蕩蕩的，精怪們不是回到屋子裡休息，就是各自跑到大草原上玩樂了。

他們來到帳篷前，翩翩推開了阿關，自個兒走入小帳篷。

阿關拉住翩翩，把她拉往大帳篷，邊說：「大帳篷讓妳睡吧，那兒床比較大，睡起來舒服。」

「那你呢？」翩翩問。

「我有床睡就行了，比起之前睡地板要舒服多了。」阿關笑著答。

翩翩笑著搖搖頭，婉拒了阿關的好意，仍然轉身走入小帳篷，且拉下門簾，不讓阿關偷看。

阿關無奈地走進大帳篷，坐上那張大床。床上鋪著白色的草，摸起來又柔又軟，卻不會令人搔癢。阿關躺了下去，又是讚歎不已，比凡間任何床鋪都要舒服，比睡地板更是舒服了不只千萬倍。

很快地，阿關進入夢鄉，一覺直到天明。

□

六歲大的小女孩紅著臉，躲在兩個婦人身後。

其中一個黑衣婦人摸著小女孩的頭，微笑地說：「吶！我們的小蝶仙害羞了，她不好意思見小備位吶。」

另一個黃衣婦人也嘻嘻笑著，推了推小女孩，指著這頭。「去吶，去和他說說話。」

「不要、不要，我才不要！」小女孩鼓起嘴大叫，推開那婦人的手。

黃衣婦人說：「妳以後要保護他，妳是他的小保姆。」

「爲什麼呢？他比我還大一歲，應當他保護我不是嗎？」小女孩不服氣地大叫。

「妳和他打架，誰贏？」黑衣婦人插口。

「當然是我贏！鋮鎔跟花螂疊在一起，都打不過我！」小女孩這麼說。

「這就對了，小蝴蝶兒妳這麼厲害，當然是妳保護他了。」黑衣婦人呵呵地笑。

「不要、不要！」小女孩啊啊大叫。

「不急、不急……」黃衣婦人笑著說：「孩子都小，來日方長，以後總會見著。」

「呀——」一聲尖叫劃破了寧靜，阿關從睡夢中驚醒，那尖叫是翩翩的聲音。

他跳下床，衝入小帳篷，見到翩翩用薄被裹著全身，不住地抽搐。

「怎麼了？」阿關連忙上前，緊張地問。

由於翩翩身上的薄被是匆忙之間裹上身的，裹得並不緊實。阿關從縫隙裡看見一隻殷紅色的眼睛，像正淌著淚。

這是他第一次看到翩翩哭泣。

「怎麼了！」阿關駭然，連忙上前想拉開那薄被。

翩翩死抓不放，掙扎之中，露出薄被外的身軀部位更多了。

「喝！」阿關不敢相信自己的眼睛。他見到翩翩右邊肩膀至手臂上，都布滿了怪異的墨綠色紋路，還長著許多膿包，紋路蔓延到整張右臉，右眼變得血紅可怖。

掙扎之間，翩翩手臂上有些膿包破開，流出綠綠黃黃的汁液，將一身純白薄衫染得黃黃綠綠，且惡臭難當。

翩翩背上還露出了翅膀，左邊的翅膀仍然雪白，但右邊的翅膀卻變成了腐爛的黑褐色，且皺皺濕濕的。

翩翩發出幾聲絕望的哀吟，也不再掙扎了。

阿關感到胸中有種破碎般的心痛，他抓起薄被裹住翩翩身子，將她一把抱起，急急忙忙地衝出帳篷。

「狐大仙！狐大仙！」阿關抱著翩翩，往畜彌的帳篷跑去，驚動了天將和醫官，連同四周的精怪都圍了上來。

阿關將薄被拉緊，不讓他們見到翩翩的模樣，邁開大步奔跑，一面大聲扯著嗓子喊：「畜彌姊姊呢？翩翩她身子難受，快請畜彌姊姊來！」

翩翩伏在阿關胸前，露在薄被外頭的左半邊臉，看來依舊美麗。

從她臉上滑落的淚，在清晨陽光照耀下，看來就像一顆顆水晶玉石。

狐仙裔彌連同幾名精怪聽到了這騷亂，匆匆趕來，從阿關手上接過翩翩，揭開薄被往裡頭看了兩眼，驚愕不已。「怎麼會突然惡化？」

裔彌抱著翩翩，領著幾名精怪回到自個兒帳篷，替翩翩緊急救治。阿關給擋在外頭，看不見裡頭的情形，急得像熱鍋上的螞蟻。

好半晌後，一個小狐仙走出帳篷，對阿關說：「備位太歲大人，裔彌姊姊要我和你說，蝶仙那綠毒發作情形，已經控制住了，但需要點時間清理包紮。裔彌姊姊要你別慌張，四處走走，等會兒替蝶仙包紮好了，便叫你回來。」

「好、好……」阿關點點頭，直到那小狐仙又回了帳篷，阿關還佇在那兒發愣了好一會兒，才轉身往平原上走去。

□

若說昨日洞天的黃昏和夜，是動人的橘紅和蕩心的深紫，那此時草原就是一片宜人的青翠。

阿關坐在草原小坡上發呆，他紅了眼眶，心中難過。他知道翩翩是千隻蝴蝶煉成的仙女，愛乾淨、也愛漂亮，卻中了恐怖的綠毒邪咒，如玉般的身子變得髒污腐敗，他完全能夠體會翩翩有多麼傷心。

「你躲在這兒幹嘛？」身後的聲音嘶啞難聽。

阿關回頭，站在他身後的人正是翩翩。

翩翩經過狐仙裔彌的緊急救治，狀況好了些。裔彌替她清理膿包、敷上治傷草藥，將醜陋不堪的地方都包紮了起來。

翩翩右邊身子連同脖子、右臉，全都裹上了紗布。

「妳的聲音……」阿關不解地問。

「綠毒侵蝕了我的嗓子，聲音就變成這樣了……」翩翩在阿關身旁坐下，看望遠方的山，盡量壓低聲音，用氣音說著：「裔彌姊姊已經動身上山採藥了，我想這綠毒咒可能會繼續惡化，不會死，可是會半死不活，慢慢地，我另外半邊身子……也會、也會……」翩翩低下頭，不再說下去。

「不會！不會的！」阿關不知為何激動起來：「妳如果好不了，我就殺進天界大牢，把那順德小屁抓出來斬成幾十塊，再、再、再想辦法……治好妳的病……」

翩翩搖搖頭，淡淡地說：「傻瓜，你是備位太歲，別小孩子氣了，你要懂得顧全大局，這漫長戰役，每天都有同伴犧牲，多一個蝴蝶仙，又有什麼了不起，那並不重要……」

「怎麼會不重要！」阿關大聲說。

翩翩長長吁了口氣，站起身來，望著遠山說：「別再想這些事了，還有很多很多的任務等著你去完成，你要向遠處看。」

阿關還想講什麼，翩翩牽了他的手，拉著他跑了起來，笑著說：「洞天是我長大的地方，我知道很多好玩的地方，我帶你去玩，到了下午，天將會送你回去。」

「嗯，好！」阿關高興地大叫，兩人刻意忘記哀傷，在草原上跑著。

晨風吹動青草，將整個草原吹得波浪舞動，兩人踩落的花朵讓風吹上了天，化作點點彩光。

「昨天那條溪水，叫作『綠水』，因爲水底的翠綠玉石，把溪水映得翠綠一片。綠水的上游，有一個個高低相連的水潭……」翩翩這麼說。

「我知道，昨天我有游到那裡！」阿關搶話。

「那裡叫『燭台水』。」翩翩說。

「好怪的名字！」

「那是因爲燭台水裡長著許多火焰樹，到了夜晚，火焰樹的葉子會發出焰火般的光芒，看起來就像一座座燭台一樣。」翩翩解釋。

「我還沒看過燭台水到了夜晚的樣子！」阿關訝然說。

兩人聊著，走到了一處森林，林子裡有條小小的溪流，溪水是銀藍色的。

「這……不會是『藍水』吧？」阿關好奇地問。

「這溪小，沒有名字，你要叫它『藍水』也無妨。」翩翩答。

繼續往裡面走，樹上的精怪紛紛向兩人打招呼。突然阿關脖子一癢，伸手一抓，竟又是昨天那隻小松鼠精，小松鼠精在阿關身上磨磨蹭蹭，還吱吱叫著。

阿關哈哈大笑，採了些野果，分給翩翩，兩人吃了個飽。

樹林深處有個直徑幾十公尺的深潭，潭水銀亮清澈，潭子附近的石頭沙子都是潔白的玉石。深潭上漂著大片、大片像荷葉一般的葉子，上頭坐著一些精怪。

阿關也拾起身邊一片葉子，扔向潭水，拉著翩翩往葉子上跳。

葉子兩個人坐嫌擠，阿關和翩翩於是背靠著背，小腿浸在水裡，不時踢著水，隨著葉子在水中打轉，看著銀亮的水面裡濺起來的水花。

四周的樹木高聳，動物們一聲聲叫著，曲不成曲、調不成調，卻也悅耳好聽。

幾聲宏亮的鳴叫由遠而近，阿關抬頭一看，是幾隻尾巴拖著火焰的鳳凰。鳳凰很快越過了天，在空中留下幾道橘紅的殘影。

葉子轉呀轉，轉到了水潭另一邊。那邊有個小巧瀑布，三公尺高，看來竟像雪白的紗巾一般柔美絕倫。翩翩突然站起，拉著阿關脖子一提，往瀑布一跳。

「哇！」阿關嚇了一跳，發現自己跳進了瀑布裡，瀑布裡竟還有個洞，又是別有洞天。他摸摸身上覺得一身輕，原來在跳進瀑布的瞬間，那些抱著他不放的小精怪們，連同那小松鼠精，都讓瀑布給沖掉了，被擋在瀑布那頭，吱吱嘎嘎地叫著。

「哇——」阿關哇聲不絕，只見這山洞壁面泛著光芒，像是水晶一般，不遠處還擺著幾只精巧的水晶桌椅。

「貨眞價實的水濂洞！」阿關忍不住叫了出來。

「這裡是我兒時故居——『寒彩洞』。」翩翩說。

寒彩洞裡有許多分岔小路，翩翩帶著阿關逛遍每條通道。水晶山壁上都閃耀著彩光，有些通道的水晶壁面是草綠色的，有些是淡藍色的。

他們經過了一條小巧的橘紅色水晶通道，進入一個小小的銀白色晶洞裡。這兒擺著一張水晶小床，還有水晶小桌、水晶小椅和一只水晶梳妝台。

「這兒是我的臥房……」翩翩拿起梳妝台上一只翠玉燭台，燭台不過三吋高，燭火幽幽淡淡，顏色不時變化，有如幻影一般。

「歲月燭，千年不滅火，這麼多年沒見，還是一直燃著……」翩翩自言自語，她手上拿著的，是永不熄滅的歲月燭。

阿關撫摸著四周水晶山壁，水晶傳來透心涼意，讓人神清氣爽，卻不覺得寒冷。

「我被神仙們煉出之後，在洞天住了三年，白天我都在外頭和同伴們四處玩耍，晚上就回到寒彩洞睡覺。三年之間，幾乎玩遍了整個洞天。」翩翩看著鏡中的自己，繼續說：「三年之後，樹神和幾位神仙把我召進洞天樹宮，那是洞天的王城。」

「直到那時我才知道，我是天界神仙在洞天裡召集千隻蝴蝶煉出的神仙。那時，我只有三歲。」翩翩淡淡地說：「之後，我被神仙帶離洞天，上了天庭，接受嚴格的修煉。又過了三年，我被分派到太歲爺麾下，作為太歲爺的部將，執行各種任務，一直到太歲鼎崩裂……」

「那妳……之後都沒有回來洞天？」阿關問。

「回洞天是常有的事，但大都是為了任務而來，這房間倒是我第一次回來，洞天裡太多好玩的地方，寒彩洞只是我的兒時臥房……」翩翩打開了梳妝台前的抽屜，裡頭有許多小東西，有一些用草編成的小玩具、玉石串成的鍊子，和許許多多五顏六色的小石子。

「啊！」翩翩盯著一只水晶小瓶，愣了愣。瓶裡頭裝著一隻小金龜。翩翩連忙揭開瓶蓋，金龜子動了動，飛了出來，停在翩翩手上。

翩翩身子發著抖，說不出話，好半晌後，才擠出一句：「對不起……」她話還沒說完，斗大的淚已經落了下來。

這金龜子是翩翩小時候貪玩抓來的，晚上放進了水晶瓶中，原想等一早天亮帶出去玩，沒想到隔天天還沒亮，神仙們就來了，將年僅三歲的翩翩帶離洞天。

小金龜子被關在小小的水晶瓶裡，過了十幾年。

「啊呀！妳是誰啊！」小金龜子突然開口講話：「啊呀！難道妳是那小蝴蝶兒？」

「現在過了多久啊？」金龜子在四周飛來飛去，嚷嚷地說：「妳說要帶我去玩，把我裝進瓶子，就不理我了。我在瓶子裡等了幾天，等妳不著，只好睡覺，一睡竟睡了這麼久，小蝴蝶長這麼大啦！我要走了，不跟妳玩了！」

「對不起……」翩翩還沒說完，金龜子已經飛走了。

壓抑的情緒潰了堤，翩翩伏在梳妝台上哭了起來，沒有哭聲，身子卻陣陣地抽搐。

阿關感受到了翩翩心中的哀傷，站在一旁，輕輕拍著翩翩的背。

過了好久，翩翩才抬起頭來，用手臂抹乾淚痕，眼眶早已紅透，她看著地上：「真對不起，說好要忘掉不開心的事，要帶你好好玩……」

「沒關係。」阿關呵呵笑著，扶著翩翩站起。

「這裡還有個地方……」翩翩拿起歲月燭，帶著阿關繼續走著，經過幾條通道，來到一個較大的晶洞中。

「哇！還有水！」阿關看著眼前又出現一個水池，哈哈笑著：「該不會跳進去，裡頭又別有洞天吧！」

「這倒沒有。」翩翩走近那水池。

水池有一柱一柱小噴泉，每座小噴泉不過幾十公分高而已。水池後頭，有片平滑的水晶牆，牆上不斷有水流下來，流進池子裡。

翩翩拉著阿關走到那晶牆前：「這面流水牆很有趣，你站著別動。」

只見那晶牆上慢慢浮現兩人的樣子，像照鏡子一樣。幾秒後，翩翩才動了動身子，晶牆上的流水依舊，但人影卻維持著同樣的動作。

「咦？」阿關有些訝異，臉湊近晶牆上觀察一番，先前兩人的動作，映上了水晶牆，像是壁畫一般。

「你看……」翩翩拿起歲月燭，將燭火對著晶牆，吹出一口氣，歲月燭的火化成一片白氣，吹向晶牆。

白氣散去，晶牆上的流水竟結了凍，兩人的樣子就凍在那層冰上。翩翩手一揮，召出青月小彎刀，將那面冰切了下來，大約有二十幾公分寬，四十公分長。

「哇！根本是天然大頭貼！」阿關想起這和時下流行，俗稱「大頭貼」的照相小包廂竟有同樣的功能。

翩翩說：「這流水牆上的水，碰到歲月燭的火，就結成了冰晶，千年不化，像凡人的照片一樣，且更持久。」說著說著，那晶牆上的水又流了起來。翩翩側過身子，盡量將左邊身子對著晶牆，又凝了一張冰晶。

翩翩看著流水牆上那張獨照，若有所思。「若是綠毒好不了，留著這面冰晶，至少還記得自己的樣子……」

阿關看著翩翩又要開始發愁，連忙擺出奇怪的動作，映在流水牆上，逗得翩翩笑了起來。兩人接連照了十來張冰晶照片，才心滿意足地走出寒彩洞。

寒彩洞的另一頭出口是一些山道，山道上長著許多高聳大樹，越走，碰到的樹越是巨大。

「這裡是神木林，裡頭全都是高聳參天的巨樹。」翩翩帶著阿關爬上一棵大樹，兩人在樹上吃起果子，逗弄著樹上的小精怪們。

時間過得飛快，一下子就到了黃昏，阿關看著天上美麗的流雲，心情愈加沉悶。

「你看見下頭那條岔路了沒？往左是黃金池、往右是鳳凰谷，後頭還有好多好玩的地方。不過你該走了，以後有機會可以再來玩。」翩翩說完，催促著阿關下樹。

阿關心不甘情不願地下了樹，兩人回程裡很少講話，空氣凝結了般。

一直到了綠水水畔，翩翩拉住阿關，將歲月燭和兩三張冰晶遞給阿關。

「歲月燭也是好用的寶物，我教你召喚它的咒語，這幾張冰晶讓你帶回去留作紀念……」翩翩不自在地說著：「白石寶塔我託天將交給了即將來照顧你的仙子，她還在南部幫助太歲爺征討邪神，需要一支兵馬。」

阿關點頭，一邊專心地記下這歲月燭的召喚咒法。

回到了村落，翩翩不再說話，自顧自地走回小帳篷裡，不肯再出來。

天將催促著阿關，阿關想進帳篷和翩翩道別，卻讓幾隻狐精攔了下來：「裔彌姊要替仙子換藥，大人你得回凡間了。」

阿關看看手裡的冰晶，冰晶上的翩翩笑得燦爛，如此美麗動人。

他心裡一陣難受，回程的路已不記得了，救護車晃了很久很久，才晃回了那繁華卻又冷漠的城市，此時的凡世已是深夜。

天將護送阿關回到套房，此時套房裡原屬於翩翩的私人物品全都清空了，唯一沒搬走的，是那張床，和床上的棉被、枕頭。

「仙子吩咐我們，將她的東西都帶到洞天，說床鋪被子留給你，怕你凍著。」天將說完，關門離去，留下一臉錯愕的阿關。

空蕩蕩的房間，瀰漫著哀傷。

關上了燈，阿關躺上床，默唸著咒語，召出了歲月燭，雙手捧著。那燭火時而湛藍，時而青翠。

窗外幾聲悶雷，落下了雨。

12 快樂玩具城

到了下半夜，阿關讓噩夢驚醒，在那夢裡，翩翩的左半邊也變成了可怕的模樣。

阿關搖搖頭、拍拍臉，床頭的歲月燭還燃著。他伸手拿起床頭一片冰晶，看著裡頭的翩翩，想將方才的噩夢驅走。

雖是冬夜，但他仍覺得躁鬱難耐。他下了床，才發現身上出了一身冷汗，大概是讓剛才那噩夢嚇的。

阿關倒了杯水，走到窗邊喝著，雨已經停了。

才第一晚，就睡得滿身大汗，看來翩翩的床眞的要讓自己給睡臭了。想到這裡，阿關忍不住笑了笑。

此時他睡意全無，索性穿上外套，帶齊了防身用具，牽著石火輪下樓，騎出巷子，來到大街上。剛下完雨的冬夜濕冷黏膩，迎面吹來的風冰寒徹骨，與洞天的清涼暢心截然不同。

河堤的燈光昏暗，椅子上的雨水還未乾。阿關坐在石火輪上，看著河岸對面樓宇。

此時是深夜，對岸樓宇是暗沉一片，天空還滿布烏雲，一點星光也無。

阿關轉頭看看身邊那條長長堤道，不久前，他還在這兒讓那大黑巨鬼痛毆。他會心一笑，竟無法想像當時那差點打死他的大黑巨鬼現在乖乖待在自己懷裡的伏靈布袋中的模樣。

還記得當時恍神之際，翩翩化作白蝴蝶從他臉龐飛過。蝴蝶好美，翅膀揮下的銀塵都像在發光。

阿關嘆了口氣，心情又沉重起來。

一絲奇異的感應通過腦袋，阿關轉頭四顧，他感到些微邪氣，卻不知是從哪個方向傳來。為了找出這邪氣來源，阿關騎下河堤，在巷子裡閒晃。附近的巷弄寂靜，但由於河堤附近時常有人拿剩菜餵狗，以至於這附近的野狗數量倒還真不少。

幾聲哀號讓阿關煞了車，在一處巷口停了下來。阿關對動物的叫聲了解不多，但一聽就知道，那幾聲哀號是野狗在極度痛苦下發出的慘嚎。

他曾經聽說有不少心理變態的狗雜碎，會在半夜偷偷摸摸地拿沸油潑灑野狗野貓，或是持利器殘酷凌虐那些流浪動物。阿關騎進巷子，想看看是哪個變態狂在虐待小狗，抓到了非痛打那傢伙一頓不可。

才剛轉進巷子，就見到前頭一輛三輪機車慢慢駛遠。那種三輪機車現在已不常見，偶爾會看到拾荒老人騎著它們收集舊報紙和汽水罐。

三輪機車後頭置物架上擺了包東西，距離雖遠，但卻看得出來那包東西濡濕濡濕的，漆黑的液體甚至滲出布包，一路滴在地上。

阿關正覺得奇怪，方才明明聽見狗吠聲從這附近傳出，此時卻又靜悄悄一點聲音都沒有。

他在附近繞了一圈，找了好久，才在一處暗巷角落發現一隻癱在地上的狗，或說是一條狗屍。

靠近一看，阿關不敢相信自己的眼睛，那狗兩隻前腳都讓利刃斬斷了，倒在地上一動也不動，像是嘗盡痛苦而死。

「三輪機車！」

阿關氣憤地追了出去，在方才那三輪機車經過的街燈下，果然見到地上有幾滴血跡。然而此時離剛剛三輪機車經過，已有一段時間，巷口外又有幾條巷子，三輪機車已不知騎去何處。阿關騎著石火輪四處找著，卻找不著，有些惱火，只好無奈地回了套房。

□

隔日接近中午，阿關帶了些水果去醫院探視母親，他身上的錢花得差不多了。

一進醫院，就看到阿泰興高采烈地拿著新手機向他炫耀。

「幹！你看，螢幕超大！」阿泰晃著手上的手機，得意洋洋地說。

「假符生意做這麼大喔？」阿關隨口問。

「幹！什麼假符，你還提假符。這錢是神明給的，是我的薪水，我們名義上是醫院的義工，但神明還是會發薪水。有夠大方，我拿到十萬！」

「嗯，那我應該也有錢拿了，我上個月的薪水被你騙去，快窮死了。」阿關說。

「哈哈，原來你的錢也是這樣賺來的，難怪你那時死也不肯說你的工作！」阿泰哈哈地笑。

醫官上前，將兩人拉到一旁，低聲說：「備位太歲大人、猴孫泰，這些話別在凡人面前講……」

阿泰聽醫官也學六婆叫他「猴孫泰」，有些惱怒：「喂……我不是你的孫子……」

「嗯，的確不該在一般人面前講這個。」阿關看看四周，還有不少病人到處走動，這樣堂而皇之地講有關於天神鬼怪的事，的確不妥。

「大人，這是你這個月的薪餉。」醫官拿出一個薪資袋，遞給阿關。

阿關高興地接下薪資袋，打開一看，又有二十萬。

兩人難掩拿到薪水的歡欣鼓舞，一邊往病房走，一邊聊著要怎樣花這些錢。

「六婆這幾天好吧？那些爺爺們呢？」阿關問。

「他們好得很，整天閒閒沒事做，今天領到錢，全都樂瘋了，一起結伴出去玩了。」阿泰說到這裡，「幹」了一聲：「最慘就是我，阿嬤每天逼我練習寫符，寫不出三百張不能睡覺。好不容易寫完可以睡覺，幹，結果睡覺都夢到在寫符，快發瘋了我！」

推開病房門，阿關高興地喊叫出聲：「媽！」

經過了先前那風風雨雨，他幾乎要忘了媽媽正常的樣子。

「家佑啊！」月娥還坐在病床上，吃著醫院的膳食。

「你媽媽還不知道情況，要不要告訴她，你自己看著辦……」阿泰在阿關耳邊小聲咕噥了兩句。

阿關點點頭，走到月娥床前，說：「媽，妳終於好了……」

「兒啊，你終於來啦。」月娥茫茫然地說：「到底發生了什麼事啊？我只記得你受傷進了醫院，跟著、跟著……發生了什麼事，怎麼我一點也想不起來？他們說你病好了，還找到了工作？」

「妳因爲照顧我太累，自己反而病倒了，我康復之後，妳還病著，可能意識迷迷糊糊，所以也記不清楚……」阿關含糊解釋著，接著哈哈一笑說：「媽，我找到一份不錯的工作，以後妳不必再推車賣臭豆腐了！」他說出一直以來企盼說出的話。

月娥高興地問：「啊，是什麼工作呀？」

「嗯，這……」阿關摸著鼻子，支支吾吾地說：「電腦、電腦……」

「網路！伯母，我們在搞網路，網際網路。」阿泰搶著說。

「對……對啊，他是我以前的同學，他叫孫國泰，我們和幾位朋友組了工作室，在網路上開店賣東西，生意還不錯……」阿關邊想邊掰。

「眞的嗎？」月娥感到有些欣慰，但仍然體弱無力，拿著湯匙的手不停發著抖。

原來順德大帝那干信徒們在邪咒控制下，即便已解開了惑心邪術，仍或多或少都留下些許後遺症。而月娥先前被施下的邪術比一般信徒還來得重，這後遺症自然也嚴重許多。此時，她除了身體虛弱之外，思緒也不像常人那樣清晰，因此對阿關這番牽強解釋，也並未多加追問。

母子又聊了些家常瑣事，月娥便已經氣喘吁吁，顯得十分疲累。

阿關和阿泰讓月娥歇息，走出病房。

阿泰見阿關臉色沉悶，知道他見了母親病況，心情不佳，便想逗他說話。阿泰神祕兮兮地問：「嘿，你最近有沒有看報紙？」

「發生了什麼事嗎？」阿關搖搖頭。

「聽說你去了仙境逍遙快活，不知道這裡發生大事啦。」阿泰邊說，邊從屁股口袋抽出了那份報紙，頭版幾個大字吸引住阿關目光——

快樂玩具城員工離奇命案，兩週內四起

「這是什麼？」阿關有些訝異，阿泰則在一旁解釋著。

原來這是起連續殺人事件，在攻打順德法會前一天，發生了第一起，直到阿關進入洞天，再返回凡間，已經接連死了四個人。

報導內文描述，這四名死者都是這間玩具城的員工，也都是在自己家裡死去，身上傷痕遍布，有些是撕裂傷，有些則像是齒咬的痕跡。警方除了朝變態殺人魔這方向偵辦外，似乎也別無頭緒。

惡靈玩偶作祟？——斗大的副標題讓阿關一愣，報導文中一段描述著四名死者陳屍處，都擺放著玩具城新推出的玩偶。

玩具城員工家裡擺著公司的產品，這並不稀奇，奇怪的是，這些玩偶是玩具城尚未上市的新產品，按照公司規定是不能外流的。何以會在員工家裡發現？

惡靈玩偶作祟？難道真是邪魔鬼怪幹的好事？或是變態殺人魔留下的特殊訊息？又或是

記者一時興起的神來之筆？

「這家玩具城我去過耶。」阿關回想起自己讀夜校時，曾經週末與兩個同學相約去這間玩具城觀摩新上市的電玩。

那是間結合了餐飲、遊樂園、玩具商品販售等特性的綜合玩具百貨公司，整整五層樓擺滿了稚齡兒童一直到年輕學子的休閒玩具商品。

玩具城老闆經營手段獨到，人脈又廣，適時推出各種促銷活動，短短兩年內就打響了名號，目前還準備在其他縣市開設分館。

阿關和阿泰聊著，來到醫院外頭庭院。

阿泰在身上摸了摸，摸出一包菸來。「喔呼，在醫院不能抽菸眞難受！」

「眞的是玩偶殺人？這是怎麼一回事？」阿關不解地問。

「說眞的我是不信啦，大概是哪個變態殺了人，故意搞個花招，混淆視聽啦！不過……既然出事了，你就去查查吧，好歹你是備位太歲耶。」阿泰隨口提議。

「也對。」阿關想起太歲曾經說過，北部的邪神惡鬼就交給自己來打理，既然拿了天界發的薪餉，若眞的發生了惡靈作祟事件，自己當然責無旁貸。

「嘿嘿……」阿泰倒顯得興致高昂，繼續說：「爲了老百姓的安全和福祉，你一定得出馬調查，但是你貴爲備位太歲，放你一個人趴趴走，又不安全，所以一定得要我泰哥在你身邊保護你。」

「你不是要寫符嗎？」阿關問。

「就是要寫符啊！」阿泰吐了口煙，跳了起來。「我今天還沒寫符，三百張耶！寫不完阿嬤會打死我……」

「那我一個人去就行囉。」阿關攤了攤手說。

「不要啦！」阿泰大搖其頭說：「你跟我阿嬤說，有一件重大任務需要我的幫忙，為了全民安危，這幾天讓我跟在你身邊辦事，寫符這種小事只好暫時擱在一邊。」

「原來你想摸魚，難怪拿報紙給我看，還一直慫恿我。」阿關聳聳肩：「好啦，六婆回來我幫你跟她講。」

「幹，謝謝啦！」阿泰歡呼著，繞著阿關小跑步，吐出一個個煙圈：「火車來了，噗噗——可以花錢啦，可以把馬子啦，可以不用再寫符啦！」

阿關正要去牽石火輪，阿泰拉了拉他，說：「等等，雖然我不認為那玩具城殺人事件是什麼鬼娃娃幹的，但現在情勢混亂，到處都是鬼鬼怪怪，既然要行動，當然要帶傢伙，你帶傢伙了沒？」

「帶了。」阿關拍拍口袋，他早已養成隨身攜帶伏靈布袋的習慣了，何況唸咒還能召出鬼哭劍。

「可是我還沒帶。」阿泰指指樓上。「我要去拿我的傢伙。」

「你的傢伙？」阿關有些訝異。

兩人返回醫院，來到樓上一間房間，本來是間沒人使用的空房，這時已經變成「特別事務部」的辦公室。十來坪大小的辦公室裡，擺著幾張桌子，其中一張是六婆專用，上頭擺滿了法器。六婆這幾天將自己以前用來收妖驅鬼的法器都搬了過來，仔細擦拭保養。

幾個老爺爺的桌上則擺著他們各自生活用具，和一些報章雜誌之類的閒書。

最後一張桌子是阿泰專用，擺著好幾疊空白黃紙、一大罐硃砂，以及一整桶的小楷毛筆。

「啊，我不要看，一看到毛筆我就想吐！」阿泰誇張地掩著眼睛，帶著阿關來到桌子後頭那櫃子前，打開櫃門一看，滿滿兩大箱符咒。

「這些都是我寫的……」阿泰搬出一只紙箱，拿了兩大疊白焰符給阿關。

「太好了，這樣再也不怕符咒用完了！」阿關驚喜地接下，只見那符上字跡工整漂亮，如同藝術精品，足見六婆要求嚴苛。

接著他見到桌邊的大廢紙簍裡，塞著滿滿的黃紙，肯定都是被六婆判定爲「不合格」的符。一天要寫滿三百張「合格」的白焰符，可不是件容易的事。

阿泰搬出另一個小紙箱，裡頭也有符咒，但和白焰咒不同，阿關沒有見過上頭的符法。

「這是阿嬤教我的驅魔咒，是泰哥我專用的。」阿泰拿著這疊符向阿關展示。

「還有這個——」跟著阿泰又搬出另一個箱子，裡頭是一盒盒的雞蛋。

「雷火蛋！」阿關哈哈一笑，那些雞蛋正是老人院一戰時，大家用來對付惡鬼的雷火雞蛋。在雞蛋上畫上符，再經由六婆作法，砸在鬼怪身上，有著手榴彈一般的威力。

「這是加強版的雷火蛋。」阿泰拿了一顆雞蛋，在手上晃了晃：「我把黏土和水弄成土漿，塗在雞蛋上頭，這樣雞蛋不容易破，就方便攜帶啦！」

阿關看那些雞蛋上頭不但畫上了符，每顆蛋上還有一條細小的紅繩子，繞著雞蛋紮成一個精美的繩結。

「這也是阿嬤作過法的繩子，紮在雷火蛋上，有雙重治鬼功效。」阿泰解釋著，一邊取下身旁椅子上一件大衣，緩緩往身上一披。

「有這麼冷嗎？」阿關問。

阿泰沒回答，從盒子裡撿出幾顆雞蛋，掀開大衣，那大衣內側縫著特製內袋，用來放雷火蛋竟是剛剛好。阿泰一臉正經，將雞蛋一顆顆放進內袋，還將自己那疊符也放進大衣上特製用來放符的內袋。

他在一些奇形怪狀的自製武器裡挑選了半晌，終於摸出一把纏著紅線的雙截棍，拿在手上舞弄一番，倒還有模有樣。他這才滿意地點點頭，將雙截棍也放進大衣裡特製的長型內袋。最後，阿泰轉過身來，黑色大衣一甩，彷如電影慢動作般，從胸前口袋拿出一副墨鏡，慢動作戴上。

「哈哈哈，你也太誇張……」阿關早已笑倒在地上。

「幹！你笑什麼！我又不像你是神明轉世，不準備妥當，死了怎麼辦！還笑，走了啦！」

阿泰哼哼地催促阿關下樓。

三十分鐘車程，兩人在玩具城附設停車場裡，停下石火輪和機車。受到連續員工離奇命案的影響，玩具城顯得冷清許多。

手扶梯前的說明看板，大略描述了每樓層的商品類別區域。一樓是熱門區，一層層架上和玻璃櫥櫃中擺著的，全是最新上市的熱門玩具；二樓是幼兒區，主攻學齡前幼童市場，都是些積木、玩偶等等。

兩人逛完了一樓和二樓，都沒發現什麼異常，上了三樓電扶梯，阿關卻感到一股邪氣直衝腦門，震得他腦袋麻癢無比，差點站不穩。

「不是吧，還真的咧，現在是大白天耶……」阿泰一把扶住阿關。他知道每當阿關出現這種反應，就表示附近有不乾淨的東西。

看了看手扶梯旁的簡介，三樓是主攻女孩市場的玩偶區，從芭比娃娃到各式各樣的絨毛玩具應有盡有。

他們進入三樓，最先入眼簾的是幾只玻璃櫥櫃，裡頭擺放著一個個芭比娃娃，大都穿著華麗衣服，製作精美，表情逼真。

阿關走著、走著，看著櫥櫃裡的娃娃，揉揉麻癢的頭。他隱約覺得娃娃的臉似乎過於精緻，臉上神情竟和真人無異。

每個娃娃都是一臉笑容，但笑得令人寒毛直豎。

阿關和阿泰一前一後走進了後方貨架區，阿關走在前頭，阿泰緊張兮兮跟在後頭。兩側玩具貨架狹窄且極高，一股壓迫感令人透不過氣，阿關覺得像是有數千隻眼睛盯著自己一般。

阿關清楚地看到，每盒包裝裡的玩偶身旁都圍著一團團的黑氣，是一種奇異的邪氣。

「果然有問題……」阿關越走越覺得心驚膽顫，不由得伸手進口袋，抓了幾張白焰符在手裡。

兩人來到大型玩偶區，阿關伸手在一隻粉紅色的熊玩偶上摸了摸，全新的絨毛摸來柔軟舒服，同時卻又帶著一股難以言喻的妖異感應。

「到底怎樣，我不覺得有什麼奇怪！」阿泰忍不住抱怨。

「有邪氣……所有娃娃身上都帶著邪氣！」阿關低聲地說：「報紙上寫的是眞的，那些員工是被這些娃娃殺死的！」

「幹，大偵探不用調查，已經破案囉！」阿泰哼了一聲，他在玩偶區晃了許久，什麼事也沒發生，沒那麼害怕了。他隨手抓起一隻熊玩偶，在它肚子上搥了兩拳：「軟趴趴的，怎麼殺人？」

「可能是拿著小刀之類的凶器……」阿關猜測。

「它們的手都一坨、一坨，連手指都沒有，怎麼拿刀！」阿泰邊說，還邊抓著那熊玩偶，擺出各種奇怪的動作。直到一旁的玩具城員工小姐看不下去趕來制止，才乖乖把玩偶放回原處。

兩人又上了手扶梯，繼續往樓上前進。

四樓是以男孩作爲主要銷售對象的販賣區塊，有機器人、模型，以及最新的電視遊樂器等等。五樓是餐飲區，六樓則是遊樂場。

這四、五、六樓和一、二樓一樣，並無異樣，也沒有邪氣。兩人逛著逛著，覺得肚子餓了，在五樓一家速食店點了兩份套餐。

「啊——」阿泰伸了個懶腰，端著一盤漢堡薯條。「嗯，還眞是誤打誤撞呀，現在呢，眞的要繼續查下去嗎？」

「當然啊……」阿關白了阿泰一眼，說：「理由就是之前你說的啊，太歲爺說北部的邪神鬼怪讓我來負責。你如果害怕的話，我一個人處理就好了。」

「幹，小鬼、小怪有什麼好怕的，寫符可怕多了，我寧願大展身手、降妖除魔，也不要窩在桌子前寫符啦。」阿泰哼哼地說。

「這些玩偶不會平白無故沾上邪氣，一定是邪神惡鬼幹的好事……」阿關看看手裡那隻付錢買下的玩偶，掌心裡還不時感應得到那玩偶散發出的邪氣，他若有所思。「凶殺案接二連三發生，如果不干預，接下來還會有更多人受害。」

兩人步出玩具城，阿關側著頭想，卻是漫無頭緒，不知該從何處下手。但他經過的一張人事看板，卻讓他眼睛一亮。

玩具城接連發生員工離奇死亡案件，讓這整個商場上下人心惶惶，除了死去的員工職位待補之外，也有不少員工因此離職，使得賣場人手嚴重缺乏。

「如果我們混進去打工，就有機會從內部調查……」阿關彈了下手指說。

「喂喂，你說的是眞的嗎？眞要這麼認眞？」阿泰哼了一聲。

「嗯？你不是說你更怕寫符嗎？我按照你剛剛的說法，幫你向六婆講一聲，就說有特別任務需要你支援，這樣你一整天都可以待在玩具城。在玩具城裡，六婆不會逼你寫符、不會禁止你罵髒話、不會禁止你抽菸、不會敲你的頭，樓上賣場裡有一堆漂亮女店員，也有一堆漂亮女生會來逛賣場。」

「嗯嗯嗯！」阿泰連連點頭，認眞考慮起來。

「玩具城就是鬧區，吃喝玩樂什麼都有，你剛領到薪水，不想好好玩一玩嗎？如果你整天窩在醫院裡，有錢也沒機會花。」阿關遊說著阿泰。

阿關還沒說完，阿泰已經站到那人事看板前，仔細地看著職缺。「臨時倉儲人員，應該比較輕鬆……你呢？你應徵什麼？」

「你得自己一個人，我可能還有別的事要做……」阿關想了想，這麼決定。

「什麼？我一個人調查！」阿泰大叫。

「兩個人都在玩具城裡，不見得對案情有幫助，我們得裡應外合，我在外頭行動方便。況且我不能被綁在玩具城裡，可不只這裡有妖魔鬼怪，我很忙的。」阿關認眞地說。他希望能做更多事，倒不是爲了什麼濟世宏願，而是希望至少在翩翩康復回來之前，能有一番作爲，有長足成長，讓翩翩對自己刮目相看。

「我一個人，太危險了吧……」阿泰有些猶豫。

「你放心，我會暗中保護你。況且那些職員都是在家裡遇害，並不是在玩具城裡遇害，你下班回文新醫院，裡頭有天將、有醫官、有我、有六婆，很安全的。」阿關伸出兩隻手，晃了晃左手說：「你看看，這是文新醫院……」又晃了晃右手說：「這是玩具城。」

「嗯……」阿泰點點頭。

阿關晃晃右手說：「花錢、逛街、泡妞……當然還有爲正義而戰。」說完再晃晃左手說：

「寫符、寫符、寫符、被罵、被罵、罵完繼續寫符、寫符、寫符……」

「幹，你不用把我當三歲小孩。」阿泰皺眉拍開阿關的手，看著遠方天空，說：「還需要考慮嗎，我當然會選擇爲了正義而戰！」

兩人達成共識，往人事看板上的指定地點走去。阿泰和一名員工談了幾句，立刻就被帶往玩具城裡的人事室進行正式面談。

本來這家玩具城應徵職員，當然有一套繁複手續，但由於連續命案風波，人手缺乏，徵才事宜也一切從簡，有人願意來應徵廉價員工，店方反而求之不得。

阿關在外頭等著，天氣漸漸回暖，不那麼冷了，阿關身上外套厚實，倒覺得有些熱，索性脫了下來。回頭看看，阿泰已從玩具城後門走了出來。

「怎樣？」阿關上前關切。

「行嚕。明天上班……」阿泰吹吹口哨。

兩人隨意逛街，隨意花錢亂買東西，玩到晚上，上了一家餐廳大吃大喝，這才心滿意足地回到文新醫院。

一進四樓特別事務部，老爺爺們全湊了上來，興高采烈地拉著阿關坐下，嘰哩呱啦地嚷嚷。

「原來你是神明轉世啊。」

「俺早就覺得你與眾不同了……」

閒聊一陣之後，六婆也來了，她一見到阿泰，劈頭就罵：「猴死囝仔，今天怎麼沒寫符！一拿到錢就跑出去鬼混！」

「沒啦，我們去調查一件怪事……」阿關連忙打圓場。

「對啊對啊……我們是去辦正經事……」阿泰答腔。

「什麼正經事？」六婆問。

「六婆，妳看看這個玩偶……」阿關連忙拿出在玩具城買來的玩偶，遞給六婆。

「咦？」六婆接過玩偶，眼睛瞪了老大，她是修道之人，能夠感應得到玩偶上那股異樣邪氣。「這娃娃哪裡來的，好邪……」

「阿嬤，就是最近新聞上那個連續命案吶，死了好幾個人，全都是同一家玩具百貨公司的員工。」阿泰這麼說。

「我知道！叫什麼……什麼玩具城……」

「快活玩具城！」

「什麼快活！是快樂！」老爺爺們七嘴八舌地擠過來討論。

「有，我有看那個新聞呀。」六婆緊盯著手裡的玩偶。

「這隻玩偶就是在那家玩具城買的，那邊還有好多這種玩偶，一整層都是。」阿泰這麼說。

「我不知道娃娃上頭有什麼古怪，但感覺得到有種邪氣，這娃娃很凶……」六婆拿了張面紙擦擦額頭上的汗，她將玩偶放在桌上，在那玩偶面前坐下，皺著眉頭盯著它瞧。「你們的意思是，新聞上的殺人案，跟這些鬼娃娃有關？」

「玩偶不會自己作怪，我猜是什麼邪神鬼怪之類幹的好事。我和阿泰已經商量好了，他會去應徵玩具城的臨時工，混進裡頭調查，我則在玩具城外頭調查。我們兩個裡應外合，來解決這件事情。」阿關這麼說。

「唉喲，讓阿泰一個人，這樣妥當嗎？」六婆呆了呆，她雖然嚴厲，但骨子裡當然還是極疼愛這唯一的孫子。

「放心啦阿嬤，阿關會罩我的。」阿泰此時看著遠處自己桌子上還堆疊著大疊、大疊的黃紙，心裡雖然也有些猶豫害怕，但他本便好動愛玩，比起每天從早到晚地寫符，「調查神祕鬼怪作祟事件」可要有趣多了。

「六婆妳放心，我會和阿泰保持聯絡。他有事隨時可以打手機跟我聯絡，我騎著石火輪很快就能趕去。」阿關這麼說。

六婆猶豫了半晌，點了點頭，拉著阿泰的手說：「猴孫啊……你以前常常惹是生非，阿嬤一天到晚求神拜佛只求讓你平平安安，現在神明要你做點事情來還願了。你要好好小心，照顧自己啊……」

□

翌日一早，阿泰像是個即將入學的小學新生一樣，仔細聽著六婆的叮嚀。

「猴孫啊，這是阿嬤做的紙人，你帶在身上，可以防身。」六婆將八張紙人用紙袋裝好，放進阿泰的背包裡，還千叮萬囑，一遍又一遍地教導阿泰如何施法使喚紙人。

阿泰不但小心翼翼地聽著，他自個兒也準備萬全，背包裡除了纏著紅線的雙截棍外，還有兩盒雷火雞蛋和兩大疊符咒。

老爺爺們也在一旁七嘴八舌地提供意見。

梁院長說：「嗯，東西是帶齊了，但是看起來就是不對勁。」

陳伯說：「猴阿泰啊，你穿一件黑色皮大衣，卻揹一個紅背包，看起來很奇怪吶！」

王爺爺說：「俺瞧你像是一隻打扮成人類的猿猴！」

黃爺爺說：「為什麼還揹個水壺呢？」

王爺爺又說：「找時間去剃剃頭髮，可能比較不像猿猴。」

「吵死了！咱的猴孫愛穿什麼你們管不著。」六婆斥道。

阿泰在眾人的祝福和嘮叨下，總算離開文新醫院，抵達玩具城上班。

阿泰跟著張姓主管走過通往地下室的樓梯，一面聽著主管大致說明工作內容。那主管一邊說，一邊打量著阿泰身上那件風衣，嘖嘖地說：「明天開始要注意一下服裝，不用穿那麼正式，輕鬆一點會比較好做事。」

阿泰這份臨時工的職責是幫忙正職倉儲人員打雜，整理一堆堆的玩具商貨，管理玩具貨品上下架之類的事情。

張主管五十來歲，講話聲調又高又尖，帶著阿泰往樓下走，一邊吹噓自己資歷，一邊大致說明這些樓層的區位劃分。

新進的玩具會運至地下二樓整理分類；準備上架的商品及熱門長銷型商品，則大都擺放在地下一樓；而下架等待退貨的玩具，或是過量的存貨與瑕疵品，則都堆放在地下三樓。

來到地下三樓，主管喚來一名年長員工，要他帶領阿泰做事。

那員工看來挺老，有六十多歲了，皮膚黝黑，身子也十分消瘦。

「以後你跟著老方，他會告訴你該做什麼。」張主管拍拍阿泰的肩，又趕著去忙別的事了。

「叫我文叔好了。」那年老員工對阿泰笑了笑。

文叔話不多，始終掛著祥和的微笑，耐心教導阿泰工作上的細節，阿泰心不在焉學著，只想趕緊下班，出去逛街過癮。

時間一點一滴地過著……

□

阿關在午餐時候和阿泰通過電話，確認阿泰處境平安。接著來到河堤，聽取老土豆向他報告這幾天蒐集得來的情報。

自從順德大帝受縛之後，另兩大邪神都沒什麼動靜，像沒事發生一般，他們或許亟欲接收順德邪神的勢力範圍，但是有順德這前車之鑑，使他們都不敢輕舉妄動，深怕遭到正神全力掃蕩。

「咱們在他們的勢力範圍四周布下眼線，盡可能地蒐集情報。」老土豆滔滔不絕地說，一邊用手指在土上畫著圖，大略看得出來畫的是整個北部市鎮的形狀。

老土豆在那北部地形上畫出兩條線，切成三塊區域。

「中間這塊小的，就是已經瓦解的順德邪神勢力範圍，西面是辰星啓垣爺……不……啓垣邪神，東面是千壽邪神……」辰星原也是七曜之一，和太歲、太白星地位相同，比老土豆大上不知多少級。此時老土豆在言談之中，得在辰星後頭加上「邪神」兩個字，說起來也有些不自在。

老土豆一面報告當前情勢，又時常轉移話題，一會兒說要帶阿關去河邊抓魚，一會兒又說要去山上看蟲飛。阿關三催四請，老土豆兒才好不容易報告完畢，咻的一聲又鑽進了土裡。

阿關看著河岸發了一會兒愣，此時白石寶塔不在手上，自己一人根本不可能與兩大邪神抗衡，心想調查這玩具城的殺人事件，大概就是近期內的重要任務了。

「夭壽喔，是哪個人這麼殘忍！」

「太可憐了！」

阿關騎著石火輪，經過一條巷子，前頭圍著一群人，一隻肚破腸流的流浪狗橫躺在人堆中，已死去許久。

一個大叔拿了張破布將狗屍包好，裝進垃圾袋，一邊清理地上血跡，一邊破口大罵：「不知道是哪個王八蛋，每天半夜在這附近殺小狗，要是讓我碰上，我一定揍扁他！」

身旁的街坊也跟著搭腔：「我昨晚也聽到狗叫聲，上陽台看的時候，卻什麼也沒看到……」

「隔壁幾條街，好像也有狗被虐待殺死。」

「這凶手簡直心理變態。」

阿關緩緩騎過那群人，想起前晚也親眼目睹野狗慘死，追出巷子時，那可疑的三輪機車已經不見了。

又騎過兩條巷子，一顆石頭從身旁飛來，眼看要打中阿關。阿關想也不想，頭一偏，閃過了石頭。

阿關對於自己反射神經變得如此靈敏，也有些訝異。

「敢丟石頭！」

「打給他死！」

「揍他！」

一陣小孩子的打鬧聲吸引了阿關的注意。

身旁一條巷子裡，有好幾個小孩正在圍毆另一個小孩，被欺負的小孩倒在地上，被一個胖小孩騎在身上。那胖小孩拉扯他的頭髮，連連賞他耳光，一旁還有四、五個小孩佇足觀戰，有的拍手叫好，有的幫忙動手脫去那小孩的鞋子亂扔，或是捏擰他的腿。

「喂喂，你們太過分了喔。」阿關看不下去，轉進那巷子，想要制止這些欺負人的小孩。

卻沒想到帶頭那胖小子，不但不停手，還嘰哩咕嚕地對著阿關罵了一大串髒話，罵得又快又順，跟著惡狠狠地說：「關你屁事，你混哪裡的？」

阿關二話不說，下車走上前去，一把將胖小子揪了起來，使勁往上一拋，足足將他往上拋到了兩層樓那麼高，跟著穩穩接住，接住了再拋，這次拋得更高。

阿關一連拋了五、六次，擔心把這胖小子活活嚇死，這才放下了他。

那胖小子癱坐在地上，好半晌說不出話，雙腿抖了抖，尿已從褲管裡流了出來，跟著哇的一聲大哭，連滾帶爬地逃跑。其他小孩也跟著一哄而散。

「唉……」阿關扶起那個被眾人欺負的小男孩，見他大約才六、七歲，身上有一堆傷痕，應該都是被剛才那些壞小孩打傷的。

阿關拍了拍小孩衣服上的髒污：「他們幹嘛打你……」

小男孩臉上滿是泥沙，眼眶泛紅，也不理阿關，自顧自地跑走了。

阿關看著小孩蹣跚地跑著，心情五味雜陳，他想起那晚和媽媽賣臭豆腐，卻讓幾個小混混打到不醒人事的往事……

傍晚，天堆滿密雲，飄起細雨。

阿關到了玩具城外等著，只看到阿泰剛下了班，手裡還抱著一個大玩偶，另一手撐著一把傘，深怕讓雨淋濕玩偶。

原來阿泰工作第一天，就看上了三樓一名櫃台小姐，玩偶是他從地下三樓那堆準備退貨的倉庫裡挖出來的，準備帶回家包裝一下，明天送給那小姐。

「你手腳也未免太快了……」阿關聽完忍不住捶了那玩偶兩拳。

「喂喂，你幹嘛啊！」阿泰摸摸那玩偶：「不要打我的小麥可，明天我把妹還要靠它。」

「奇怪了，這隻玩偶就沒有邪氣……」阿關看了仔細，那是一隻體型碩大的褐色棕熊玩偶，身上並沒有帶著邪氣。

回家路上，阿泰將一整天的工作情形大致上說了一遍：他上午幫忙搬貨，將一箱箱新進的貨分門別類地搬到各間庫房裡，下午則推著小推車，將新上市的玩具上架。

一整天下來，並沒有發現可疑的事情，或可疑的人。

□

接下來的第二天、第三天、第四天，一直到第五天，阿泰都重複著同樣的工作。而在這三、四天內，又有兩名員工分別在自家和車上死去。員工們更是人心惶惶，繪聲繪影地謠傳著玩具城裡有惡靈作祟。

這幾天下來，阿泰也把地下一樓到地下三樓的地形，摸了個熟透，兩人決定找一天晚上潛入玩具城，趁著沒人仔仔細細地調查一番。

這天下午，阿關正準備到河堤畔聽老土豆的情蒐報告。他喜歡河堤附近的氣氛，每次都約老土豆在那兒討論事情。

騎到巷子口，阿關忽然覺得腦袋一陣痲癢，趕緊煞車。兩、三個小孩笑鬧奔過阿關眼前，其中一個小孩手裡還揪著一隻大熊玩偶。

後頭還有一個小男生和一個小女生在大喊追趕，小女生看來才五歲，淚流滿面地跑著，還一邊大喊：「把漢堡包還我，把漢堡包還我！」而那小男孩，便是上次讓大家壓在地上打的男孩。他們看起來像是一對小兄妹。

奔在前頭的幾個小孩，在巷子另一端停了下來，回頭看看那小兄妹，接著把那隻褐色棕熊玩偶丟在地上，用腳去踩。

「老妖怪！老妖怪！老妖怪的孫子是小妖怪，小妖怪的娃娃也是妖怪……」幾個小孩們哈哈大笑，一邊唱著隨口編的歪歌，大力踐踏地上那隻棕熊玩偶。

阿關左顧右盼，企圖找尋那莫名的邪氣究竟是從何而來時，小男孩已衝了上去，和那些踐踏玩偶的小孩們打成了一團。

小女孩則站在一旁，嚎啕大哭。

阿關回過神來，看到那小男孩一個打三個，當然打不過，小男孩又被壓在地上痛毆。

「哇哇！哥哥！」小女孩急得哭喊了起來。

阿關會了意，原來是妹妹的熊玩偶讓那些壞小孩搶了，還扔在地上踩。

「我爺爺不是老妖怪！」小男孩被壓在地上，一邊大叫，一邊還手。

阿關嘆了口氣，又騎了過去，輕咳兩聲。幾個壞小孩一見到阿關，認出他是前幾天將阿胖扔上天的那個哥哥，嚇得趕緊住手，我看看你、你看看我，丟下熊玩偶跑了。

小男孩恨恨地爬起來，手肘和膝蓋都磨破了，臉上還掛滿淚痕，朝著那些小孩的背影大吼：「我爺爺不是妖怪！你們才是妖怪！」

阿關不知該如何安慰那小男孩，上前撿起那棕熊玩偶拍了拍，想還給那小妹妹，突然咦了一聲，那大熊玩偶樣子和阿泰從玩具城帶出來的小麥可一模一樣，是同一款式的棕熊玩偶。不同的是，這玩偶身上帶著濃濃的邪氣。

「漢堡包！漢堡包！」小女孩奔跑過來，搶過這隻棕熊玩偶。

小女孩嗚咽哭著，摸著棕熊玩偶的頭，拍去棕熊玩偶身上的砂土。

「我看到了，這次是你先衝過去打他們的……」阿關故意這麼說。

小男孩果然不服：「才不是！是他們一直罵我爺爺是老妖怪！」

小女孩也大聲反駁：「他們搶我的漢堡包，還踩他……好用力踩他！嗚！」說著說著，嗚咽一聲，又要哭了。

「幹！在那邊！」陌生的聲音從背後傳來。

阿關回頭一看，幾名青少年從巷口圍了上來，之中還夾雜幾個小孩子，其中一個就是上次嚇到尿褲的小胖。

「哥！就是他！打我的就是他！」小胖指著阿關大叫，站在他身旁的那個大胖一看就知道是他哥，兩個人除了體型一個大號、一個特大號，其餘幾乎是一個模子刻出來的。

大胖看來差不多才國中生年紀，身後跟著幾個看來也是國中生的少年，個個染著金髮，或叼著菸、或拿著球棒。

大胖瞪大了眼，他體型比阿關矮了些，卻胖上不少，幾步上前，一把揪住阿關的領子，另一握拳舉得老高，惡狠狠地說：「幹！你敢動我弟……哎呀！」

眾人還沒看清楚，大胖一個站不穩，跌倒在地。阿關拍拍領口，不知道該說什麼，他只是輕輕推了大胖一把而已。

大胖狼狽地站了起來，惡狠狠地罵著髒話，身後的小混混們紛紛舉起球棒，一副要開打的樣子。一聲「碰磅」，大胖又摔在地上，這次大夥兒才看了仔細，是阿關一腳踢在他小腿上，將他絆倒的。

「哈哈哈哈哈！」小女孩笑得可大聲了，小男孩看到那大胖接連摔了兩次，也忍不住笑了出來。

阿關聳聳肩，向小混混走去，只聽見「哎呀」聲此起彼落，幾個國中混混一個個都倒在地上滾，只剩下那小胖一個，張大了口，和阿關兩人大眼瞪小眼。

阿關盯著小胖，伸手一捏，擰住了小胖的臉。小胖痛得哭了出來，阿關卻不放手：「小弟弟，痛不痛？」

「被人欺負是不是很難受啊？」阿關在那小胖面前蹲了下來，手還捏著小胖的臉，緩緩施力。「你被欺負會痛會難受；你欺負人，人家也會痛，也會難受。如果你不喜歡被欺負，以後就不要欺負人，知道嗎？」

小胖痛得鼻涕都流出來了，身子抖個不停，眼淚大滴大滴地落。

「知、不、知、道、呀?」阿關加重了力道。

「知……道……」小胖這才點了點頭。阿關鬆手,只見小胖臉上那指痕極其明顯,整張臉高高腫起。

幾個小混混扶起了大胖,大胖雖然不服,但已經不敢再動手,他第二次摔倒時,腳扭傷了,痛得要命。

河堤的風清涼,小女孩將漢堡包緊緊抱在懷中。小男孩則是看著河面發呆。

小女孩吃著阿關買的零食,說:「小胖就是喜歡欺負我們!因爲我們沒有爸爸媽媽!」

「我們只有爺爺,他們有爸爸、媽媽,所以欺負我們。」小男孩這麼說。

「上次他看到我的漢堡包,我說是爺爺送我的,他就一直想欺負漢堡包!」小女孩接著說。

「小胖嫉妒我們有爺爺。」小男孩繼續說。

「對啊,小胖的爺爺呆呆的……都不會說話……也不會動……」小女孩點頭附和。

小妹妹語焉不詳,小哥哥話又不多,阿關聽了好久,才大約知道這對兄妹從小父母雙亡,是被爺爺帶大的,不知道什麼原因,總是被附近的小孩們排擠、欺負。

「漢堡包好可愛,是爺爺送給妳的?」阿關摸了摸熊玩偶的頭,一陣陣的邪氣從掌心傳至腦袋,不由得讓阿關倒吸了一口氣。

「對啊!爺爺對我們最好了!」小女孩吸了吸鼻涕,繼續吃著零食。

「大哥哥……謝謝你。」小男孩抓抓頭髮，像是不知該如何開口：「你……你……可不可以……教我功夫……？」

「咦？」阿關啞然失笑：「我不會什麼功夫……」

「那你剛剛是怎麼打敗大胖的，大胖有學過跆拳道耶。」小男孩不死心。

阿關轉念一想，看了看小女孩手上那帶著邪氣的熊玩偶，他必須把這事情搞清楚，便說：「好吧，我教你功夫。可是我還不知道你的名字……」

「師父，我叫小強。」小男孩站得挺直。

「師父，我叫雯雯，四歲！」小女孩也搶著回答。

這對兄妹，哥哥方志強六歲，妹妹方智雯四歲。

《太歲　卷一》完

番外 神奇的傳家符咒

清晨時分，四周天還未明，曲折彎拐的巷弄裡濕濕漉漉，牆上的鮮苔還濘著雨露，孫國泰神情緊張，摸著牆，一步一步往老廟走去。

阿嬤不在廟裡，她有晨間散步的習慣。

阿泰覺得自己從頭皮一直到全身，一陣一陣地發著麻，從昨晚一直到現在，他心中的掙扎從未停過。

昨晚夜裡，幾個朋友相約一聚，說是有筆好生意要讓大家一起賺，那幾個朋友們開口閉口都是那門生意的術語，阿泰聽不懂，只知道那肯定不是正當生意，是類似賽鴿之類的地下賭博活動。據說那朋友有可靠內線，只贏不輸，但手上欠缺資金，難贏大錢，邀集了朋友，希望大夥們一人出資二十萬，聲稱可以一翻十，這二十萬本錢保證變成兩百萬，願意跟下去的，還有機會賺更多。

二十萬，說多不多，但阿泰即便是把自己當了，一時也湊不到這麼多錢。

但他見到主動邀約大夥兒相聚的那朋友，身上穿金戴銀，手腕那金錶上鑲的鑽石好閃好亮，知道那傢伙真的賺了大錢，心裡十分羨慕。他不想錯過這賺大錢的機會。

朋友們知道阿泰有個阿嬤，便慫恿阿泰，向阿嬤「借」。

「你向你阿嬤借來本錢，三天後變成十倍，再連本帶利還她不就行了？」

「你難道不想賺大錢，讓你阿嬤過好日子嗎？」

幾杯黃湯下肚，阿泰越想越是心動，他沒什麼一技之長，唯一的專長是寫得一手好字，平時畫畫假符、胡謅替人相命，這種日子已經持續好一段時間。他三不五時在外頭惹是生非，也都是阿嬤替他收拾殘局。

要是真能闖出名堂，賺筆大錢讓阿嬤安享天年，也是很好。只是阿嬤自然不可能將存了許多年的棺材本，讓這惹事慣了的小猴孫拿去「錢滾錢」。

「只好換種方式『借』了，反正等賺到大錢，再偷偷擺回去就好了。」阿泰呼了口氣，確定四下無人，三步併作兩步，跑到廟前，從廟門下摸出鑰匙，打開廟門，閃身進去。

阿泰躡手躡腳地往阿嬤的睡房走去。廟裡暗沉沉的，只有窗戶傳來淡淡天明的微光。一片紅毛似火，拂過了阿泰手臂。阿泰深吸口氣，那是頭火紅色巨獸，不知從哪兒鑽了出來。

「阿火……」阿泰拍拍胸脯，像是給自己壓驚，又緩緩伸手，摸了摸那紅毛巨獸的頸子：「好久沒見到你了，你好像又變更大隻了，嘿嘿、嘿嘿……」

阿泰聲音打著顫，那紅毛巨獸還認得阿泰，他倆是一塊長大的。

「乖乖，泰哥我向阿嬤借點錢，去投資做生意，賺了大錢，將來買一棟大房子，給阿嬤住，幫你打造一座黃金廟，讓你爽一爽囉……」阿泰拍了拍巨獸的頭，轉身閃進阿嬤臥房。

他打開阿嬤床頭小櫃上那只陳舊木盒，裡頭有個小布袋，裝著一疊鈔票，數了數，有二十來萬。

他知道阿嬤的錢一直都藏這兒，以前便「借」過好幾次了，大都三千、五千。阿嬤每每發現他又偷偷從這兒「借錢」，也只是罵他一頓，多年來，始終沒變換過藏錢的位置。

阿泰吸了口氣，將那疊鈔票按在胸口。他從沒「借」過這麼大筆錢，這些都是阿嬤的血汗錢，但這次要做生意，需要本錢，可能得多「借」一點。

「反正很快就會賺大錢、發大財，我會把我以前欠的，一次還清！」阿泰心跳個不停，緊張和罪惡感不停衝激著他全身。

沒有時間讓他考慮太久，他知道阿嬤可能隨時會回來，他很快將那疊錢放入口袋，再闔上木盒，關上阿嬤的房門。

走出廟門，門外的天空漸漸明亮，阿泰回頭看看，那紅色巨獸從門縫裡瞅著他看。阿泰嘿嘿笑出了聲，對那巨獸比了個「不要說出去喔」的手勢。

他記得小時候，這紅色小傢伙也是這樣看著他的，小傢伙生性怕人，總是從壇下探出頭來，一會兒又縮回去。

「那時你只有這麼大呢！」阿泰對門縫裡那紅毛巨獸比了個手勢，差不多只有幼貓大小。儘管這大獸現在長得和水牛一般大小了，但是眼神似乎沒變，沉靜靜的，很安分、很忠心。

「阿火，我一定會賺大錢，回來帶你們過好日子！」阿泰說完，快步摸出了巷子。

□

數天後的一個夜晚，在那小小的舊公寓某戶漆黑雅房裡，阿泰像灘爛泥似地坐在門邊，手裡還拿著瓶高粱，他大口一張，吞下一大口烈酒。

他那二十幾萬像流水一樣丟進坑裡，再也回不來了。

「幹！」阿泰不停按著手機上的按鍵，他的朋友呢？怎麼打不通？把錢交給他後，已經過了將近一週，一點消息也沒有。

「幹！」阿泰將頭埋在膝蓋上，想起今晨他偷偷溜回老巷中，遠遠看著廟裡。

阿嬤今天沒有散步，甚至一整天沒有出門，只有偶爾關了關燈，又開了開燈。

阿嬤一定很傷心，她的棺材本沒了，阿嬤知道是自己拿的，阿火看見了。

「怎麼辦、怎麼辦、怎麼辦……」阿泰醉倒在破舊公寓頂樓加蓋的小雅房裡，那是他兩年來的棲身之所。

阿泰鼻涕、眼淚流了滿面，看看身旁那破皮箱子，裡頭都是些騙人玩意，有從夜市買來的風水書刊、相命圖鑑，也有大疊黃紙、硃砂和毛筆。一個龜殼、幾枚銅錢，全都是他的吃飯傢伙。

「幹！」阿泰大喝一聲，將空了的酒瓶擲在牆上，擲了個粉碎。

他抱頭痛哭，哭到不醒人事。

□

地下道裡陰慘慘的，阿泰提著那大皮箱子，恍恍惚惚進了地下道，幾股冷風吹來，他打了個哆嗦。幾個月前常在這地下道幫人相命，這陣子較少來了，卻變得有些陰森，卻不知為何。

這幾個月買符咒的人倒變多了，不知是什麼原因，時常聽人說某處鬧鬼，可能是心理因素吧。

阿泰將攤子布置好，點了根菸，蹺起腿來，看著吐出的煙圈發愣。

就這樣呆坐了一整個上午，終於有一名婦人在經過時，停下了腳步，湊上來，緊張兮兮地問：「老闆呀，那個……有沒有使夫妻和睦的符呢？」

阿泰斜眼瞅了那婦人許久，才緩緩開口：「有是有，不過……」

婦人有些緊張：「不過什麼？」

阿泰咳了幾聲，在鐵盒子裡翻了翻：「一般的符我倒是有不少，吶！這張叫小愛情符，可以使另一半死心塌地愛妳三天，一張五百。」

「三天？」婦人皺了皺眉：「有沒有長一點的？三天能幹嘛？」

阿泰嘿嘿笑了起來，搖搖頭說：「哼哼，小姐，妳是真傻還是假傻，三天能做很多事耶。可惜現在社會病了呀，太多壞男生來和我買這符，拿去做壞事，騙騙小女孩，所以現在我都不賣這符給年輕男人了。」

阿泰又翻了翻鐵盒，挑出一張紅色的符，說：「中愛情符，效果是三個月，一張一千。」

「有沒有大愛情符？」婦人催促。

阿泰聳聳肩，又挑出一張符：「大愛情符，效果是三年，這張可要三千囉。」

婦人嘆了口氣，無奈地說：「三年就三年囉……只是不知道三年後，你這攤子還開不開？」

「或許開，或許不開。」阿泰將目光轉到遠方。「三年嫌太短？難道妳想要終生？」

「誰不希望和愛人天長地久呢？」婦人嘆了口氣。

「坦白說，我擺攤到現在，來買愛情符的，不是要三天就是要三個月，三年的從沒人買過。」阿泰將目光拉回到那婦人臉上，說：「這位太太，妳卻嫌三年不夠，想要天長地久？」

「我愛我先生，但是他……他……」婦人點點頭，啜泣了起來。

阿泰又瞅了婦人好一會兒，才悠悠開口：「問世間情爲何物，直教人生死相許，這位太太，或許妳是有緣人。」

婦人停住了啜泣，呆了呆問：「什麼人？」

「有、緣、人。」阿泰伸了個懶腰，轉身從皮箱裡拿出一本書，隨意翻了翻，是六張黃符，上頭大字小字寫得密密麻麻，好不嚇人。

「這六張家傳符咒，是我祖父傳給我父親，我父親傳給我的。」阿泰正經地說：「我祖父是個修道之人，當年他愛人棄他而去，他傷心欲絕，寫下了八張黃符，還沒有機會用在他愛人身上，他愛人便出了車禍，魂歸西天。這六張黃符，便成了我傳家之寶，能教天下有情人終成眷屬。」

婦人愣了愣。「不是八張嗎？怎麼只留下六張？」

阿泰朗笑：「一張符我祖父後來用在三年之後新認識的好女人，也就是我祖母身上；第二張給我了父親，用在我母親身上。之後再傳給我，就只剩六張囉。」

「這麼神奇？」婦人露出了笑顏，似乎看到了曙光。

「就是這麼神奇！」阿泰點點頭說：「我看到妳心中的真愛，所以才破例拿了家傳符咒出來，這張符效用是終生，是天長地久。」

「那……那這符……怎麼賣呀……」婦人問。

「本是無價寶，看在妳我有緣的份上，一張賣妳一萬好了。」阿泰想也不想地說。

「一萬塊錢……」婦人有些遲疑。

阿泰聳聳肩說：「買三天五百、買三個月一千、買三年三千，妳要買終生，一萬塊錢值不值得，妳自個兒決定囉。」

「值得、值得！」婦人趕緊從錢包掏出了一萬塊錢，想了想，又掏出了一萬，一共是兩萬，說：「我買兩張。」

「兩張？妳有兩個丈夫？」阿泰嘴上緩緩說著，手卻動得極快，迅速將兩萬塊錢收進口袋裡，再迅速將兩張符用紅紙袋裝好，還煞有其事地點燃蠟燭，在紅紙袋封口滴了幾滴蠟，蓋了個印。

婦人尷尬地笑著說：「我是想多買一張，將來給我兒子用，他也大了，最近失戀，瘦了好多呢。」

「妳真是個好媽媽。」阿泰笑得開朗，將紙袋遞給婦人。

看著婦人滿足地離去，阿泰呼了口氣，嘿嘿笑了起來。這婦人可是他兩個月來做成的最大一筆生意，平時一天能賣個幾百、一千的，已經很幸運了。

阿泰還沒笑完，地下道又來了人。阿泰趕緊吸口氣，從皮箱裡又翻出一小袋符，抽出兩張，擺進書裡，再將書擺回皮箱。

隨著來人走近，阿泰的神情又變得高深莫測。樓梯口下來了個少年，朝著攤子走來。

少年似乎對這些符咒很感興趣，或許是電影看太多了。阿泰一副漫不經心的模樣，卻暗自打量著少年。

「老闆……這些符做什麼用啊？」少年這麼問。

「看你要做什麼用，我就有什麼符。」阿泰懶洋洋地回答：「有求財的、求愛的、改運的、辟邪的，要什麼有什麼。」

「有沒有治鬼的？我要治鬼的。」少年翻著符咒，神情有些緊張：「我要治厲鬼的……」

阿泰默不作聲，但心裡卻是大喜，狐疑想著難道今天是什麼黃道吉日，一連這麼多個傻子上門。若是再多幾個傻子，那麼他或許可以很快湊出他向阿嬤借的那二十幾萬了。

「要治厲鬼，一般的符沒有什麼用……」他吊著眼睛，神祕兮兮地說。

〈番外　神奇的傳家符咒〉完

TAI
SUEI

國家圖書館出版品預行編目資料

太歲 卷一／星子 著.——二版.——
台北市：蓋亞文化，2020.11
冊；公分.——（星子故事書房；TS020）
ISBN 978-986-319-509-2（卷1：平裝）

863.57 109015639

星子故事書房 TS020

太歲 卷一（新裝版）

作　　者 星子（teensy）
封面插畫 葉明軒
封面裝幀 莊謹銘
責任編輯 盧琬萱
主　　編 黃致雲
總 編 輯 沈育如
發 行 人 陳常智
出 版 社 蓋亞文化有限公司
地址：台北市103大同區承德路二段75巷35號
電話：02-2558-5438 傳真：02-2558-5439
電子信箱：gaea@gaeabooks.com.tw
投稿信箱：editor@gaeabooks.com.tw
郵撥帳號 19769541 戶名：蓋亞文化有限公司
法律顧問 宇達經貿法律事務所
總 經 銷 聯合發行股份有限公司
地址：新北市新店區寶橋路二三五巷六弄六號二樓
電話：02-2917-8022 傳真：02-2915-6275
港澳地區 一代匯集
地址：九龍旺角塘尾道64號龍駒企業大廈10樓B&D室
電話：+852-2783-8102 傳真：+852-2396-0050
二版一刷 2020年11月
定　　價 新台幣299元
Published and printed in Taiwan

ISBN / 978-986-319-509-2

Gaea

GAEA